# UN LUGAR SEGURO

DEREK ANSELL

Traducido por

PATRICIA MORALES

Publicado en 2021 por Next Chapter

Arte de la portada por Cover Mint

Editado por Santiago Machain

Textura de la contratapa por David M. Schrader, utilizada bajo licencia de Shutterstock.com.

*Este libro está dedicado a la memoria de mi buena amiga Margaret Hunt, que me señaló un aspecto de la vida de la década de 1940 que de otra manera me habría perdido por completo.*

# PARTE I

# UNO

## OCTUBRE 1940

DESDE LA VENTANA DEL DORMITORIO ESA TARDE, PUDE VER TRES casas al otro lado de la carretera, los números 16, 18 y 20, pero a la mañana siguiente sólo había dos casas en pie y entre ellas, un gran agujero con una masa de escombros humeantes donde había estado la tercera vivienda. Cuando me quedé allí, mirando hacia fuera, no tenía ni idea de lo que se avecinaba. No era nuevo o inesperado, por supuesto, y ya había sucedido varias veces en todo Londres y, algunas veces, cerca de nuestro vecindario de Islington.

La sirena del ataque aéreo comenzó a sonar alrededor de las nueve de la noche. Mi madre corría para sacar a mi hermana Paula de la cama y vestirla, aunque acababa de acomodarla para dormir. Luego estaba empacando su bolso con bocadillos como papas fritas, chocolate, limonada y mientras se movía, me gritó para que me pusiera en marcha rápidamente. Nunca necesité que me indicaran que hacer, ya tenía mi mano alrededor del cuello de Charlie y lo estaba llevando a la cocina donde lo encerraría. No hizo ningún alboroto sino que fue allí de manera dócil; había sido puesto allí suficientes veces como para acostumbrarse a ello. Entonces cogimos sillas de lona, mamá llevaba dos y yo una y salimos de la casa a su señal, con un movimiento de cabeza y abriendo los ojos, y bajamos la colina. Paula no mostraba ningún signo de urgencia cuando la sirena volvió a sonar, estridente y amenazantemente fuerte ahora que estábamos en la calle. Agarré su manita y le dije algo como "ven, rápido" y la jalé mientras caminaba.

Bajo el techo de hormigón del estadio de fútbol ya había bastantes personas sentadas en sillas improvisadas o en mantas en el frío suelo. El espacio era grande, un amplio pasillo que conducía a las partes principales del estadio, pero bien equipado para ofrecer al menos una seguridad inmediata contra las bombas. Siempre preferimos el estadio de fútbol al andén de la estación subterránea; el metro estaba mucho más abajo en la colina y cuando se llegaba allí estaba mucho más lleno de cuerpos acurrucados muy cerca unos de otros; el ruido inquietante, el olor a sudor desagradable y el aire húmedo y agrio del túnel muy desagradable.

Mi madre abrió la tapa de su termo y se sirvió una taza de té. Paula deambulaba por las esquinas, mirando a la gente sentada con sus libros, periódicos o tejidos, muchos de ellos mirando hacia arriba para sonreír a la niña.

"Vigílala, Bobby, ¿quieres?" Mamá dijo en voz baja. Y tráela aquí si está molestando a alguien.

Asentí con la cabeza. Afuera podía oír el apagado estruendo de las bombas de Hitler, pero nunca sentí ni siquiera percibí ningún peligro. Demasiado joven para asimilarlo, supongo, listo para vivir la aventura del momento en que las casas bombardeadas se derrumbaron en montones de basura o podrías encontrar un trozo de metralla de plata dentada en el jardín a la mañana siguiente.

Vagué por un tiempo, observando las actividades de la gente, comprobando si

estaban leyendo libros o periódicos o haciendo crucigramas o simplemente durmiendo. Cuando vi a Paula de pie mirando a una pareja de ancianos, uno en una silla de ruedas y los dos con aspecto incómodo, decidí que era hora de llevarla de vuelta con mamá. En realidad, mi madre había cerrado los ojos y se había dormido. Recuerdo que pensé en lo tranquila que parecía dormida, con los ojos bien cerrados, el pelo castaño claro ralo en la frente y la expresión insípida. Normalmente, cuando estaba despierta, su expresión estaba siempre llena de anticipación o frustración. Ahora parecía libre de preocupaciones por un minuto o dos de todos modos y Paula se acurrucó a su lado en su silla e inmediatamente se metió el pulgar en la boca y cerró los ojos. Vagué un poco más buscando algo, cualquier cosa de interés pero lo dejé después de un tiempo y volví a nuestro lugar donde me senté; eventualmente mis ojos se cerraron también, y caí en un profundo sueño. Cuando desperté, mamá estaba repartiendo barras de chocolate y limonada y estábamos a punto de devorar una gran barra de leche de Cadbury cuando sonó la sirena de "todo despejado"; una larga nota continua que indicaba que no había más peligro sobre nosotros, al menos por esta noche. O eso creíamos.

Llegamos a casa cansados, con los ojos llenos de sueño, subimos por la colina en una noche muy oscura, sin grietas de luz en ninguna ventana oscurecida y con las farolas apagadas. No había nada que hacer al llegar a casa, excepto amontonarnos en nuestras camas y dormir lo que quedaba de la noche. Mamá acostó a Paula primero, aunque mi hermana se durmió en cuanto su cabeza tocó la suave almohada blanca. Me desnudé rápidamente y cuando me metí en la cama, mi madre apareció, sonrió y se preguntó en voz alta cuánto tiempo sería capaz de permanecer despierto y concentrarme en la escuela al día siguiente. Le dije que me sentía bien y que también estaría bien por la mañana. Ella sonrió. "Voy a apagar tu luz de inmediato", dijo, me besó rápidamente y me dejó en la oscuridad otra vez.

La explosión, cuando llegó, fue estrepitosa y sacudió las paredes de nuestra casa. No había habido más avisos de ataque aéreo y todavía estaba oscuro afuera, pero apenas. Mi madre y Paula aparecieron de repente en mi habitación casi inmediatamente y ambas parecían afectadas. Se sentaron en mi cama y mamá me tomó la mano.

"¿Estás bien, Bobby?" preguntó mamá.

"Estoy bien," respondí, "¿Se está quemando la casa?"

"No," dijo ella, sonriendo tímidamente. "Aunque estuvo muy cerca".

"¿Qué tan cerca?"

No lo sé, pero voy a averiguarlo.

La seguí hasta la ventana y vi una escena de caos y confusión. Había una ambulancia, un coche de policía, un camión de bomberos y un montón de hombres con varios uniformes corriendo por todas partes. La pila de escombros donde había estado el número 18 seguía ardiendo, pero había una manguera de incendios dirigida hacia ella. Mi madre se dio la vuelta y corrió hacia la escalera, gritándome que debía cruzar la calle y pidiéndome que vigilara a Paula. Miré a Paula pero se había quedado dormida en mi cama, así que bajé las escaleras y encontré a mi madre poniendo el perro en el fregadero y luego cogiendo su abrigo y poniéndoselo porque hacía frío de madrugada. Empezó a decirme que debía ir a ver si los vecinos estaban bien, y me dio instrucciones de poner la mesa para el desayuno mientras ella no estaba. Asentí a todo lo que me dijo, pero luego la seguí hasta la calle mientras la campana de otra ambulancia sonaba a lo lejos. Un policía corpulento y un guardia de la ARP pronto bloquearon el avance de mi madre hacia el otro lado de la calle.

"Por favor, vuelva a su casa, señora," dijo el agente de policía en voz alta.

"Tengo que llamar a la Sra. Bailey," dijo la madre con voz agitada e intentó dar un paso adelante pero los dos hombres la retuvieron. Necesito ver si está bien, y ver si puedo ayudar.

"No puedes hacer nada en este momento," dijo el hombre de la ARP con una voz más suave y amable. "Si es la Sra. Bailey en el número 16 la que le preocupa, ella está viva y hay una persona de la ambulancia ayudándola".

"Oh, gracias a Dios," dijo mamá sin aliento. "Sólo quería ver si podía hacer algo por ella".

"Mucho tiempo después, le dijo el agente. "Deje que los servicios continúen con sus trabajos, señora, es una buena mujer".

¿Pero qué hay de la pareja de ancianos del número 20? Mamá preguntó, su voz de nuevo sonaba con ansiedad.

"Los dos están bien. Sacudidos y su casa considerablemente dañada, pero ambos ilesos, sólo sacudidos considerablemente."

"Y no hay esperanza para nadie en el 18," dijo mamá muy suavemente, como si estuviera hablando consigo misma.

"No. Me temo que no."

"James vivía solo y trabajaba en una fábrica de municiones, a menudo haciendo guardia nocturna," decía mamá, otra vez como si hablara consigo misma. "Sólo podemos esperar y rezar para que no esté dentro".

"Sí, señora, y ahora debo pedirle que regrese a casa y mantenga a su hijo a salvo en la casa."

Me miró, frunció el ceño y parecía ser consciente de que yo estaba allí. Sacudió la cabeza y me recordó que se suponía que yo debía cuidar a mi hermana pequeña, así que le dije que Paula estaba dormida. El policía, impaciente, la agarró del brazo y la hizo avanzar y la impulsó hacia nuestra casa.

De vuelta a la casa fue a buscar a Paula y se dispuso a poner la tetera y a preparar el desayuno para los tres. Justo antes de servirlo, entró en el comedor, encendió el aparato de radio y dejó la puerta abierta para que pudiéramos escucharlo en la cocina. El noticiero estaba lleno de todos los ataques a Londres y el bombardeo de casas, sobre todo en el East End, a unos pocos kilómetros de distancia. Mamá jugueteaba con su trigo triturado pero parecía no tener apetito. Paula y yo devoramos el nuestro como si no hubiera un mañana. ¡Quizás no lo habría! Mamá estaba hablando consigo misma otra vez, en voz baja, de forma reflexiva. Supuso que debía ser un bombardero extraviado que tardaba en volver pero dejó caer su horrible carga de bombas antes de volar hacia la costa.

"Es hora de irse," dijo, de repente, sacudiendo la cabeza de acuerdo con sus propios pensamientos. "Es hora de ir a Hertfordshire".

# DOS

## OCTUBRE 1939

DOS SEMANAS DESPUÉS DE QUE SE DECLARARA LA GUERRA A Alemania, Londres estaba muy tranquilo y casi en paz. No había bombarderos en el cielo, ni bombas cayendo sobre las casas. La gente salía a sus jardines traseros y miraba curiosamente al cielo, pero a finales de septiembre y principios de octubre todo era sol brillante y cielo azul claro. Salimos al jardín un sábado claro por la mañana y nos llenamos de macetas con flores y plantas, con mamá instruyéndonos sobre lo que hay que traer y llevar. Llené la regadera y la dejé en el sendero, bajo la ventana del comedor para usarla más tarde.

"¿Terminó la guerra, mami?" preguntó Paula, mirando expectante al cielo.

"Sí, querida," respondió mamá, sin detenerse a mirar desde su arriate.

"¿Van a lanzarnos bombas?"

"Sí, eso espero. A su debido tiempo."

En todas partes se hablaba de bombardeos alemanes, en las tiendas, escuelas, oficinas, arriba y abajo de nuestro camino. Dondequiera que fuéramos. Pero en un paseo por los campos, pasando la torre del reloj y lejos de la concurrida carretera principal todo era cálido y pastoral, colores de otoño; verano indio.

La gente jugaba en las canchas de tenis o caminaba por el campo con alegría.

Mi padre fue llamado temprano para el servicio militar. Cuando fue a su entrevista y le preguntaron qué hacía, les dijo que dirigía un pequeño restaurante en Clerkenwell, pero que estaba más cerca de decir que era una especie de Jack de todos los oficios, que llevaba la contabilidad, trabajaba en la caja y a veces atendía a los clientes. Le dijeron que sería asignado al próximo Cuerpo de Cocineros y que sería un cocinero del ejército en la cocina. "Pero no puedo cocinar," dijo, "ni siquiera puedo hervir un huevo."

"No te preocupes," dijo el sargento de reclutamiento, "pronto aprenderás".

Una semana después de que se fue a hacer su entrenamiento básico, mi madre fue informada por un hombre muy oficioso del consejo que estábamos siendo evacuados "por razones de seguridad" a una gran mansión en Cambridgeshire. Protestó enérgicamente que prefería quedarse en su casa, en su propia casa, pero sólo sonrieron y dijeron que tenía que pensar en la seguridad de sus hijos y en la suya propia. Fuimos en un autobús lleno de gente y cuando llegamos la mansión era enorme, vieja y mohosa y llena de gente de todas las edades pero principalmente niños. También era ruidosa. ¡Nos asignaron una enorme habitación cinco pisos más arriba y cuando miré hacia abajo, por la ventana, vi gente pequeña y un diminuto banco de jardín y pensé que eran juguetes! La comida era horrible. Después de cinco días mamá anunció que nos íbamos a casa y ambos gritamos hurra y la ayudamos a hacer la maleta. Nos acompañó hasta la estación de tren, a unos buenos dos kilómetros de distancia y estábamos de vuelta en Londres por la noche.

Un sábado por la mañana había ido al estadio de fútbol y estaba ocioso pateando una pelota contra las grandes puertas hasta que un hombre en el piso de arriba abrió la ventana y me gritó furioso que me fuera y no volviera. Volví a subir la colina y vi un gran coche negro de Morris Ten saliendo de nuestra casa.

Era el tío Edgar, el hermano de mi padre, y reconocí su coche antes que él. Era un hombre grande con brazos y piernas robustos y una cara curtida que llevaba gafas. Salió del coche y me sonrió.

"Hola, joven Bobby," dijo alegremente, "¿está tu madre?"

"Sí, en la cocina, le dije."

"Bien," dijo y señaló con la cabeza el estadio que había al final de la calle. "Entonces no habrá más partidos de fútbol hasta después de la guerra".

"No".

Mamá abrió la puerta principal y se sorprendió al verlo. Saludó a Edgar y se mostró sorprendida de que aún tuviera el coche en marcha. Le dijo que había llenado el depósito hace unas semanas y que lo había usado poco desde entonces.

"Ya casi se ha acabado, así que va a entrar en el garaje de casa mientras dure la semana que viene".

Mamá sonrió y le preguntó si podía oler el té, ya que estaba preparando una tetera. Entramos en la cocina y ella le invitó a tomar asiento. Se sentó pesadamente y le hizo cosquillas a Paula, que estaba dibujando en un cuaderno y que se rio cuando le tocó la barbilla. Mamá trajo el té y lo sirvió y le preguntó a Edgar si tomaba azúcar.

"Sólo si se deja por ahí," dijo y sonrió ante su propia broma.

"¿A qué debemos entonces el placer de esta visita?" preguntó mamá, sin reírse ni sonreír y removiendo enérgicamente su té.

"Ah, bueno, me han llamado a filas. Royal Army Pay Corps. Me presento la semana que viene."

"Un poco tarde," dijo mamá, inexpresiva. "Harry entró hace semanas".

Él asintió y se aclaró la garganta. Explicó que su jefe había tratado de aplazar su convocatoria, ya que su fábrica fabricaba piezas de motor que ahora se hacían como piezas de vehículos militares, pero como se señaló que era jefe de personal, en una oficina, eso no lo calificaba como trabajador civil esencial de guerra. Sin embargo, había retrasado un poco su convocatoria.

Luego dijo que Edith, mi tía, había anunciado su intención, su determinación incluso, de ir a pasar la duración de la guerra con su hermano y su cuñada en Norwich.

"Ah," dijo mamá.

"Lo que me deja con un dilema," continuó Edgar, "pero con una solución posible y positiva que podría beneficiarnos tanto a ti como a mí."

"Oh, ¿cómo es eso?"

"Bueno, no me gusta la idea de dejar mi casa vacía durante quién sabe cuántos años. Pensé que tal vez tú y los niños podrían mudarse."

Hizo una pausa y mamá frunció el ceño.

"Bueno, eso los sacaría del bombardeo y los llevaría a una parte más segura del país. Lejos de las bombas."

Mamá empezó a negar con la cabeza y luego dijo que Barnet apenas estaba fuera de Londres, aunque se clasificara como parte de Hertfordshire, y que su hogar estaba aquí, en esta casa, y que realmente pensaba que era allí donde debía quedarse. Además, estaba mi escuela y sería un poco de agitación general para todos nosotros. Sorbí un poco de limonada y le guiñé un ojo a Paula, que me hizo una mueca, y mamá me sirvió dos tazas frescas de té.

"Bueno, piénsalo," dijo Edgar en voz baja.

"No sé, Edgar."

"Es una casa grande y bonita, como ya sabes, con mucho espacio para moverse. Me sentiría feliz sabiendo que la casa está cuidada y que tú y los niños estaréis más seguros, lejos de lo peor del bombardeo."

Recordé de nuestra última visita que era una casa grande en una bonita calle arbolada, una casa moderna y del tipo que mi madre había dicho a menudo que le gustaría tener algún día. Era luminosa, con grandes ventanas, y recuerdo que mamá dijo, de camino a casa, que era fácil mantener una casa como aquella limpia y reluciente y no como la mugrienta casa victoriana en la que vivíamos. Papá protestó, diciendo que era una casa moderna de mala calidad, no sólida y robusta como la nuestra, y que no la cambiaría por todo el té de China. Mamá se rio y dijo que él era un viejo empedernido y que nunca cambiaría, pero que para ella cuidar de nuestra casa y mantenerla limpia y ordenada era un trabajo a tiempo completo y difícil.

"No sé Edgar," dijo mamá de nuevo. "Tendría que hablarlo con Harry de todos modos".

"Por supuesto".

"Voy a llamarle por teléfono esta noche".

"Bueno, avísame... a su debido tiempo. No hay prisa, en realidad".

Cuando lo vimos salir, mamá nos preguntó qué pensábamos de irnos a vivir a una casa grande y moderna en Hertfordshire, lejos de todas las bombas. Yo negué con la cabeza y dije que me gustaba estar aquí y que me preocupaba que si nos mudábamos ya no encontraría trozos de metralla en el jardín, pero no se lo dije. Paula dijo que ella también quería quedarse en nuestra casa. Mamá nos miró atentamente durante un rato, luego asintió y dijo que tendríamos que ver qué pensaba papá.

Aquella tarde, temprano, la señora Hudson vino de la casa de al lado para cuidar a Paula y mamá y yo nos dirigimos a la cabina telefónica que hay al pasar la estación de metro. Entré en la cabina con mi madre y vi cómo metía el dinero, pedía su número y pulsaba el botón A mientras la pasaban. Oí a mi padre preguntar cómo iban las cosas y cómo les iba a Paula y Bobby. Oí que ella le contaba a papá la sugerencia del tío Edgar y pude distinguir sus respuestas.

"Bueno, ¿qué te parece?"

"Me gustaría pensar que están todos a salvo, oí a papá responder".

"Estamos a salvo ahora Harry. Y tal vez no haya ningún bombardeo, tal vez todo sea una táctica de miedo del gobierno".

"Oh, creo que los bombarderos van a venir, ya lo creo," advirtió papá. "Lo que se dice aquí es cuánto tardarán los alemanes en organizarse".

"Bueno, de todos modos, prefiero quedarme en mi propia casa," dijo mamá de forma obstinada.

"Entonces, eso es lo que debes hacer. Dile a Edgar que te lo estás pensando y trata de dejarlo abierto," aconsejó papá. "Por si cambias de opinión".

"Muy bien, entonces".

Entonces me pasaron el teléfono y papá y yo charlamos durante unos minutos. Quería saber si estaba bien y si estaba cuidando a mi hermanita y siendo un buen chico para mamá y todas las demás preguntas habituales. Yo me limité a sonreír y a decir que sí a todo, como solía hacer, y luego le devolví el auricular a mi madre. Me pidió que esperara fuera un minuto, así que supongo que quería decirle cosas más íntimas a papá.

Volví a pasear lentamente hacia la entrada de la estación de metro y me quedé mirando a la gente que entraba y salía. Ya estaba oscureciendo y las luces de la estación parecían llamar la atención, dar la bienvenida. Junto al pasillo de bajada, había un pequeño pasillo alambrado muy estrecho que se utilizaba para que la gente subiera a los partidos de fútbol los días de partido. Solía estar lleno de gente cada dos sábados y los coches estaban aparcados a lo largo de las calles, normalmente vacías, pero ahora que la guerra estaba en marcha, el fútbol iba a ser suspendido. Creo que esa era la palabra que usaba el tío Bernie, que siempre venía a los partidos un sábado sí y otro no. Sin falta.

Mamá había terminado de hablar cuando volví a la cabina telefónica, sonrió y nos pusimos en marcha para subir la colina hasta casa.

"No quieres irte a vivir a Hertfordshire, ¿verdad, Bobby?" preguntó de repente.

"No, "respondí," yo no.

"Bien," dijo ella. "Entonces nos quedaremos donde estamos".

# TRES

## NOVIEMBRE 1940

UNA REPENTINA RÁFAGA DE VIENTO INVERNAL SE LEVANTÓ CUANDO cruzamos la carretera hacia el número 16. La calle parecía desolada y abandonada y todavía había algunos de los escombros del número 18 apilados junto con sacos de arena y otras cosas. El pobre hombre que vivía allí había muerto al instante cuando cayó la bomba, dijo mamá, que parecía muy afectada y un poco llorosa mientras me lo contaba.

Llamó a la puerta principal y la señora Bailey abrió con un aspecto un poco cansado y fatigado, con su redecilla y su vestido descolorido. Era una mujer viuda, me había dicho mamá, de unos setenta años, pero para mí, en ese momento, parecía de noventa. Mamá le preguntó cómo estaba con voz preocupada y la anciana le dijo que ya estaba bien, que no debía lamentarse.

"Es bueno que hayas venido, querida," continuó. "Entra, tengo una tetera preparada".

Parecía muy oscuro y lúgubre en su sala de estar; la pared estaba tapizada con un papel muy viejo y descolorido que parecía encerrar la habitación y la mesa del comedor tenía una gruesa cubierta marrón, un poco como una manta pesada. En la repisa de la chimenea había un antiguo reloj que hacía tictac con un fuerte sonido metálico. Un pequeño fuego ardía alegremente en la rejilla. Nos sentó a todos alrededor de la gran mesa y repartió tazas de té y limonada para Paula y para mí.

"Mírate, Bobby," dijo animadamente, "qué grande te has hecho".

Mamá sonrió y Paula hizo una mueca.

"Recuerdo cuando se mudaron y él era muy pequeño," dijo. "¿Cuántos años tiene ahora?"

"El próximo cumpleaños cumplirá diez años," contestó mamá.

"Dios mío. Y la pequeña Paula está creciendo."

"Sí, ya va a cumplir cuatro años, es un poco difícil con los dos".

"Y mira a Bobby con ese pelo rizado y sus grandes ojos azules. Dentro de unos años tendrá a las chicas alborotadas.

Me sonrojé y Paula soltó una risita mientras miraba hacia otro lado, fijando mis ojos en una enorme y fea aspidistra que había en el hueco de la ventana. Mamá le preguntó a la anciana si necesitaba algo, pero ella negó enérgicamente con la cabeza y dijo que estaba bien. Mamá le dijo que podía ir fácilmente a comprar la comida a Sainsbury o a Williams Brothers o hacer cualquier mandado para ella, pero la anciana era ferozmente independiente y dijo que podía arreglárselas muy bien, pero que muchas gracias por ofrecerse. Entonces mamá le dijo que estábamos pensando en mudarnos a Hertfordshire para cuidar de la casa de su cuñado, pero que si alguna vez necesitaba algo o ayuda de alguna manera, debía prometer que se lo haría saber a mamá.

"Lo haré, querida, lo haré".

"Edgar tiene un teléfono y te daré el número si nos vamos".

Entonces la conversación giró en torno a la suerte que había tenido de que su casa no estuviera muy dañada, pero me di cuenta de que parte de la ventana estaba entablada y que se había desprendido mucho yeso del techo. Entonces mi madre preguntó por la pareja de ancianos del número veinte, pero la señora Bailey dijo que los habían llevado a vivir con su hija a

Finchley y que ahora estaban bien, pero que su casa estaba muy dañada y no era apta para vivir. Terminamos nuestras bebidas y ella fue a la cocina a buscar su tarro de caramelos, como lo llamaba, y nos dio a Paula y a mí un puñado a cada uno. Mamá dijo que debíamos dejarla en paz y volvimos a cruzar la calle.

Al día siguiente, mamá estaba preparando una cazuela de cebolla con huevo en polvo, pan rallado y margarina para la cena, porque el tío Edgar iba a venir. Había querido hacer algo con carne, pero habíamos agotado nuestra ración de la semana y, de todos modos, la cazuela olía bien mientras la cocinaba. Le había añadido queso y salvia picada y llevaba más de una hora en el horno y el aroma era estupendo, haciéndome sentir mucha hambre. Me estaba impacientando por comer y seguía preguntando a qué hora íbamos a cenar, pero mamá estaba un poco nerviosa y salía corriendo de la cocina al comedor con un aspecto acalorado y molesto, con el delantal y el pelo recogido bajo un pañuelo, y me dijo que tendría que esperar, que el tío Edgar llegaría pronto y que si quería ser útil podía sacar al perro a pasear.

Así que le puse a Charlie el collar y la correa y salí a la colina. Lo paseé alrededor de la gran manzana, pasando por las otras dos entradas al estadio de fútbol, subiendo la colina, bajando junto a la iglesia y volviendo a bajar hasta la estación de metro. El tío Edgar acababa de salir de la estación de metro cuando volví allí y nos saludó con una gran sonrisa. Me preguntó si Charlie y yo habíamos venido a acompañarle a la casa. Le dije que sí porque no se me ocurría otra respuesta. Se rio, una gran carcajada.

"¿Así que anoche fueron al refugio? me preguntó mientras subíamos la colina uno al lado del otro".

"Sí, le dije. Pasamos cinco horas allí mientras las bombas caían por todas partes, pero ninguna en esta zona".

"Tú, tu madre y tu hermana tienen que salir de esta zona," dijo, pero no le contesté porque sabía que mi madre seguía teniendo dudas sobre la posibilidad de mudarse. Le pregunté dónde estaba su coche y me dijo que estaba a punto de quedarse sin gasolina y que no creía que pudiera conseguir más hasta que terminara la guerra, así que estaba cómodamente metido en el garaje de su casa con una manta caliente sobre el motor.

"¿Tu coche tiene frío entonces, tío Edgar?" pregunté y él sonrió.

"Sí, Bobby, se está congelando sin apenas gasolina. Los coches se enfrían sin gasolina en el motor, igual que tú y yo tenemos frío y hambre sin comida en la barriga".

Mamá nos recibió en la puerta y se había transformado en los veinte minutos que había acompañado a Charlie. Ya no tenía el pañuelo en la cabeza ni el delantal, sino el pelo peinado hasta los hombros, mucho maquillaje, incluido un lápiz de labios rojo brillante, y un vestido azul real que le daba un buen aspecto. Nos guio hasta el salón delantero e invitó a Edgar a sentarse, diciendo que le traería una bebida. No había mucho alcohol, le dijo, pero sí una gota de buen oporto que había quedado de las Navidades, por si quería un poco. Sólo un poco, por favor, le dijo, y levantó la nariz y olió.

"Algo huele bien".

"Oh, es sólo una vieja cazuela," dijo mamá, riendo.

"Tus viejos guisos son siempre un poco especiales, Sandra," respondió, "si la memoria no me falla".

No hubo mucha conversación seria mientras cenábamos; mi madre le preguntó si tenía todos sus asuntos en orden y cuándo partiría para alistarse en el ejército y también quería saber cuándo bajaría la tía Edith a Norwich. Resultó que ella ya se había ido, hacía dos días, tomando el tren y mi madre hizo un ruido de silbido y dijo que le sorprendía que Edith lo hubiera dejado solo en su última semana en casa.

"Oh, ella quería instalarse rápidamente," dijo él con simpleza. "Y no es necesario que se quede por mí". Sonrió torpemente y cambió de tema rápidamente al ver que mamá estaba un poco sorprendida, o incluso escandalizada. "Pero, ¿qué hay de ti, Sandra? ¿Has pensado en mudarte a nuestra casa? Parecías un poco estresada cuando llamaste por teléfono la otra noche".

"Sí, bueno," comenzó. "Las dos últimas semanas han sido bastante duras. Parece que hemos pasado más tiempo en el refugio que en la casa. Las bombas llueven sin cesar, noche tras noche".

Edgar asintió con simpatía.

"Hace una semana, el jueves por la noche," continuó mamá con una voz triste y soñadora. "Miré por la ventana y había toda una línea de bombas incendiarias en media docena de tejados al otro lado de la calle ardiendo lentamente. Un humo negro y acre que salía de todos esos tejados, era horrible. Eso sí, el camión de bomberos llegó en cinco minutos; hacen un gran trabajo".

Edgar dejó su vaso y pareció sorprendido. Dijo que era realmente el momento de hacer las maletas y salir de esta parte de Londres. "Múdense a nuestra casa y tengan un lugar seguro donde quedarse".

"Un lugar seguro donde quedarse," repitió mamá con aire soñador, como si fuera una frase para recitar.

Mamá le dijo a Edgar que se iría y, aunque había estado hablando de irse de vez en cuando durante dos semanas y luego cambiaba de opinión y decía que tal vez debíamos quedarnos, esta vez lo decía en serio. El tío Edgar le aconsejó que intentara alquilar nuestra casa a corto plazo, diciéndole que había cientos de personas que entraban y salían de Londres buscando alojamiento a corto plazo. Mamá asintió; sí, lo vería a la mañana siguiente. Habló con Edgar sobre cuándo terminaría la guerra y cuánto tiempo de antelación le daría para partir y él le dijo que no tenía que preocuparse por todo eso; podía tomarse el tiempo que quisiera, meses si era necesario, él volvería a Norwich antes que nada. Aun así, pasaron algunas semanas más antes de que pudiéramos mudarnos; organizando la mudanza y contratando una furgoneta grande para los artículos esenciales; yendo a las agencias inmobiliarias dos o tres veces para conseguir un inquilino que le aseguraran que aceptaría desalojar con un mes de antelación.

Aquellas semanas fueron bastante terribles; los bombardeos continuaban sin cesar, noche tras noche, derribando casas por todo Londres y diezmando los muelles aquí y en Liverpool. Birmingham y Coventry fueron duramente golpeados y se convirtió en una familiaridad deprimente, escuchando las noticias de las nueve en la radio y oyendo todas las historias de horror. También se informaba de lo bien que lo estaba haciendo la RFA , derribando bombarderos enemigos, y siempre se nos hacía creer que estábamos al frente de la situación y que el enemigo sería derrotado pronto.

Pasamos mucho tiempo en el refugio. Una noche, al encontrar el estadio de fútbol inusualmente lleno y ruidoso, nos aventuramos más abajo y entramos en la estación de metro. No era mejor, sino peor, ya que la gente se extendía por cada centímetro del andén y algunos tenían los brazos extendidos por encima del borde del andén. Tuvieron que detener un tren que se acercaba en el túnel hasta que pudieron apartar todos esos brazos sueltos fuera de peligro. Y el olor húmedo y seco del andén aquella noche era casi irresistible. Cuando el tren llegó a la estación, los pasajeros tuvieron dificultades para salir sin pisar los cuerpos dormidos.

Esa noche volvimos a casa y dormimos, o intentamos dormir, entre las constantes explosiones que se prolongaron durante más de tres horas.

# CUATRO

## NOVIEMBRE 1940

ERA FINALES DE NOVIEMBRE, PERO TODAVÍA ERA sorprendentemente templado y, a veces, a media mañana, bastante cálido. La mañana en que debíamos partir hacia nuestro nuevo hogar había mucho que hacer. La calle estaba apagada y gris; una palidez enfermiza, arenosa y ahumada parecía cernirse sobre todas las casas; el legado de los bombardeos de la noche anterior. Me acerqué al estadio de fútbol y leí, por sexta vez, el aviso de que no se jugarían más partidos hasta que terminaran las hostilidades. Mamá estaba ocupada empacando las piezas y lo que ella llamaba lo esencial que llevaríamos con nosotros en una bolsa.

Volví a la casa y la encontré agitada porque el camión de la mudanza aún no había llegado. No podíamos movernos hasta que llegara y, como mi madre no dejaba de señalar, se estaba haciendo tarde. Todos habíamos desayunado temprano y había una cierta excitación anticipada entre Paula y yo por la mudanza a una nueva casa. Incluso el perro intuía que ocurría algo inusual y seguía moviendo el rabo con furia cada vez que uno de nosotros le dirigía una simple mirada. Cuando llegó la furgoneta, encerré rápidamente a Charlie en el fregadero, donde ladró furiosamente durante diez minutos.

Salimos a la calle y subimos a la furgoneta los dos sillones que mamá estaba decidida a llevarse; uno para ella y otro para mi padre. También había una mesita auxiliar que, por alguna razón, quería llevarse, unos cuantos adornos bien envueltos y una maleta muy pesada llena de ropa para todos nosotros. Cuando todo estaba empaquetado, el conductor de la furgoneta, un hombre corpulento con la cara roja y un gran delantal blanco alrededor de la cintura, bajó a la puerta principal.

"Ahí está, señora," dijo alegremente, "todo cargado, en forma de barco y a la manera de Bristol".

"Gracias," dijo mamá y frunció el ceño de repente. "Ahora encontrarás la llave de la puerta principal bajo la maceta de la derecha".

"Como usted diga, señora," respondió él, sonriendo.

"Pero recuerde ponerla allí de nuevo o no podremos entrar cuando lleguemos más tarde".

"No se preocupe, no me olvidaré," dijo alegremente.

Hizo una especie de medio saludo y siguió su camino. Nos pusimos rápidamente los abrigos y, aunque Paula y yo estábamos a medio camino de la puerta principal, mamá seguía de pie en el salón mirando a su alrededor. La seguí de nuevo.

"Odio tener que dejar la casa," dijo con tristeza, sin mirarme. "Espero que sean personas respetables y que cuiden la casa".

Me acerqué, tomé su mano entre las mías y le di un pequeño tirón. Ella bajó la mirada, sonrió y dijo que sabía que yo quería irme y ahora lo haremos. Caminamos por el camino y giramos a la derecha en la parte superior, pasando por la iglesia y hacia el largo camino que llevaba a la carretera principal. Aquella cortina gris de parte de niebla, parte de humo y partículas negras todavía flotaba en el aire, aunque el sol tardío y pálido empezaba a abrirse paso. Agarré con fuerza la bolsa que llevaba, sabiendo que contenía una barra de pan fresco entregada esa mañana, un litro de leche que acababa de dejar el lechero y unos cuantos pasteles; mamá se había asegurado de que tuviéramos algo que comer y beber al llegar. También tenía que lidiar con Charlie en su correa. Mamá llevaba una maleta bastante pesada y Paula, para no quedarse atrás, llevaba una bolsa con su carrito favorito.

Pasamos la sala de la misión y llegamos a la carretera principal justo cuando un tranvía pasaba ruidosamente y un camión y dos coches le seguían por detrás.

"Parada de autobús," dijo Paula alegremente, señalándola.

"Sí, en un minuto, Paula," dijo mamá. "Primero tengo que llevar la llave a la inmobiliaria".

Mi madre sabía que las dos estábamos impacientes por continuar el viaje, así que nos acompañó a paso ligero hasta la tienda de la inmobiliaria, entregó la llave con unas rápidas palabras a la recepcionista y volvimos, cruzamos la calle y nos plantamos en la parada del autobús. Un tranvía llegó primero, recogió a un pasajero solitario y siguió su camino, y justo detrás apareció el trolebús. Nos adelantamos para subir.

"Espero que ese perro se porte bien, señorita," dijo el conductor.

"Sí, es muy bueno, muy tranquilo," respondió mamá.

"Entonces, será mejor que lo suba," dijo el hombre, con cara de duda. "Y manténgalo con la correa y alejado de los demás pasajeros".

Creo que nunca olvidaré ese viaje en autobús. Nos sentamos en la parte delantera, Charlie agachado en una esquina, Paula y yo mirando por la ventanilla las tiendas, la gente, los sacos de arena y los numerosos militares de uniforme con maletas. Era el viaje más largo que había hecho en un trolebús y parecía eterno, deslizándose lentamente por Highgate, North Finchley, Whetstone y finalmente Barnet, parando constantemente en las paradas de autobús cada pocos minutos.

La casa en la que íbamos a vivir era muy grande, adosada, con un garaje a la izquierda y, al acercarnos, vimos una ventana sobre el garaje que indicaba una habitación adicional. Una vez dentro, nos dimos cuenta de que casi todos nuestros muebles habían sido tirados en el gran salón delantero y que parecían incongruentes en aquella cámara de paredes blancas y brillantes con un gran ventanal y cortinas de colores. La alfombra era suave y de color blanco cremoso, muy diferente a la oscura y polvorienta sala de estar de casa. El mismo aire que respirábamos parecía fresco y limpio y mi madre se quedó allí, en silencio, mirando a su alrededor y respirando hondo.

Mi madre había incluido carne enlatada en nuestra bolsa de comida y, como había prometido, el tío Edgar había dejado muchas verduras, así que no tardó en prepararnos una sabrosa comida que devoramos con avidez. Sentados en el comedor comiendo y mirando por la ventana francesa a un gran jardín con mucho césped verde, ciertamente parecía que una gran aventura estaba a punto de suceder.

Todos dormimos bien esa noche, sin explosiones ni temblores en las paredes como para asustarse, sólo un lejano y apagado estruendo. Al día siguiente, Paula y yo nos lanzamos a la aventura. Pregunté si podía llevar a Charlie a dar un largo paseo, pero a mamá le preocupaba que me perdiera y no encontrara el camino a casa. Escribió la dirección y me dio instrucciones estrictas para que se la mostrara a alguien y le pidiera que me dirigiera a la casa. Eso si me perdía. Paula también quería venir; al principio me resistí, pero se puso a llorar y mamá dijo que seguramente podría llevar a mi hermana pequeña a dar un paseo.

Aquella mañana estaba seca y gris, pero todas las casas eran blancas y alegres. Subimos y bajamos por caminos desconocidos e incluso encontramos una zona de bosque cerca de la carretera principal por la que corría un arroyo. Paula corría y saltaba entre la maleza, lanzaba piedras e incluso quería remar en el arroyo. Al final tuve que arrastrarla a ella y al perro. Volvimos a casa con la hermana y el perro desaliñados y me metí en un lío por no cuidarlos. Entonces llegó mi padre a casa.

Mi madre sólo lo mencionó la noche anterior, cuando nos fuimos a la cama, para evitar lo que ella llamaba "sobreexaltación". Estuvimos esperando casi toda la mañana con Paula diciendo "¿dónde está papá?" casi cada media hora y volviéndome loco. Entonces mamá lo vio desde la ventana del dormitorio caminando por la carretera con su uniforme militar y llevando su mochila. Nos mandó a saludarlo y pronto nos abrazó y besó. Al llegar a la puerta, vio a mamá y se precipitó hacia ella.

"Hola," dijo.

"Hola a ti".

"Parece que ha pasado mucho tiempo".

"Así es".

Entonces ella le echó los brazos al cuello y se abrazaron y besaron durante lo que pareció una eternidad. Cuando se soltaron del abrazo, Paula dijo: "¿Nos has traído chocolate, papá?" Él la miró extrañamente y le preguntó si se había acordado de esa promesa durante todo el tiempo que había estado fuera. Sí, dijo ella inmediatamente. Él se rio y luego abrió su bolso y sacó dos tabletas de chocolate que nos entregó solemnemente.

Entonces mi padre pareció darse cuenta de repente de dónde estaba y empezó a mirar a su alrededor antes de pasar de una habitación a otra de la planta baja, asintiendo al salir de cada una.

"¿Qué te parece?" Le preguntó a mamá.

"Es grande," respondió ella, pensativa. "Mucho más grande de lo que pensaba cuando veníamos de visita".

Papá se limitó a asentir con la cabeza y dijo que creía que ella se acostumbraría poco a poco.

"Es preciosa y moderna," dijo mamá mirando a su alrededor con aprecio. "Y fácil para mantenerla limpia".

A primera vista, todo parece bonito y limpio, pero mi padre añadió que las casas modernas estaban construidas de forma barata y descuidada y que no durarían ni una cuarta parte del tiempo que las antiguas casas georgianas y victorianas, sólidamente construidas. Mamá resopló y dijo que para él era fácil hablar, que no tenía que limpiar todo el desorden y la suciedad de nuestra casa; ella se conformaría con una casa moderna en cualquier momento, si le dieran a elegir. Hubo entonces uno o dos minutos de inquietud, pero pronto se disolvió y mi madre le dijo a mi padre lo bueno que era tenerlo de vuelta y cómo le habría venido bien su ayuda, pues el otro día tuvo que hacer el viaje desde su casa hasta este lugar "con dos niños y un perro y tres maletas".

Entonces él le puso las manos sobre los hombros y ella le sugirió, con voz suave, que debía estar cansado después del viaje, así que por qué no subía a descansar a la cama. Entonces le guiñó un ojo y estoy bastante seguro de que no sabía que yo había visto eso. Luego me sugirió que llevara a Paula y al perro a explorar un poco más la zona y que Charlie hiciera algo de ejercicio.

"¿Podemos ir hasta la estación de tren?" pregunté.

"Si se puede llegar a ella sin ir por una carretera principal," dijo.

Así que me fui con la niña y el perro y encontré el camino a través de un laberinto de modernas calles cargadas de casas adosadas hasta una colina que bajaba a la estación de tren. Fuimos a pararnos en el puente y vimos cómo pasaban tres trenes que seguían su camino hacia el norte. Una nube de vapor subía cada vez y casi nos cegaba momentáneamente.

Volvimos a casa contentos y encontramos a mamá y a papá de buen humor y cenamos huevos con tocino y verduras frescas de algunas de las cosas que papá había traído a casa.

"No estamos acostumbrados a tanto lujo," dijo mamá, sirviendo grandes porciones para todos. "En tiempos de guerra".

"Hay ventajas en trabajar en una cocina del ejército," dijo papá, sonriendo.

"¿Eres el cocinero, papá?" preguntó Paula de repente.

"Por extraño que parezca, sí," respondió él.

"Es una buena noticia," dijo mi madre alegremente. "Cuando termine la guerra no tendré que volver a cocinar".

"Yo no iría tan lejos," respondió papá con rapidez.

# CINCO

## ENERO 1941

Papá regresó a su unidad en Aldershot después de su breve período de permiso y poco después fue destinado a Colchester. Sus cartas a casa nos decían que estaba aprendiendo todo sobre cómo disparar un rifle, usar explosivos y que tenía que ir a los desfiles, pero no tanto como muchos de los hombres. Trabajando como parte del Cuerpo de Restauración del Ejército había un trabajo constante en el comedor y estaba aprendiendo bastante sobre la cocina y la preparación de alimentos. Sin embargo, esto no era una indicación de que fuera a seguir una carrera como chef o cocinero o que fuera a realizar una multitud de operaciones culinarias en su propia casa después de la guerra. Para nada.

Poco después de la partida de papá recibimos nuestra primera visita, el hermano menor de mamá, mi tío Bernie. Era un joven de buen aspecto, con el pelo rubio, ojos verdes brillantes y un intento de dejarse el bigote de la RFA que obviamente, como dijo mamá más tarde, había salido mal. Llegó con su nuevo y reluciente uniforme azul de la RFA, con tres galones en cada brazo, y con una gran sonrisa cuando llamó a la puerta de nuestra casa y sorprendió a su hermana, que obviamente no lo esperaba.

"¡Bernie!" dijo ella, abriendo mucho los ojos.

"Sí, has acertado," le dijo él. "¿Cómo estás, hermana?"

Mi madre le hizo entrar en la casa y le invitó a sentarse en el salón. Él miró a su alrededor y le preguntó qué estaba haciendo y ella le dijo que preparando la cena en la cocina. Él le dijo que no quería ningún trato elegante y que saldría y se sentaría en la cocina con ella, muchas gracias. Mamá sonrió y le dijo que estaba bien, que la siguiera y se sentara en la mesa de la cocina.

"Te quedarás a cenar," dijo, más como una orden que como una pregunta.

"Si estás segura de que hay suficiente," murmuró él.

"Oh, sí," dijo ella alegremente. "Sólo son tortitas de carne enlatada y verduras, pero Harry me trajo una gran lata de carne cuando vino a casa la semana pasada, así que hay suficiente para todos".

"Entonces, adelante," respondió. "¿Y qué está haciendo el viejo Harry?"

El viejo Harry estaba cocinando una gran cantidad de comida en Colchester, le dijo mi madre, y Bernie, tan frívolo como siempre, dijo que esperaba que hubiera muchos soldados en la región de Essex sufriendo de dolor de barriga e intoxicación alimentaria crónica. Estuvieron charlando un rato, pero ella pronto se distrajo y le pidió que nos llevara a Paula y a mí al comedor y nos sentara a la mesa; estaba todo preparado para la cena, según él. Las tortitas de carne enlatada, cuando llegaron estaban deliciosos. De alguna manera, mi madre tenía la habilidad de tomar ingredientes como la carne de vaca en lata, las patatas, el pan rallado, las hierbas y las especias y preparar una comida maravillosa y sabrosa a partir de ingredientes que en muchos hogares tendrían un sabor soso y aburrido. También había añadido una salsa marrón y agua vegetal que le daba el toque final.

Bernie se puso manos a la obra, como decía mi padre, y se deshizo en elogios hacia las tortitas de carne. Cuando preguntó a mi madre si podía repetir, ella le sonrió y le dijo que sin duda podía.

Menos mal que mi madre había cocinado bastante, porque pronto puso una tortita de carne más en mi plato y otra mitad en el de Paula. Igualmente bueno y digno de esperar era su budín de pan; en ese momento casi había convertido en un arte el uso de pan duro y la adición de sebo, mermelada, huevo en polvo, canela molida y, un pequeño toque de genialidad propio, pequeños trozos de manzana verde picada de un árbol que habíamos encontrado en el jardín poco después de mudarnos.

"Vaya," dijo Bernie, estirándose en un sillón de la sala de estar un poco más tarde, "¿dónde aprendiste a cocinar así, hermana? Mamá nunca fue muy buena cocinera, ¿verdad?"

"Oh, vamos," respondió mamá. "Era bastante buena como cocinera natural. Yo he estudiado libros y programas en la radio, sobre todo desde que empezó la guerra".

Estiró las piernas hacia el fuego, encendió un cigarrillo y sonrió mientras mi madre cogía la escudilla de carbón y añadía más combustible. Hacía un frío glacial y amenazaba con nevar en cualquier momento. Entonces, mientras nos acomodábamos, le preguntó por su trabajo en la RFA.

"Bueno, como sabes, no llegué a ser piloto".

"No," dijo ella, frunciendo el ceño con simpatía. "Me enteré de eso".

"Parece que mi vista no estaba a la altura. Pero es lo suficientemente buena para disparar a los aviones del cielo, así que me he entrenado como artillero de retaguardia, Comando de Bombarderos, Tail End Charlie.

"Oh, Bernie, eso es muy peligroso," dijo mamá con cara de angustia.

"Todos los trabajos son peligrosos en la tripulación aérea Sandra," respondió rápidamente.

El interrogatorio posterior reveló que tampoco había sido aceptado como navegante por razones que no quiso mencionar y que la asignación de artillero de retaguardia era lo único que se le ofrecía en la tripulación. Lo aceptó, dijo, porque quería volar, quería bombardear a los alemanes y nunca habría sido feliz en una situación de personal de tierra. Mi madre parecía enfadarse más y más cuanto más duraba la conversación hasta que, mirándonos a Paula y a mí, sugirió que saliéramos a jugar a la cocina. Salí de mala gana y preparé un juego para Paula en la mesa de la cocina, pero al cabo de un rato volví sigilosamente y escuché en la puerta del salón, parcialmente abierta. Oí a mamá decir que nunca debería haberse ofrecido como voluntario, que le habrían llamado de todos modos a su debido tiempo, pero que podría haber esperado.

"Vamos, hermana, ¿qué iba a hacer en casa cuando hay una guerra? No hay fútbol mientras dure y me aburriría como una ostra. Todos mis compañeros se ofrecieron como voluntarios".

"Así que si todos tus compañeros hubieran metido sus cabezas en hornos de gas, ¿tú también lo habrías hecho?"

"No seas tonta".

"No es una tontería. Me preocupo por ti".

"Pronto estaré matando nazis como quien mata moscas".

Hubo un silencio y escuché pero no pude oír nada, pero entonces oí a Bernie decir: "Vamos Sandra, está bien, no te preocupes. Estaré bien". Lo único que oí después fueron unos ruidos de arrastre, así que pensé que mi madre debía estar llorando y Bernie intentaba consolarla. Los dejé en paz y volví a la cocina, donde Paula estaba agitando un juego de serpientes y escaleras. De mala gana, bajé la caja del armario y la puse sobre la mesa de la cocina.

---

Nuestro siguiente visitante, poco después de Bernie, fue Graham, hijo de mi tía Betty, la hermana de mi padre. Era la mañana de un día muy frío pero luminoso; incluso había algunos rayos de sol invernal que entraban por las ventanas. Yo estaba en el garaje y había estado examinando el Morris Ten del tío Edgar, todo pintado de negro brillante y con las ventanas relucientes, con el motor tapado contra el frío con esa gran manta marrón de la que me había hablado. Lo había inspeccionado a fondo, sentado en el asiento del conductor y con el volante en la mano, para sentir cómo sería conducirlo. Decidí intentar convencer a mi padre de que se comprara un Morris Ten cuando terminara la guerra, si no nos invadían los soldados alemanes, ya que los adultos habían hablado mucho de ello. Sin embargo, yo no lo creía; pensaba que estábamos destinados a ganar porque mi tío Jack, el marido de mi tía Betty, me había dicho que el ejército y la fuerza aérea británicos eran los mejores del mundo. Y nuestra Marina, aunque nadie en la familia se había alistado en ese servicio.

Cuando me di cuenta de una figura sombría a través del cristal esmerilado de las ventanas del garaje, me dirigí a la entrada de la casa. Allí estaba mi primo Graham, otro joven alto y apuesto con el uniforme de la RFA, pero esta vez tenía las alas de piloto en la túnica y una fina franja alrededor de las mangas, por lo que pude identificarlo inmediatamente como un oficial piloto.

"Hola, joven Bobby," me saludó con una amplia sonrisa.

"Hola".

Le dije que mamá estaba en la cocina y lo conduje hasta la puerta trasera de la cocina y directamente a la casa. Mi madre se llevó un buen susto al verle allí sonriendo y soltó un pequeño grito de sorpresa que pronto se transformó en una gran sonrisa de bienvenida.

"Graham, qué bonita sorpresa".

"Hola tía Sandra, ¿qué te parece tu nuevo hogar?"

"No importa todo eso," dijo ella, llevándolo a la sala de estar y trayéndole té y galletas. Debía contarle todo sobre él y lo que había estado haciendo y cómo se las arreglaban Jack y Betty sin él y si era cierto que su hermana estaba pensando en alistarse como voluntaria en las WAAF, las fuerzas aéreas femeninas.

"Espera amiga, una pregunta a la vez, por favor".

Mamá sonrió, se disculpó por su precipitación y nos repartió limonada a Paula y a mí. La puso al día sobre sus padres y le confirmó que su hermana Sheila estaba a punto de alistarse en la WAAF. En cuanto a la ausencia de él, continuó, los padres lo estaban aceptando poco a poco, pero se preocupaban mucho por el peligro que corría. La cara de mamá se nubló de repente.

"Es comprensible," dijo con tristeza. "Eres tan joven y hay un gran peligro ahí fuera, todo el tiempo, todos los días".

"Estaré bien", respondió él con toda la confianza de la juventud.

"Tú también te ofreciste como voluntario, ¿no es así?" Le preguntó ella.

"Si no lo hubiera hecho, me habrían llamado antes de un mes," continuó.

"Tal vez," dijo mamá, sacudiendo la cabeza con tristeza. "Acabamos de tener a Bernie aquí hace un par de días y se ofreció como voluntario y ahora está entrenando como artillero de retaguardia en los bombarderos".

"Oh," dijo Graham de forma animosa, "Tail End Charlie. Es un hombre valiente".

Mamá sacudía la cabeza y decía "oh, Dios", y volvía a llorar. Graham le dijo que no se preocupara, que estaba seguro de que podría sobrevivir y que realmente quería ser piloto, que era lo único con lo que había soñado durante los últimos cinco años. Pronto habría completado todos sus entrenamientos y estaría operando y volando Spitfires y tenía la intención de embolsarse un buen puñado de aviones enemigos. Y nuestros aviones eran revisados minuciosa y meticulosamente por los AC del personal de tierra, todos ellos instaladores y mecánicos de primera clase, y él parecía seguro, convencido, de que tener un avión bien mantenido le mantendría a salvo del peligro.

"Oh, Dios," dijo mamá, sin palabras, casi angustiada.

"¿Cómo estás, tía? Tienes buen aspecto".

"Estoy bien" respondió ella, todavía con aspecto triste.

"¿Y Bobby y la joven Paula? Está creciendo, ¿verdad?"

"Sí, los dos están desarrollándose," respondió y esbozó una débil sonrisa.

Él dijo que estaba mucho más preocupado por nosotros y por sus padres y por todos esos espantosos ataques aéreos y que estaba convencido de que nosotros corríamos mucho más peligro que él. Preguntó qué le parecía este lugar y si era mucho más seguro.

"Un poco mejor," continuó hablando en voz baja. "Ha habido algunos sustos de bombardeos y han caído algunos cerca, pero nada tan grave como en casa".

Él asintió satisfecho. Graham y su familia vivían en Watford, que no estaba muy lejos de donde estábamos entonces, y dijo que sus padres pensaban que estaban lo suficientemente lejos de lo peor, como ellos decían. Mamá sentía lo mismo, dijo que vivía en New Barnet, pero las redadas eran graves y aterradoras, en cualquier lugar cercano a Londres. Entonces los dejé hablando seriamente y preparé las serpientes y las escaleras en la cocina y gané tres juegos al hilo. Paula afirmaba que yo hacía trampas pero nunca lo hice, simplemente no era muy buena en el juego. Cuando volví a entrar en el salón, Graham y mamá seguían charlando alegremente.

"Ahora te quedarás a cenar," dijo mamá, casi como una orden. "Solemos cenar a la hora de la comida estos días, si ves lo que quiero decir".

"Oh, no puedo, tía," contestó él, pareciendo realmente decepcionado. "Tengo un amigo que me recoge para volver al campamento esta noche. Tendré que volver a Watford".

Mamá no se negó. Sugirió que Graham pidiera a su amigo que llamara a nuestra casa para recogerlo.

"Oh, no sé".

"Sí, puedes," dijo mamá sonriendo. "Sí, puedes llamar desde aquí. Tenemos el teléfono aquí, ya sabes".

Lo dijo con orgullo, con los ojos brillando como si fuera nuestro teléfono y no el de mis tíos el que amablemente nos habían permitido usar. Graham seguía dudando, así que ella dijo que mejor aún, que podía llamar a su amigo e invitarlo a cenar también, y que había mucho para todos. Creo que en ese momento se le ocurrió que era inútil discutir con ella. Fue y telefoneó a su amigo, Edward.

Edward era el amigo de Graham con el que había estado aprendiendo a volar. Como su padre tenía un alto cargo en el gobierno, su convocatoria se había retrasado unos cuantos años más. Sin embargo, eso no impidió su convocatoria definitiva y se alegró de poder formarse como piloto. Llegó una hora más tarde, en un pequeño coche MG Midget, con el techo abierto y el pelo rubio y espeso suelto por toda la cara. Me di cuenta de que a mi madre le caía bien enseguida; le estrechó la mano enérgicamente, le sonrió y le pidió que se pusiera cómodo en la sala de estar. Nos sentamos a charlar un rato hasta que Edward dijo que no podía aceptar una comida viendo lo ajustado que estaba el racionamiento en ese momento. Mamá sacudió la cabeza enérgicamente y dijo que estaba diciendo tonterías, que su marido había traído muchas cosas a casa cuando llegó de permiso y que había estado haciendo acopio de ellas durante algún tiempo.

"Cómo llegó Harry a traer toda esa comida a casa" dijo sonriendo, "pensé que era mejor no indagar demasiado".

"¿Es ese su coche?" preguntó Paula, alejándose de la ventana donde lo había estado contemplando.

"Sí, lo es. Y te llevaré a dar una vuelta en él la próxima vez que venga de visita".

Paula aplaudió encantada. "Sería estupendo".

"¿Puedes conseguir suficiente gasolina?" preguntó Graham.

"Oh, sí. El viejo me consigue un montón de cupones de gasolina," respondió sonriendo. "Y, al igual que tu madre y la comida, no me gusta indagar demasiado en cómo lo hace".

Mamá había vuelto a la cocina y poco después nos llamó a todos al comedor, donde nos sirvió un delicioso rollo de carne salada hecho con carne de salchicha, migas de pan duro y frijoles pintos, todo ello cocinado con mostaza, tomillo y salsa Bisto y servido con patatas y guisantes. Todo el mundo comió como si estuviera hambriento, Paula y yo incluidos. Después de eso, mi madre utilizó el pan rallado restante para preparar un budín de dátiles al vapor hecho con margarina, jarabe dorado, dátiles picados, nuez moscada y leche. Después de eso, todos nos sentimos muy satisfechos.

"Ha sido maravilloso, señora Cooper," dijo Edward.

"Oiga, oiga," añadió Graham.

"Bueno, tenemos que alimentar bien a nuestros valientes chicos luchadores," dijo mamá. "Es nuestro deber".

Después de eso, volvieron a la sala de estar para tomar café y conversar sobre el entrenamiento básico, el entrenamiento de vuelo y la mala calidad de la comida en el comedor de oficiales. Cuando llegó la hora de marcharse, mamá besó a ambos jóvenes como si fueran parientes y se quedó mirando con tristeza la puerta principal mientras el pequeño MG abierto se alejaba ruidosamente hacia la noche.

# SEIS

## ENERO 1941

RECUERDO EL COMIENZO DE ESE AÑO COMO UNA ESPECIE DE PROCESO de asentamiento. Al principio se trataba de acostumbrarse a una nueva casa, aunque no fuera la nuestra. Luego fue acostumbrarse a un nuevo entorno, a un modo de vida diferente, y todo ello con el telón de fondo de la guerra, una guerra cruel, despiadada y malvada, que hacía estragos en el norte de África, en el Atlántico, mientras nuestros barcos de la Marina Real luchaban por escoltar a los buques mercantes de forma segura, y la lucha personal a vida o muerte de la población civil en Gran Bretaña, mientras la Luftwaffe alemana (fuerza aérea integrante de la Wehrmacht (fuerzas armadas de Alemania en la época nazi) intentaba bombardearnos hasta la extinción y el Mando de Caza de la RFA luchaba por poner fin a su destrucción y obtener el control del aire.

Para mí fue acostumbrarme a una nueva escuela y para Paula el comienzo de la escuela infantil, aunque mis principales recuerdos no son de las aulas, sino de estar sentado en un largo, frío y ventoso pasillo durante horas hasta que sonaba la sirena de "Todo-Bien". Puede que estuviéramos a cierta distancia del foco principal de los bombardeos, pero los objetivos eran alcanzados en la zona y la sirena de aviso de ataque aéreo era suficiente para interrumpir las clases y trasladarnos a algún lugar considerado más seguro hasta que sonara esa nota continua de la sirena "Todo-Bien".

Luego estaban las largas tardes de invierno que, en aquella época, eran los mejores momentos. Nos acomodábamos en el salón delantero, con el fuego encendido y nuestros pies hundidos en aquella alfombra suave y mullida. Mi madre y yo escuchábamos la radio después de que Paula se acostara. Las voces de Alvar Liddell, John Snagge y Bruce Belfrage se nos hicieron muy familiares, leyendo las noticias, contándonos que nuestro ejército avanzaba y hacía retroceder al enemigo en el norte de África o animándonos con la información de que el Gobierno de los Estados Unidos estaba construyendo doscientos barcos mercantes para apoyar la causa de los Aliados en el Atlántico.

La mejor noticia fue la toma de Tobruk por las fuerzas aliadas, una ciudad portuaria clave para las operaciones en el norte de África. Pero lo que más nos gustaba eran los programas de entretenimiento de la radio. Escuchábamos a Gracie Fields y Vera Lynn cantando y programas de humor con Norman Evans y Tommy Trinder. Los programas habituales que nunca nos perdíamos eran los de Tommy Handley en ITMA, It's That Man Again (Es ese hombre de nuevo), con la señora Mop entrando y diciendo: "¿Puedo hacerlo ahora, señor?" y Jack Train, aparentemente siempre borracho, diciendo: "No me importa hacerlo". Mi madre se reía y se colocaba las gafas con más firmeza en la nariz y seguía tejiendo, levantando la vista de vez en cuando para reírse a carcajadas en mi dirección o en el aparato de radio.

Mamá repetía que no necesitaba gafas, pero me di cuenta de que siempre las llevaba, sin falta, cuando tejía. Se levantaba y cogía la carbonera para echar más leña al fuego cinco minutos antes de que empezara su programa de radio favorito; odiaba perderse incluso el estallido inicial de la orquesta del estudio.

Nuestro otro favorito era Happidrome, con sus tres protagonistas, Harry Korris, Cecil Frederick y Robbie Vincent. Esperábamos con impaciencia el comienzo y el final de cada episodio, cuando los tres cantaban "Nosotros tres, en Happidrome, trabajando para la BBC, Ramsbottom y Enoch y yo". Enoch tenía su eslogan "Déjame que te cuente", que parecía ser más fuerte y cargado cada semana. Uno de sus chistes era "¿Qué es una ensalada de luna de miel?" Respuesta "Sólo lechuga"[1] Ahora no parece muy gracioso, pero en aquel momento bromas como esa parecían divertidísimas.

Durante mucho tiempo, a principios de 1941, el lugar en el que nos encontrábamos parecía relativamente tranquilo, casi pacífico, con sólo los constantes sonidos apagados de las bombas que caían a lo lejos y los disparos que nos irritaban de día y nos molestaban de noche. Pero todo eso estaba a punto de cambiar.

La explosión fue mucho más fuerte de lo habitual, eso fue lo primero que me llamó la atención. Había salido a pasear al perro, un poco más tarde de lo habitual y no había llegado a casa tras escuchar el chirrido de la sirena antiaérea. Podía haberme apresurado y llegar a casa rápidamente, pero no lo hice, me tomé mi tiempo pensando, como varias veces antes, que las bombas rara vez caían en nuestra zona y que la repentina y fuerte explosión estaba más lejos de lo que parecía. No era así.

Los sonidos me atraían hacia una calle por la que normalmente no pasaba; oía gritos y mujeres gritando y luego la campana de una ambulancia o un coche de bomberos. Cuando llegué a la casa, me sorprendió ver que seguía en pie, pero que tenía un aspecto torpe, deforme. Todas las ventanas estaban rotas y un espeso humo negro salía en espiral por la parte izquierda del tejado, aunque los bomberos tenían una manguera que lanzaba un fuerte chorro de agua. El habitual grupito de gente estaba de pie frente a la casa, contemplándola o siendo retenida por policías y equipos de ambulancias.

Todo parece acelerarse al mismo tiempo, la gente se adelanta diciendo que todavía hay personas atrapadas en la casa y que necesitan ayuda, y la policía, los hombres de la ARP y un par de hombres de la ambulancia luchan para impedir que sigan avanzando.

Un policía gritó: "El equipo de la ambulancia está entrando ahora, retrocedan, retrocedan por favor y déjenlos hacer su trabajo".

Me quedé fascinado; nunca había visto nada parecido, era más frenético y caótico que la casa destruida al otro lado de la carretera en casa. Intentaban desesperadamente controlar el tejado en llamas mientras otro grupo intentaba acceder al edificio, aunque la puerta principal estaba muy torcida y no se abría. Entonces, un bombero golpeó la puerta con un hacha varias veces y la puerta se abrió para dejar entrar al equipo. Charlie parecía agitarse y empezó a gemir y a tirar de su correa, así que me arrodillé y lo calmé acariciándole y dándole palmaditas en las orejas con suavidad. Llegaron más policías y otra ambulancia se detuvo, con la campana sonando fuerte y metálica. Pronto vi cómo sacaban a un niño y a una mujer de la casa en camillas y los subían a la ambulancia. La cabeza del chico estaba toscamente vendada y una mancha roja brillaba a través de ella.

"Por favor, váyanse todos a casa," gritó el policía. "Y cierren las puertas con llave. No pueden ayudar aquí y todo está bajo control".

Charlie volvió a quejarse, así que tiré de su correa y me di la vuelta para volver a casa. Mientras me acercaba a la casa, pensando despreocupadamente en la emoción de la última media hora, me di cuenta de repente de que la señora McKenzie de la casa de al lado estaba mirando hacia fuera y de repente gritó aquí está señora Cooper, está volviendo ahora.

Varios vecinos estaban afuera, en el clima frío y helado, mirando la carretera hacia mí y el resplandor rojo del fuego más allá. Mi madre salió de repente de nuestro camino de entrada y vino corriendo hacia mí como si hubiera estado perdido durante días.

"Bobby, Bobby, ¿qué demonios?" gritó, y luego me agarró y casi me aplastó en un fuerte abrazo. "¿Dónde has estado? ¿Por qué no has venido directamente a casa cuando ha sonado la sirena?"

Empecé a contarle lo de la casa bombardeada y su preocupación por mí se convirtió en una ira repentina y feroz, y me gritó que no debía demorarme ni un segundo en el futuro, sino que debía ir directamente a casa en cuanto sonara la sirena. Le dije que lo haría y me envió directamente a la casa y pude oírla hablar con la señora McKenzie en el jardín de al lado.

"No se da cuenta del peligro, ése es el problema," dijo en voz alta. "No se da cuenta".

Paula estaba sentada en la mesa de la cocina terminando su comida y me miró con expresión expectante. Me preguntó si había visto caer la bomba.

"No, pero vi que salía humo del techo y que sacaban a dos personas en camilla," le dije.

"Llévame contigo la próxima vez, Bobby," dijo con los ojos muy abiertos. "Quiero verlo".

"No habrá una próxima vez," dijo mamá, entrando toda acalorada. "Mañana te llevarás al perro más temprano, pero te irás corriendo a casa inmediatamente si hay una sirena".

"¿Puedo ir contigo?" preguntó Paula, suplicante.

"No, desde luego que no," dijo mamá en voz alta, dirigiendo a Paula una mirada como la que acababa de dirigirme a mí.

"No es justo," refunfuñó Paula. "Quiero ver una explosión."

"Recibirás una explosión en tu trasero si dices una palabra más," dijo mamá enfadada. "Ahora vete a la cama y no digas ni una palabra más".

Paula se levantó de la mesa llorando y subió a su dormitorio. Luego me invitaron a sentarme y a tomar el té, aunque no me merecía nada, por la forma en que me había comportado. Se me repitió estrictamente que no debía repetirse el incidente o me confinaría en la casa, aparte de ir y venir de la escuela. ¿Lo entendí completamente? Sí, lo entendí. Podría haber corrido un gran peligro, ¿no me di cuenta? Ahora sí. Paula sólo tiene seis años y no lo entiende, pero yo tengo diez y debería saberlo. Ella esperaba de mí que diera un buen ejemplo a mi hermana pequeña, que no la llevara por el mal camino. Esto no debe volver a ocurrir nunca, jamás.

Intenté comer pan, Bovril y una tarta, pero mamá no paraba de hablar y yo misma tenía ganas de echarme a llorar. Así que fruncí el ceño y me levanté de la mesa sin pedir permiso y me acosté en mi cama durante lo que me parecieron horas. Por fin entró mamá y me dijo que era hora de ponerme la pijama y meterme en la cama, así que lo hice. Un poco más tarde volvió a entrar y me dijo que debía darme cuenta de que sólo se preocupaba por mi seguridad y que no diríamos nada más al respecto. Asentí con la cabeza, satisfecho. Entonces me dio un beso y me dijo que debía dormir bien, que pasara la noche y que no me picaran los bichos.

---

1. en ingles suena como "letus alone" que significa "déjennos solos"

# SIETE

## MARZO 1941

UN SÁBADO POR LA MAÑANA LLEGÓ UNA CARTA DE MI PADRE Y mamá nos sentó para que nos leyera las partes que nos correspondían. Asentimos y nos acomodamos en el salón delantero y Paula quiso saber sobre las otras partes de la carta de papá.

"Son sólo para mamá," dijo mamá, sonriendo.

Paula preguntó por qué, pero le dijeron con toda claridad que se sentara allí y escuchara lo que le interesaba y no se preocupara por nada más. Al parecer, a papá le iba bien y tenía un poco de maña para cocinar y preparar la comida que no conocía. Escribió que le habían ascendido a cabo y que estaba empezando un curso de formación para prepararse para trabajar en el comedor de oficiales.

*Es una buena oportunidad y, aparte de todo, la comida en el comedor de oficiales es mucho más adecuada para comer, así que hay muchas posibilidades de que consiga unas cuantas porciones para mí.*

*Me han dicho que cuando empiece me ascenderán a sargento, así que un poco más de dinero cada semana me vendrá bien. Las tropas van y vienen aquí; aprenden varios oficios y luego son enviadas a zonas de guerra. Pronto debería volver a casa para disfrutar de unos días de permiso, sólo que mi reciente curso lo ha retrasado un poco.*

Había más cosas sobre lo que había estado haciendo, que parecían consistir principalmente en ir al cine del campamento o a la cantina del NAAFI y, por supuesto, preguntas sobre cómo nos iba a Paula y a mí y suplicaba a mamá que le escribiera tan pronto como pudiera. Luego leía las partes más íntimas en silencio, sonriendo de vez en cuando mientras Paula y yo la observábamos con curiosidad.

"Ha tenido mucha suerte hasta ahora", dijo mamá con aire reflexivo mientras dejaba la carta. "No ha sido destinado a una zona de guerra, pero ¿quién iba a pensar que tenía talento para la cocina?"

"No, sólo las mamás pueden cocinar bien", dijo Paula.

"No, no", explicó mamá. "Hay muchos hombres buenos cocineros y chefs. Sólo que no habría pensado que tu padre fuera uno de ellos".

Los dos días siguientes fueron muy, muy tranquilos y, aparte de los lejanos y apagados estruendos de la noche, no habrías sabido que había una guerra. Todo cambió drásticamente el tercer día. Justo después de las ocho de la tarde, mientras estábamos instalados escuchando la ITMA y riéndonos de los chistes tontos de Tommy Handley, sonó la sirena. Apenas se había hecho el silencio cuando una enorme explosión sacudió las paredes de la casa y vi el miedo en la cara de mi madre. Yo no tenía miedo, aunque nunca lo tuve durante toda la guerra; era demasiado joven para entender lo que estaba ocurriendo, supongo, pero también era toda una aventura en lo que a mí respecta. Oímos voces en la calle y salimos a la puerta principal, aunque mi madre me había indicado que me quedara donde estaba. Al asomarnos vimos un humo negro que subía en espiral en un espeso manto amorfo desde una casa cercana a la parte superior de la calle.

La señora McKenzie apareció de repente desde la puerta de al lado y le preguntó a mamá si había oído la explosión

"¿Que si la ha oído?" preguntó mamá satíricamente. "Creo que la habrán oído en China".

"Probablemente de un bombardero Heinkel", dije; había estado buscando los bombarderos alemanes en una revista.

"Creí que te había pedido que te quedaras en la habitación de enfrente", dijo mamá con voz descarnada.

Me retiré, pero sólo tres pasos.

"Me gustaría subir y ver si puedo ayudar a alguien", decía mamá, "pero no puedo dejar a los niños".

"Entraré a vigilarlos", dijo inmediatamente la señora McKenzie. "Era una vecina amable, de unos cincuenta años, que vivía sola. Su marido y su hijo estaban en la Marina Real".

"¿Le importaría? Es muy amable de su parte".

"Tonterías, debemos estar todos juntos en momentos como éste".

Mamá se puso el abrigo y, dando las gracias de nuevo a su vecina, salió a la calle. La Sra. McKenzie regresó unos minutos después y se instaló en nuestra sala de estar con su tejido. Preguntó por Paula, que se había ido a la cama, y luego me preguntó si me gustaba mi nueva escuela. No mucho, le dije, no estaba aprendiendo mucho pasando la mayor parte del tiempo en el pasillo. La Sra. McKenzie sonrió y dijo que me iría bien y que la guerra terminaría para la próxima Navidad. Probablemente. Durante los siguientes veinte minutos se oyeron unas cuantas explosiones amortiguadas, pero me limité a poner la radio y a escuchar algún programa de variedades.

De repente, oí que se abría la puerta principal y que mamá volvía a entrar conduciendo a una anciana con un abrigo negro y el pelo blanco que parecía muy nerviosa y perturbada. Mamá nos dijo a la Sra. McKenzie y a mí que se trataba de la Sra. Bailey y que su casa había sido gravemente bombardeada y que había persuadido a la gente de la ambulancia y a la policía para que le permitieran proporcionar una cama para la noche a la anciana.

Su marido había quedado inconsciente en la explosión y había sido llevado al hospital de Wellhouse con una fea herida en la cabeza para ser tratado.

"Es muy, muy amable de su parte, pero no quiero ser una molestia", dijo la señora Bailey con una voz aguda y nerviosa.

"Tonterías", respondió mamá. "Tenemos una habitación libre sin hacer nada y es bienvenida. Le traeré una taza de té y luego le enseñaré tu habitación".

La anciana se retiró pronto y mamá casi se olvidó de la señora McKenzie, que seguía sentada, tejiendo felizmente en nuestra habitación delantera. Mamá le llevó una taza de té y le agradeció su paciencia.

"Oh, no es nada, comparado con lo que estás haciendo", le dijo la señora McKenzie.

"Oh, tuve que hacerlo", respondió mamá. "Se habían llevado a su marido al hospital y la habían dejado tirada en la calle y la iban a llevar a un albergue para pasar la noche. Aquí está entre amigos y vecinos. Mañana por la mañana la llevaré a Wellhouse a ver a su marido y su hija vendrá desde Lancashire para cuidarla después".

Mi madre se acomodó en un sillón y ella y su vecina tomaron un té y hablaron. Creo que mamá no se dio cuenta de que me había levantado mucho después de mi hora de dormir.

"Y pensar", decía mamá reflexivamente, "que dejé que mi cuñado me convenciera de mudarme aquí como un lugar seguro para quedarme. Es casi tan malo como Islington".

"Dicen que el ferrocarril nos hace vulnerables", dijo la señora McKenzie en un susurro conspirador.

"¿El ferrocarril?"

"Sí, bueno, ¿sabes que los trenes subterráneos salen del túnel en Finchley? Bueno, luego van las últimas cinco estaciones a High Barnet por las vías terrestres".

"¿Sí?" preguntó mamá tímidamente.

"Sí, bueno, un hombre con el que mi Dougie solía trabajar dijo que los trenes que pasan por los puntos eléctricos lanzan chispas y un montón de pequeñas bengalas y eso indica a los bombarderos enemigos dónde está la concentración de edificios".

"Oh, Dios."

Mi madre se quedó pensativa durante un momento y luego dijo que no era una idea muy cómoda que nuestro ferrocarril subterráneo, que salía del túnel a lo largo de varios kilómetros, estuviera indicando un camino para que el enemigo alineara sus bombas. La Sra. McKenzie estuvo de acuerdo y luego anunció que ya era hora de que se pusiera en camino y, cuando mamá se levantó para acompañarla a la salida, se dio cuenta de repente de que yo seguía allí, manteniendo un perfil bajo detrás de ella.

"¿Qué diablos haces ahí todavía, Bobby?" me preguntó, mirándome fijamente.

"¿Ya es mi hora de dormir?" me pregunté, tratando de parecer inocente.

"Vete ahora mismo".

Era ese tono de voz que no aceptaba excusas ni argumentos. Lo había oído antes, por supuesto, muchas veces, y no dudé, sino que me dirigí a la cama inmediatamente. A la mañana siguiente, mamá preparó el desayuno para nuestra invitada y para nosotras, se ocupó de la anciana y le preguntó cómo estaba, entró para ver si la señora McKenzie podía cuidar de Paula durante un par de horas y, como podía, de buena gana, nos pusimos en marcha para coger un autobús hasta el hospital de Wellhouse.

Lo único pacífico del Wellhouse eran las relajantes paredes de color verde pálido, en todas y cada una de las salas. De lo contrario, caminar por el hospital era un choque con tanta gente vendada, sentada en sillas de ruedas, en camas en las salas con las puertas abiertas o simplemente arrastrando los pies por los pasillos. Mamá se aseguró de que la señora Bailey llegara a la sala donde estaba su marido y ambas se sintieron aliviadas al verlo sentado en la cama y con un aspecto bastante alegre. A mamá le aseguraron que estaba bien y que le darían el alta en breve y, tras más averiguaciones en el despacho de la directora, le dijeron que la hija de la señora Bailey había enviado un telegrama diciendo que estaría allí en dos horas para cuidar de sus padres.

Y eso debería haber sido todo para que volviéramos a casa. No fue así. Recorriendo un largo pasillo nos encontramos con un niño pequeño con los brazos vendados que parecía muy apenado y perdido. Mamá se ofreció a acompañarlo a su sala si sabía el nombre de la misma, pero cuando volvimos y lo depositamos allí vimos un espectáculo de lo más desgarrador. La sala estaba llena de niños pequeños, pocos mayores que Paula y todos con vendas en la cabeza o en las extremidades, algunos con desagradables moratones rojos en los brazos o en la cara y todos con aspecto de haber recibido una gran paliza.

"Pobrecitos", dijo mamá, mirando la sala. Una enfermera se acercó a nosotros y le dio las gracias a mamá por haber traído al pequeño a la sala. Mamá asintió lentamente, con una expresión sombría.

"Todos son víctimas del bombardeo", dijo la enfermera en voz baja. "Algunos están muy malheridos".

"¿Cada uno de ellos?"

"Sí, y todos son del este de Londres. Sus hospitales están llenos hasta los topes, así que hemos acogido a todos los que hemos podido".

"Son muchos", dijo mamá con tristeza.

"Sí, y otra sala llena al final del pasillo".

Mi madre apenas dijo una palabra en el autobús de vuelta a casa. Estaba sentada con cara de piedra, retorciendo nuestros boletos de autobús en sus manos, hacia delante y hacia atrás. Fuimos a recoger a Paula y luego mi madre nos preparó una sopa de espinacas con albóndigas, utilizando un montón de caldo que tenía en la despensa, zanahorias, apio, cebollas y un nabo. Era un día seco pero bastante frío para la época del año y la sopa espesa y caliente con zanahorias y las albóndigas especiales de mamá nos calentó y nos llenó.

"¿Puedo salir esta tarde?" pregunté.

"¿Yo también?" preguntó Paula.

"Sí, Bobby", dijo en un tono plano y monótono. "Da un largo paseo y llévate a tu hermana".

"¿Tengo que hacerlo?"

"Sí, tienes que hacerlo", dijo Paula, mirándome fijamente.

"Quiero acostarme", dijo mamá con la misma voz cansada y monótona. "Y asegúrate de no cruzar ninguna carretera principal. Mantente estrictamente en las carreteras secundarias".

Asentí con la cabeza. Creo que fue en ese momento cuando mi madre cambió. Rara vez volvía a estar brillante o alegre como antes, incluso cuando habíamos pasado por muchas privaciones y habíamos estado encerrados en refugios antiaéreos. Antes parecía mantenerse alegre bajo cualquier condición, pero los acontecimientos de las últimas veinticuatro horas la habían afectado gravemente. Lamentablemente, lo peor, mucho peor, estaba por llegar.

# PARTE II

# OCHO

ABRIL 1941

ERA EL MOMENTO DE EXPLORAR, A FONDO, MI NUEVO ENTORNO. LOS fines de semana y las vacaciones eran mi tiempo para explorar el terreno. Aunque me reprendieron severamente por quedarme fuera en la casa bombardeada esa noche, mi madre me dio mucha confianza y libertad para hacer lo que quisiera. De alguna manera, descubrí rápidamente cómo tranquilizarla desde el principio para conseguir una mayor libertad más adelante. Ella seguía presionándome para que me ciñera firmemente a las carreteras secundarias y no cruzara las principales; para que no hablara con extraños; para que no permaneciera fuera más de media hora seguida. Al principio obedecí las reglas con exactitud y volví en menos de treinta minutos de cada viaje solamente durante las cuatro primeras veces que. Luego empecé a alargar mis periodos de vagabundeo gradualmente, pero haciéndolo un poco más cada vez, de modo que una hora completa pronto se convirtió en una norma aceptada. Si se daba cuenta, no decía nada, pero me preguntaba dónde había estado y qué había hecho.

Sin embargo, era un territorio totalmente nuevo, una aventura totalmente nueva. En casa me había familiarizado con las calles locales, las tiendas, los cines, el Finsbury Park Empire, donde había visto los actos del music hall con cómicos, malabaristas, cantantes, músicos y, por último, pero no menos importante e inclasificable, Wilson, Keppel y Betty.

La estación de tren de New Barnet resultó ser un imán considerable. Bajé varias veces para situarme en el puente mientras los trenes pasaban por debajo, resoplando y humeando furiosamente mientras continuaban sus largos viajes a York y Escocia o de vuelta a King's Cross en la otra dirección. Más de una vez vi el Flying Scotsman en su belleza verde y negra. Luego me acerqué a la explanada frente a la estación y descubrí los autobuses verdes. Esto era nuevo, los autobuses en mi vida siempre habían sido rojos con una entrada trasera de donde yo venía, pero aquí, parado frente a la estación había un autobús verde oscuro de la ruta 303 a punto de partir hacia un lugar lejano llamado Hitchin. Para un adulto puede resultar bastante normal, pero para un niño de diez años de Islington era una visión maravillosa: de color verde oscuro, con las ventanas rodeadas de verde claro y el techo plateado, tenía las letras de London Transport en el lateral y una entrada delantera con una escalera que conducía al piso superior justo dentro del vehículo.

Lo miré detenidamente, observé la red adhesiva en todas las ventanas, con sólo una abertura en forma de diamante para mirar a través de ella, y la mayor parte del tablero de destino ennegrecido para reducir la luz visible en el apagón. Cuando me acerqué a la parte trasera, vi que tenía un gran círculo blanco pintado, que luego supe que era una indicación para los trolebuses de que era seguro adelantar durante las horas de apagón. Volví a la inusual entrada delantera y me quedé mirando al conductor de uniforme verde sentado cerca de la escalera hasta que empezó a mirar con cierta desconfianza hacia mí y me alejé de nuevo. Decidí que muy pronto debía dar un paseo en uno de estos autobuses verdes del campo. Cuando recibiera mi próxima mesada y hubiera aumentado mi tiempo de permanencia fuera a setenta minutos, ése sería el momento de hacerlo.

Llevaba ya un rato fuera en aquella incursión, pero decidí que aún no estaba preparado para volver a casa andando y comencé a bajar por la carretera, pasando por la estación, y crucé una calle más abajo, donde pronto encontré un pequeño cine: el Regal. De nuevo me fascinó porque este cine era diminuto comparado con el gran Odeon que estaba más arriba, y que ya había descubierto. En el exterior había una serie de paneles cubiertos de cristal que mostraban imágenes de las películas que se proyectaban, una para esta semana, otra para la próxima y otra que tenía la leyenda "próximamente". Tenía muchas ganas de entrar en ese cine para ver una película, pero sabía que no podría entrar por mi cuenta. Fruncí el ceño y, a regañadientes, me di la vuelta y me dirigí hacia mi casa.

Empecé a aumentar mis pasos rápidamente; ya había infringido dos normas, llevaba más de una hora fuera y había cruzado dos veces una carretera principal. Llegué a casa justo antes de que empezara a llover y entré silenciosamente por la puerta del jardín y por la puerta trasera de la cocina. En la encimera de la cocina había puré de patatas, cebollas y restos de carne que mi madre había guardado de comidas anteriores. Debió de subir a por algo, así que me dirigí en silencio a la sala de estar, me senté en un sillón, cogí el Radio Times y me puse a hojearlo.

Al cabo de unos diez minutos, mi madre apareció en la puerta, miró y pareció sorprendida de verme.

"Bobby", dijo lentamente, frunciendo el ceño, "no te he oído entrar. ¿Cuánto hace que has vuelto?"

"Mucho tiempo, mamá", le dije, tratando de sonar casual y práctico.

"Bueno, no te he oído entrar", repitió, con cara de desconcierto.

"¿Qué hay para cenar, mamá?" pregunté, levantando la vista con entusiasmo.

Por un momento pareció confundida, luego volvió a fruncir el ceño y noté que esa mirada triste aparecía en sus ojos; se había vuelto deprimentemente familiar. Me miró durante unos instantes en silencio y luego dijo "tortitas de carne en salsa, no tardará mucho".

"Bien, me muero de hambre".

"¿Cuándo no tienes hambre?"

Sonreí y ella me devolvió una débil sonrisa, pero la tristeza nunca abandonó sus ojos.

"Sube a la habitación de Paula para ver qué está haciendo" preguntó mamá. "Lleva horas ahí arriba y no puedo vigilarla todo el tiempo si sigues saliendo y dejándonos".

Asentí con la cabeza.

"No quiero que se meta en líos".

Me levanté y subí las escaleras mientras mamá volvía a la cocina.

---

Mi padre llegó a casa con un permiso y se presentó inesperadamente en la puerta, como lo habían hecho antes el tío Bernie y el primo Graham. Llegué a la puerta primero tras el fuerte golpe y la abrí mientras Paula se abalanzaba por detrás de mí gritando "papá, papá" a todo volumen.

La cogió en sus grandes brazos y la besó y abrazó antes de volver su atención hacia mí y hacia mamá, que se apresuraba detrás de mí, ansiosa por ver a qué venía tanto alboroto.

"Harry", dijo, "¿qué demonios haces en casa?"

"Bueno, ¡que saludo!" dijo él, en un simulacro de shock. "Me iré si quieres".

"No seas tonto", dijo ella, acercándose para darle un beso y un abrazo. "Podías haber llamado por teléfono y decirnos que venías".

"Operación de última hora", le dijo él. "Nos vamos de permiso por turnos. No es bueno tener a muchos de nosotros fuera al mismo tiempo. O tendrás un montón de soldados mal alimentados".

No tardó en adaptarse a la nueva situación. Mamá pareció animarse un poco durante los siete días que estuvo en casa. Y sobre todo después de que ella repitiera la sugerencia que le había hecho la última vez que vino a casa y la acompañara de un guiño. Así que papá, cansado y agotado, fue llevado a descansar al dormitorio y Paula, yo y Charlie fuimos enviados a un largo paseo matutino de sábado que no habíamos previsto ni esperado.

Cuando Paula y yo hablamos de esta actividad no nocturna, muchos años después, me dijo que había leído en alguna parte que muchas mujeres se excitaban sexualmente de forma inusual durante el bombardeo. Levanté las cejas, me puse colorado y cambié de tema rápidamente; ¡no era el tipo de actividad que discutía con mi hermana muy a menudo!

Durante un día y medio me pareció tener a un extraño en casa, aunque fuera uno generoso que había llegado cargado de dulces y golosinas y un paquete de carne y alimentos para mamá que, una vez más, decidió no indagar demasiado sobre su origen. Después de eso fue como si hubiera estado en nuestra casa del pueblo y encajó como el cuarto miembro del cuarteto familiar. Sin embargo, durante la agitación de su llegada, nadie, al parecer, se había dado cuenta de que ahora tenía tres rayas en las mangas del uniforme. Cuando las mostró con orgullo, señalando con los dedos cada una de las mangas, mamá comentó que había sido un ascenso terriblemente rápido.

"Podrías haber elegido tus palabras con más cuidado", la reprendió papá con suavidad. "Meritorio es la palabra que estabas, quizás, buscando".

"Estoy segura de que lo has conseguido por tus méritos, querido", respondió mamá, riendo. "Sólo un poco rápido, eso es todo".

"Los ascensos son rápidos en tiempos de guerra", respondió él. "Sobre todo cuando eres un experto en tu trabajo".

Siguieron algunas bromas sobre el hecho de que papá era un

experto culinario en estos días y que ella le cedería con gusto su puesto en la cocina y observaría atentamente cómo se hacía. Él respondió diciéndole que no había ni una sola posibilidad de que eso ocurriera, a menos que aceptara ponerse el uniforme del ejército y pasar una hora cada mañana en el jardín practicando marchas hacia arriba y hacia abajo y poniéndose en posición de firmes empuñando un rifle. En cualquier caso, continuó, alimentar a cientos de hombres era un arte especial y sólo se trataba de comida básica, nada que envidiar a las deliciosas comidas que ella lograba conjurar una y otra vez con una cantidad limitada de ingredientes.

"La adulación te llevará a todas partes", respondió ella, sonriendo. "De acuerdo, me rindo. Nos ceñimos a nuestros roles tradicionales en la vida".

"Puede que sea lo mejor", aceptó él.

"Pero te agradecería" continuó ella, pensativa, "que me quitaras a los niños de encima cuando esté especialmente ocupada con las tareas domésticas y la cocina".

Y así lo hizo. Nos recogía del colegio por la tarde y nos llevaba de excursión al parque o, en una ocasión, a un río donde Paula pasaba una hora casi encantada, observando y dando de comer a patos y cisnes con un pan muy duro que mi madre había declarado no apto ni para desmenuzar. Paula quería ir en un tren de metro que atravesara campos abiertos, ya que sólo había estado en los subterráneos, así que nos llevó de High Barnet a Finchley y nos bajamos justo antes de que el tren entrara en el túnel.

Le dije que quería dar un paseo en autobús hasta cerca de Hadley Woods pero que debía ser en un autobús verde. Papá parecía desconcertado y quería saber qué diferencia hacía el color, pero yo seguía con el tema, así que bajamos a la estación de tren y subimos a un número 303 que estaba esperando. Disfruté de ese primer viaje, subiendo por la escalera de caracol de la parte delantera del autobús y sentándome en la parte delantera del piso superior. En ese momento decidí que sería conductor de autobús cuando dejara la escuela, una elevada ambición que nunca se cumplió.

También íbamos al cine, a un pequeño teatro de la calle principal, pero era un viaje de tarde para todos nosotros, mamá, Paula y papá y yo, así que la elección de la película tenía que hacerse con cuidado. Era una comedia ligera, muy divertida con Bob Hope, Bing Crosby y Dorothy Lamour: El camino a Zanzíbar. Recuerdo que nos mantuvo entretenidos a los tres, pero Paula se puso inquieta.

En mi memoria destacan dos días, los dos últimos antes de que mi padre regresara a su unidad tras siete días en casa. En la primera de las dos extrañas tardes tuvimos un ataque aéreo especialmente grave, con explosiones que parecían estar justo fuera de la casa y, después de la hora habitual, los sonidos de las campanas de las ambulancias urgentes y de los coches de policía. Mi padre levantó la vista de su libro después de una explosión especialmente ruidosa y pareció conmocionado.

"Maldita sea", exclamó, sin que fuera habitual en él el uso de palabrotas, "eso ha sido justo al otro lado de la puerta".

Mamá hizo una pausa en su tejido, lo puso en su regazo y sonrió. "No, Harry, estaba a dieciséis kilómetros de distancia. Acostúmbrate".

"No podría acostumbrarme a esto. No sé cómo lo soportas", dijo él, mirándola con una mezcla de miedo y sorpresa.

"No tenemos otra opción", dijo mamá con ironía.

"No, bueno, será mejor que pongamos a los niños bajo la mesa del comedor".

Mamá lo miró extrañada y una leve sonrisa se formó en su rostro. "Dudo que nos proteja mucho", reflexionó.

"Por favor, Sandra".

Pronto se hizo evidente para mamá que estaba mortalmente serio y muy agitado, nuestro valiente padre sargento del ejército cuya única contribución al esfuerzo de guerra hasta el momento había sido alimentar a los soldados en Aldershot y Colchester. Ella negó con la cabeza, argumentó de manera poco entusiasta que no sería sensato, pero finalmente volvió a negar con la cabeza y subió a buscar mantas y almohadas. Se preparó para dormir en el comedor y le dijo a Paula que dormiría allí.

"No quiero", dijo Paula, sacando el labio inferior. "No es justo".

"Sólo entra ahí, eres una buena niña", dijo mamá y papá asintió con la cabeza mientras se oían pequeñas explosiones amortiguadas, en la distancia. De mala gana, mi hermana entró y apoyó la cabeza en la almohada improvisada. Cuando me enviaron a reunirme con ella, las explosiones casi habían terminado y, media hora más tarde, el "todo despejado" sonó con su monótono tono único.

"¿Puedo subir a mi habitación?" preguntó Paula, haciendo un puchero y a punto de echarse a llorar.

Papá asintió con la cabeza y ambos subimos sigilosamente a nuestras habitaciones.

En su última noche, papá y mamá estaban acurrucados en el sofá y le oí decir, cuando entré en la habitación, que estaba preocupado por todos nosotros con el bombardeo. Mamá intentó tranquilizarle diciéndole que el ruido era engañoso y que la mayoría de las bombas estaban cayendo a kilómetros de distancia. Le pidió que averiguara qué refugios había en la zona y que le prometiera que iría allí si la cosa se ponía muy fea. Ella se lo prometió, probablemente para que se callara.

"Pero te echo mucho de menos", dijo en voz baja. "Y me siento tan inútil y desesperada aquí sola."

"Tienes a los niños", respondió él.

"Es su seguridad y el cuidado constante de su bienestar lo que me hace sentir el peso de todo esto. No sé si podré soportarlo por mucho tiempo".

"Saldrás adelante mi amor, saldrás adelante", le aseguró. "Eres mucho más fuerte de lo que crees".

"La mayoría de las veces me siento bien, en control, capaz de enfrentarme a lo que sea, pero hay otras veces..."

Su voz se apagó y me di cuenta de que había estado de pie en la puerta todo ese tiempo y no me había movido ni un centímetro. No habrían sabido que estaba allí. Podía oír a mi madre resoplando y sin duda estaba llorando y mi padre hacía ruidos tranquilizadores.

Me giré en silencio y volví de puntillas a la cocina.

# NUEVE

## ABRIL 1941

DEFINITIVAMENTE, EN ABRIL DISMINUYÓ EL NÚMERO DE ATAQUES aéreos y de bombas lanzadas sobre Londres. No sabíamos lo que estaba pasando en ese momento, todo lo que sabíamos era que nuestras noches eran menos perturbadoras y empezaba a parecerse más a la vida que todos habíamos conocido antes de septiembre de 1939.

Los noticieros radiales también eran más optimistas, con frecuentes informes de éxitos para el Comando de cazas de la RFA y los bienvenidos informes de la destrucción de muchos aviones enemigos. La Sra. McKenzie, vecina de la casa, opinaba que Hitler había aprendido que no podía bombardearnos hasta la sumisión y que la RFA había conseguido que los alemanes huyeran, como ella decía de forma tan pintoresca. Mamá era más pesimista, sugiriendo que si los alemanes estaban reduciendo sus operaciones de bombardeo era probablemente porque tenían algo más, más potente y horrible, para provocarnos.

"No mires el lado negro, amor", aconsejó la Sra. McKenzie a mi madre. "Nuestros chicos ganarán al final. Ya ves si no lo hacen".

Mamá sonrió con esa sonrisa triste y resignada que había

desarrollado durante el último mes, más o menos, y dijo que no podía ver que las cosas mejoraran mucho, realmente no podía.

Dos días después de ese intercambio con su vecina, las cosas empeoraron mucho, pero no de la manera que esperábamos y sólo a nivel personal. El día comenzó con normalidad y bastante ordinario, hacía un clima gris, sin calor ni frío, pero con cielos grises y un aspecto sombrío en general. Mi madre nos dijo que íbamos a ir de compras con ella, así que salimos de casa y subimos por la calle principal hasta la pequeña parada de tiendas que hay frente al cine Odeon. Cuando llegamos, vimos una cola bastante larga frente a la tienda de comestibles.

"Por esa cola, creo que hoy tienen huevos frescos", murmuró mamá. "Tendré que esperar porque quiero una ración de huevos para dos semanas y un poco de mantequilla nacional, pero ustedes dos no necesitan hacer cola".

Nos dirigió a la marquesina de la parada del autobús y nos sugirió que nos sentáramos allí hasta que ella entrara en la carnicería de al lado. "Puede que los necesite a los dos allí".

Paula y yo nos sentamos en la marquesina y observamos el tráfico, relativamente escaso, que pasaba junto a nosotras, giraba a la derecha junto al Odeon y pasaba por debajo del puente y subía por Barnet Hill. Mi hermana quería saber qué tipo de vehículos pasaban y yo me encargaba de identificarlos. Dije que había un Austin, un Morris y dos coches Riley y luego un autobús verde de la ruta 306 que se dirigía a Watford.

Cuando se produjo una pausa en el tráfico, miré a mi alrededor, pero mi madre no había avanzado mucho en la larga cola. Sonrió brevemente y me hizo un gesto con la mano. En ese momento llegó un autobús 303 que se detuvo ante la marquesina y al que subieron dos personas.

"¿Por qué la entrada está en la parte delantera de ese autobús?" quiso saber Paula.

"No tengo ni idea", le dije.

"Todos los demás tienen la entrada en la parte trasera".

"Sí, lo sé."

"¿Por qué?"

"Ya te he dicho que no lo sé", dije irritado. "Supongo que es un fabricante diferente".

"Es una tontería".

"No, no lo es."

"Sí lo es. Todos los autobuses deberían tener la entrada en el mismo sitio".

No iba a entrar en una larga discusión sobre el asunto; mi joven hermana podía ser muy irritante en cosas ridículas que realmente no importaban. Ella siguió pero le dije que le preguntara a mamá, que no tenía ni idea. Finalmente, después de esperar mucho tiempo y de escuchar a Paula divagar sobre nada en particular, nuestra madre volvió con sus huevos y sus cosas y nos pidió que fuéramos a la carnicería con ella. Compró nuestra ración familiar de tocino y luego pidió un poco de carne de cerdo, pero sólo era un trozo bastante pequeño y tenía un aspecto gris y poco saludable. Teníamos que comer cerdo porque era la tercera semana del ciclo de racionamiento y era obligatorio.

"No habrá suficiente para alimentar a mis dos hijos con eso", dijo mamá, con cara de angustia y luego le dirigió al carnicero una mirada atrayente con los ojos abiertos. Nos miró a Paula y a mí y mi hermana sacó el labio inferior de golpe. Hizo una pausa y luego suspiró.

"Te diré qué, amor", dijo. "Te daré cuatro chuletas de cerdo pequeñas y llenaré el paquete con algunos restos de cerdo". Luego su voz se convirtió en un susurro. "Pero no dejes que nadie más lo vea".

"Muchas gracias", dijo mamá y le dedicó una gran sonrisa.

Volvimos a casa con un paquete bastante grande de carne de cerdo y dos raciones semanales de huevos frescos. Eran sólo seis huevos, pero llevábamos años viviendo a base de huevo en polvo.

El resto de la tarde y la noche fueron tranquilas y pacíficas.

Mamá nos preparó hígado y tocino para la cena, que fue todo un placer, aunque fue muy moderada con la cantidad de tocino que utilizó, diciendo que tendría que servir para mucho. Sin embargo, añadió verduras y patatas, que habían escaseado la semana anterior, por lo que al final nos sentimos satisfechos. Un pudín de bizcocho hecho con sirope dorado añadió el toque final a una comida abundante.

La noche estaba tranquila, casi demasiado tranquila. El esperado e inoportuno ataque aéreo no se produjo. Mi madre acostó a Paula un poco antes de lo habitual y luego ella y yo fuimos a la habitación delantera a escuchar Happidrome. Cuando el timbre de la puerta principal sonó media hora más tarde, mi madre levantó la vista, frunció el ceño, dejó su tejido y dijo: "¿Quién puede ser? Por la noche".

La seguí hasta el vestíbulo y la vi abrir la puerta a Edward, el amigo del primo Graham, aunque no parecía feliz ni alegre en absoluto. Mamá le hizo pasar, le dijo que se alegraba de verle, le preguntó dónde estaba Graham, le preguntó a qué había venido, todas sus preguntas parecían cruzarse entre sí y nunca dejaban tiempo a Edward para responder.

Edward parecía afectado. La madre se dio cuenta de su angustia y le preguntó qué le pasaba. Él le preguntó si podía hablar en privado, sin Bobby. Mamá se volvió hacia mí, con la cara blanca y los ojos vidriosos, y me pidió que fuera a la cocina a leer un rato. No se limitó a pedirme que fuera, sino que me hizo girar por los hombros y comenzó a impulsarme hacia la cocina.

"¿Estarás bien?" me preguntó sombríamente.

"Estaré bien".

"Es sólo mientras Edward y yo tenemos una charla de adultos", dijo y creo que ya sabía lo que tenía que decirle en ese momento; podía ver el dolor en sus ojos aunque, en ese momento, apenas entendía lo que estaba viendo. Sólo sabía que estaba viendo algo malo y me afectaba sin entenderlo en lo más mínimo.

Fui a poner más combustible en la caldera de la cocina; ese mes todavía hacía frío por las noches. Luego me senté a la mesa y me puse a leer mi cómic anual. Estuve bien durante diez minutos hasta que oí pasos en la escalera. Salí y encontré a Paula sentada en una escalera, con el pijama alborotado y los ojos enrojecidos. Me dijo que una bomba había caído por el techo de su habitación y había explotado en el suelo.

"Has tenido una mala pesadilla, Paula", le dije suavemente.

"No, ha ocurrido de verdad", exclamó aterrada.

"Subiré contigo", le dije, "y me aseguraré de que todo esté bien".

Pero el alboroto había sacado a mamá y a Edward de la habitación delantera y pude ver inmediatamente que los ojos de mi madre estaban aún más enrojecidos que los de Paula y que obviamente había estado llorando. Sin embargo, el instinto maternal actuó de inmediato y se apresuró a acercarse a Paula, la consoló y, tras escuchar sus temores, le aseguró que todo estaba bien y la acompañó de vuelta a su dormitorio. Regresé lentamente a la cocina y Edward me siguió y se sentó frente a mí en la mesa. Iba muy elegante con su uniforme de la RFA, con las alas de piloto destacadas en la túnica, pero su pelo parecía revuelto y sus ojos azules tenían esa mirada triste. Le pregunté directamente qué le pasaba a mi madre.

Su mirada fue bastante penetrante antes de decir: "Ha recibido una mala noticia y está muy afectada, Bobby".

"¿Han matado a alguien en la guerra?"

Me miró fijamente a la cara durante tanto tiempo que pensé que no iba a responder.

"Sí."

"¿Es el primo Graham el que vino aquí contigo?"

De nuevo me miró fijamente durante algún tiempo sin responder. "Sí, su avión fue derribado sobre el canal".

Asentí con la cabeza, como si lo entendiera, y de repente me quedé en silencio, mirándole fijamente.

"Ahora te lo contará todo, pero a su debido tiempo. No esta

noche, ni probablemente mañana, sino cuando esté preparada. Quiere decírtelo, me lo ha dicho, pero está demasiado alterada en este momento. Quiero que me prometas, solemnemente, que no dirás ni una palabra, sino que esperarás hasta que ella te lo diga".

Asentí con la cabeza rápidamente, de arriba abajo, con los ojos muy abiertos.

"No querrás que se altere más de lo que está, ¿verdad?"

Sacudí la cabeza rápidamente, "no, no, no".

"Buen chico".

Me dijo en un susurro que no debía decir ni una palabra a la pequeña Paula y yo asentí con entusiasmo, pero de repente se calló al oír pasos fuera y mi madre entró en la cocina. Parecía haberse tranquilizado casi al instante, aparte de sus ojos tristes y enrojecidos, y nos dijo que había tranquilizado a la pequeña pero que aún no se había vuelto a dormir. Luego se apresuró a decir que tenía que conseguirle a Edward algo de comer y un poco de café y cuando él protestó, ella rechazó sus palabras perentoriamente diciéndole que era muy bueno de su parte haber venido hasta aquí y que lo menos que podía hacer era alimentarlo. Edward cedió y no tardó en sentarse a la mesa de la cocina y en comer habichuelas con tostadas y café caliente. Entonces se dirigió a mí y dijo una sola palabra: "cama".

"Te quedarás esta noche, ¿cierto?" le preguntó mientras yo salía de la habitación.

"Gracias, pero tengo que volver a la unidad esta noche".

Me detuve en las escaleras para escuchar.

"Duerme bien aquí, y sal temprano por la mañana".

"Bueno, yo no..."

"Lo consideraría un favor. No me gusta estar sola esta noche y me gustaría pensar que hay un hombre en la casa".

Me fui a la cama y me despertaron por la noche unas voces, suaves pero penetrantes.

Muchos años después le pregunté a Paula si recordaba algo de aquella noche.

Dijo que sí.

"¿Sabías que Edward se quedó esa noche?"

"Sí, lo sabía."

"¿Crees que ellos, um...?"

"Oh, sí", respondió Paula, "estoy segura que sí".

# DIEZ

## MAYO 1941

MAMÁ ESTUVO CALLADA, CASI APAGADA, DURANTE TODO EL DÍA siguiente y no se mostró muy comunicativa en ningún sentido real durante unas dos semanas en total. Todo siguió como siempre, nada cambió realmente; Paula y yo fuimos a la escuela, cenamos por la noche y escuchamos la radio en el salón. Sólo que mamá no sonreía, y mucho menos se reía, parecía seguir el ritmo sin sentir nada.

Y su comportamiento era de repente extraño, fuera de lo normal. Se enfurecía sin motivo alguno y gritaba a todo el que entraba en contacto con ella. Le reprochaba al lechero que no llamara a la puerta cuando depositaba la leche en el umbral, como ella había pedido. Dijo que quería traer la leche rápidamente y no dejarla fuera donde los pájaros pudieran picotear las tapas plateadas y contaminarla. "¿Por qué no puedes hacer nada para ayudar a un cliente? Eres una vergüenza". El pobre hombre se limitó a mirarla, sorprendido. Debo decir que nunca supe de un solo incidente en el que los pájaros picotearan las botellas de leche en todo el tiempo que estuvimos en esa casa. Aun así, era una aberración menor, una reacción a la muerte de Graham y lo que hoy en día probablemente se diagnosticaría como depresión clínica o algo similar.

El día llegó, eventualmente y en su propio tiempo, como Edward había predicho cuando dijo que quería hablar conmigo y nos acomodamos en la mesa de la cocina tan pronto como ella había acomodado a Paula en su cama. Comenzó con un preámbulo acerca de que no deseaba molestarme en ese momento y encontrar las palabras adecuadas, pero se dio cuenta de que era algo que tenía que saber y pensó que yo era lo suficientemente sensible para mi edad, para asimilarlo.

"Es tu primo Graham", comenzó solemnemente. "Su avión fue derribado y murió. Lamentablemente, no volveremos a verlo".

Asentí con la cabeza y miré su rostro expectante, sin responder.

"¿Entiendes?"

"Sí."

"Subió en su avión y, por desgracia, se encontró con toda una escuadra de bombarderos y cazas de escolta alemanes. Según Edward, no tenía ninguna posibilidad."

"Pero vamos a ganar la guerra, ¿no es así, mamá?"

Por supuesto que sí, indicó rápidamente, la RFA estaba ganando la batalla en el aire mientras hablábamos y Edward había derribado un avión enemigo y dañado otro. Era un buen joven, un héroe, y ella le había invitado a quedarse con nosotros un par de noches cuando estuviera de permiso. Sin embargo, no debía decirle nada a Paula, era demasiado joven para entenderlo y se lo diría a su debido tiempo. Yo tenía once años y crecía rápidamente y era el hombre de la casa mientras papá estaba fuera. Entonces mi madre pareció entrar en un semi-trance, murmurando algo acerca de que Graham sólo tenía veintiún años y de lo terrible que era todo aquello y de que todos moriríamos en nuestras camas en poco tiempo; sus pensamientos se mezclaban en ese momento.

Le pregunté amablemente si podía ir a escuchar la radio y ella levantó la vista, me miró fijamente como si acabara de darse cuenta de que estaba en la habitación y luego asintió. Me fui rápidamente, sin querer seguir escuchando sus morbosas divagaciones. En la radio las noticias son buenas y malas, pero sobre todo malas. La ciudad de Liverpool ha sido gravemente bombardeada durante varios días y se han producido muchos daños en casas y edificios. En el Atlántico, nuestra Armada está luchando una ardua batalla para proteger a los buques mercantes de los ataques de los submarinos. Un U-Boat ha sido capturado. Parece que hay pequeñas victorias, pero grandes derrotas.

Poco a poco, ciertamente y con muchos tropiezos en el camino, mi madre volvió a su estado mental anterior; bueno, casi, conservaba un aura de melancolía que nunca parecía abandonarla, pero en lo que respecta a volver a su rutina normal y a enfrentarse a la vida cotidiana en tiempos de guerra, lo hizo desde el sombrío y triste lugar que había habitado durante tanto tiempo.

Las semanas de mayo debieron ayudar; las noticias en la radio eran más optimistas con una gran reducción de los bombardeos en Londres y la noticia de que la RFA había bombardeado con éxito ciudades alemanas como Berlín, Emden y Hamburgo. Era una carnicería a una escala espantosa y sin precedentes, pero, como dijo la señora McKenzie, vecina de la casa, cuando se presentó una noche, "ellos nos lo hicieron primero, así que deben asumir las consecuencias".

Años más tarde discutí con amigos sobre el horror de bombardear a civiles cuando los objetivos de guerra deberían haberse limitado a fábricas de armamento, campamentos militares y similares, pero como señaló un amigo, nadie lucha limpiamente en la guerra cuando se trata de sobrevivir o extinguirse.

Entonces la Marina Real hundió el Bismarck, un acorazado alemán, y eso supuso otro estímulo para todos nosotros. La Luftwaffe alemana seguía bombardeando Gran Bretaña, pero sus esfuerzos se concentraban ahora en Hull, Liverpool, Belfast y el Clyde, en Escocia, intentando sin duda paralizar nuestros astilleros.

Durante el té, una tarde, mi madre anunció que debíamos ir a visitar a la tía Betty y al tío Jack para darles el pésame por lo de Graham.

"¿Qué significa el pésame?" preguntó Paula con inquietud.

"Significa transmitir lo que sientes cuando alguien muere", le dijo mamá con suavidad.

"¿Por todos los que mueren?" preguntó Paula.

"Sí, es una señal de respeto y cariño".

"¿Incluso a los alemanes?"

"No, los alemanes no", dijo mamá en tono amargo. "Sigue con tu té, Paula. Y tú puedes dejar de sonreír, Bobby".

Cuando llamó por teléfono, mi madre no pudo contactar con Betty, pero habló con el tío Jack. La oí decir unas palabras breves a él y decir que lamentaba mucho oír eso. Le pregunté qué era lo que lamentaba oír mientras volvía a poner el auricular del teléfono en su cuna. Frunció el ceño y me dijo que el tío Jack había dicho que la tía Betty estaba demasiado alterada para hablar por teléfono, pero que estaría encantado de vernos el viernes.

"Deberíamos ir", dijo en voz baja, reflexionando. "Estará bien entonces".

Así que salimos a última hora de la mañana del viernes y cogimos el autobús verde 306 hacia Watford. Subimos al piso superior a petición mía y nos distribuimos en los cuatro asientos delanteros, yo mirando a través del pequeño triángulo de la ventana en el marco cubierto de red y deseando tener una vista más grande y clara de la campiña circundante, que pasaba. Me quejé un poco, pero mamá me hizo callar diciendo que lo sabría todo si no estuviera allí y que la explosión de una bomba hacía volar los cristales de las ventanas y hacía trizas las caras de la gente. Mi madre siempre tiene una frase descriptiva vívida.

Una vez que pasamos por la iglesia de Barnet, mi madre repartió los sándwiches de queso y pepino que había preparado. Comimos durante un lento y tortuoso viaje con frecuentes paradas de autobús y ocasionales atascos. Nos apeamos en el campo, justo en las afueras de Watford y antes de llegar a la ciudad. Jack y Betty vivían en una pequeña casa de campo al final de un camino rural y estaba bastante lejos de donde nos habíamos bajado del autobús. Cuando llegamos llamamos a la puerta y el tío Jack nos abrió. Era un hombre regordete, de buena complexión pero bastante inclinado a arrastrar los pies, con unos ojos marrones brillantes que, en esta ocasión, parecían más bien apagados y sin vida.

"Hola, Jack", dijo mi madre, con toda la energía que pudo. "¿Cómo estás? ¿Y cómo está Betty?"

"Me las arreglaré", respondió él, sacudiendo la cabeza como si refutara sus propias palabras. "Betty lo está pasando muy mal, como puedes imaginar".

"Sí, pobrecita", dijo mi madre con empatía, mientras Jack nos conducía al salón, donde la tía Betty estaba sentada en un gran sillón junto a la ventana. Se levantó cuando entramos y mamá la abrazó instintivamente. La saludó y le dijo lo tristes que estábamos todos por la terrible noticia de Graham. Betty hizo una especie de murmullo pero no respondió.

Pronto nos sentamos todos y Betty tenía un aspecto de lo más incómodo; una figura pequeña y rotunda con una falda marrón y un chal, el pelo castaño un poco desordenado y el tipo de ojos con bordes rojos que me había acostumbrado a ver en mi madre. Tendría entonces unos cuarenta y cinco años, unos seis o siete más que mi madre.

"Queríamos venir a darles el pésame", dijo mi madre en voz baja.

"Pésame", repitió Paula; la palabra parecía fascinarla.

"¿Cómo estás?" le preguntó mi madre a Betty con delicadeza.

"Oh, sigo adelante día a día".

"Sí, por supuesto", dijo madre, mostrando compasión y manteniendo su expresión muy seria; algo que ya no le resultaba nada difícil. "El era un joven tan encantador".

El rostro de Betty pareció repentinamente afectado. Respiró con fuerza.

"No puedo hablar de ello", murmuró con voz gutural. "No puedo".

Hubo un silencio terrible y cargado. La expresión de mamá se alteró repentinamente, avergonzada, y murmuró algo que sonó a sí, por supuesto, lo entiendo, y luego todo volvió a quedar en silencio. Jack acudió al rescate de repente, después de que el silencio y la incomodidad empezaran a parecer demasiado largos.

"Miren, ¿por qué no me llevo a los niños y les enseño el jardín?" dijo alegremente y ambas mujeres asintieron rápidamente. Así que salimos con él y nos mostró los árboles frutales y al final un pequeño arroyo donde Paula preguntó si había renacuajos en él. Él contestó que creía que lo más probable es que los hubiera, pero que hoy estaban hibernando.

"¿Hiber qué?" preguntó Paula, desconcertada.

"Durmiendo". Le dijo el tío, sonriendo.

Nos llevó a la vuelta de una esquina, detrás de una mata de arbustos, donde vimos un viejo columpio maltratado por el tiempo. Paula se subió al asiento con entusiasmo y yo empecé a empujarla.

"Tu primo Graham solía columpiarse en esto cuando era pequeño", dijo el tío con nostalgia.

"Es un buen columpio", dije con un conocimiento que no tenía. Sólo quería decir algo.

Cuando nos hicieron pasar de nuevo al pequeño salón, me alegré de ver que la paz, la comprensión y la armonía se habían restablecido. La tía Betty, que tenía una merecida fama de pastelera, había dispuesto toda una mesa de comedor con una gran variedad de pasteles de crema, bizcochos de mermelada y todo tipo de galletas crujientes y barquillos. Nos invitaron a comer y así lo hicimos, y observé a mi madre sentada tranquilamente con mi tía, ambas tomando té, sin hablar mucho pero evidentemente asentadas y contentas.

Paula durmió todo el camino a casa en el autobús y mamá me dijo que habíamos hecho lo correcto al visitar a nuestros parientes y darles el pésame. Le pregunté por qué la tía había dicho que no podía hablar de ello.

"Porque le duele demasiado, Bobby. Está sufriendo por la pérdida de su hijo, al que nunca volverá a ver. ¿Lo entiendes?" Asentí con la cabeza.

El viaje en autobús fue largo y agotador en la oscuridad. Paula se acostó muy tarde esa noche y yo también.

---

Una tarde, inesperadamente, nos enviaron a casa desde la escuela dos horas antes de la hora habitual. El director reunió a todo el mundo en el vestíbulo de la escuela y nos dijo que habían recibido información de que un gran bombardeo era inminente y que podría empezar pronto. En definitiva, había decidido enviarnos a casa antes de tiempo y aconsejó a todos que se apresuraran a volver a casa tan rápido como pudieran.

Todo el mundo se puso en marcha alegremente, feliz de estar libre en una tarde de escuela y yo caminé rápidamente hasta la estación de tren. Conté tres autobuses verdes en la explanada, los números 303, 306 y 340, el último de los cuales era una ruta que iba a Hatfield y Welwyn Garden City de forma algo más tortuosa que el tres cero tres. Estudié detenidamente los tres autobuses, sin prisa por bajar a casa, ya que la situación era tranquila, casi pacífica, y pensé que probablemente se habían equivocado con respecto a un ataque inminente.

Bajé al pequeño cine Regal y miré las fotos de los tráileres en las vitrinas exteriores. La película que se proyectaba esa semana era High Sierra, una película de gánsteres protagonizada por Humphrey Bogart e Ida Lupino, y me habría encantado verla. Busqué en mi bolsillo y descubrí que tenía algo más de un chelín de dinero ahorrado y me pregunté si habría alguna posibilidad de entrar. No me iban a echar de menos en casa durante dos horas y parecía una gran oportunidad, excepto por una cosa. No me dejarían entrar sin la compañía de un adulto.

Aun así, cuanto más miraba aquellas fotos fijas, más ganas tenía de ver la película. De repente, me decidí, decidí que sólo podían negarse a dejarme entrar y que entonces podría volver a casa andando, pero lo iba a intentar.

El Regal era realmente muy pequeño para los estándares de los cines de la época. Cuando entrabas por la puerta, la taquilla estaba justo enfrente, con dos puertas directas al cine a cada lado. No había vestíbulo alguno. Entré con valentía, con el corazón palpitando en el pecho, y puse mi chelín en el mostrador de plata. La mujer que estaba en la cabina era una mujer bastante grande, con el pelo pajizo y los ojos grandes, muy llenos de rímel.

"Sólo uno, por favor", dije con una voz que esperaba que no sonara demasiado nerviosa.

Se quedó mirándome con lo que parecía el inicio de una sonrisa durante un tiempo que me pareció muy largo e incómodo. De repente, el dispensador que tenía delante hizo clic y salió disparado un boleto. Lo cogí rápidamente, esperando que no cambiara de opinión.

"La puerta de la izquierda, cariño", dijo, y nada más.

Empujé la puerta y me encontré inmediatamente en la gloriosa oscuridad del cine; la película había empezado unos cinco minutos antes y lo primero que vi fue el rostro curtido de Humphrey Bogart en la gran pantalla, en aquel cine más bien pequeño. Era una imagen que me resultaría familiar durante los tres años siguientes, pero había una magia especial en la primera vez. Una acomodadora se acercó iluminando con su linterna hacia abajo y yo le mostré mi entrada cuando se acercó a mí. La linterna apuntó a una fila de asientos vacía a mitad del auditorio y me senté al final de la fila.

No había mucha gente en aquella tranquila tarde, pero había un chico joven que estaba totalmente absorto en las aventuras de Perro Loco Earl y su mujer, el personaje de Ida Lupino. Veía fascinado cómo Bogart planeaba un gran trabajo criminal, intentaba ayudar a una joven con dinero para una operación en su pierna mala, era rechazado por ella cuando intentaba ser más que un generoso benefactor y era confortado y ayudado por la muñeca, Lupino. Un gran material y cualquier pensamiento de un ataque aéreo fuera del cine se había evaporado de mi cabeza por completo.

Lo disfruté todo e incluso la segunda película fue bastante entretenida. Me hubiera gustado quedarme para ver el noticiario, los avances de las próximas películas y el comienzo de High Sierra, pero como el programa duraba tres horas y media, sabía que estaría tentando a la suerte si no me iba a casa. Los programas de cine eran continuos a esa hora, pero decidí que no me atrevería a arriesgarme a un arrebato en casa.

Me moví rápidamente por las calles conocidas y llegué a casa en un tiempo récord de cinco minutos. Mi madre estaba preparando el té en la cocina cuando llegué y Paula estaba sentada a la mesa.

"Bobby, llegas muy tarde", dijo, frunciendo el ceño pero continuando con la preparación de la comida.

"¿Ah, sí?"

"Tarde, tarde, tarde", repitió Paula golpeando ruidosamente su cuchara sobre la mesa.

"Sí, ¿qué has estado haciendo?" comenzó, pero Paula la distrajo antes de que pudiera responder. "Y ya está bien de ruido por tu parte, jovencita. Quédate muy callada o te vas a la cama sin té".

Paula levantó el labio inferior y dijo "no es justo", pero en voz baja para que sólo yo pudiera oírlo. No sabía si había habido o no un ataque aéreo, pero pensé que era prudente no preguntar, teniendo en cuenta todo esto.

"¿Pasando el rato en la estación mirando los trenes y los autobuses?" preguntó mi madre.

"Algo así", dije en voz baja y me convencí de que era cierto, al menos durante una parte del tiempo.

"Será mejor que te sientes para tomar el té", continuó mamá. "Te he traído una tostada con huevo en polvo".

# ONCE

## MAYO 1942

La mayor parte de 1941 pasó sin incidentes después de la tragedia de la pérdida del primo Graham. Bueno, desde el punto de vista personal y familiar. A nivel internacional, el gran acontecimiento del año fue el 7 de diciembre, cuando los japoneses invadieron Pearl Harbour, intentando destruir la flota estadounidense y desencadenando la entrada de los Estados Unidos en la guerra. Con los japoneses intentando, sin éxito, paralizar la flota estadounidense y Hitler tratando de destruir Rusia y apoderarse de sus campos petrolíferos, las cosas estaban ciertamente alcanzando el calor blanco en esta guerra salvaje.

De vuelta a casa, mi padre volvió en tres ocasiones más, normalmente con pases de cuarenta y ocho horas. Nos llevaba a los parques y, ocasionalmente, al cine para ver películas de tipo familiar a las que asistíamos los cuatro.

El tío Bernie nos visitó una vez y nos habló del intenso entrenamiento al que se estaba sometiendo para preparar los bombardeos sobre Alemania. Mi madre se enfadó de nuevo y dijo que deseaba que él hubiera entrado en otra rama de los servicios, pero, como él señaló, a menos que pudieras conseguir un trabajo cómodo como el de mi padre, todas las opciones parecían igualmente llenas de peligro. Y él anhelaba desesperadamente volar.

Hubo, por supuesto, algunos bombardeos, pero en general el enemigo parecía haber cambiado de táctica y se afanaba en destruir las instalaciones petrolíferas y las fábricas en las que podían estar construyendo aviones, cañones o tanques. Después, pasamos una buena parte de 1942 sin que ocurriera nada en el frente interno, pero la guerra se intensificó considerablemente en Asia, el norte de África, Rusia y Malta. Un intento concentrado de aplastar a Malta mediante ataques aéreos alemanes fue derrotado y el rey Jorge VI concedió a la isla la Cruz de Jorge por su heroica lucha contra el ataque enemigo.

El tío Bernie volvió a visitarnos en mayo. Tenía siete días de permiso y había pasado la mayoría con su madre, mi abuela Elsie, que vivía en una casa que compartía con una tía llamada Rose en Holloway. Los dos últimos días de permiso los había pasado en casa de su hermana y mi madre le dio la bienvenida, preparándole lo que parecían comidas suntuosas, pero que en realidad no eran más que un uso inteligente de ingredientes básicos, hierbas, salsas y especias exóticas.

En una tarde de sábado insoportablemente calurosa, mamá llevó a Paula a la casa de una amiguita que celebraba una fiesta de cumpleaños. Estaba al final de la calle en la que vivíamos y nos dijeron que serían más o menos dos horas de fiesta, pero que en cualquier caso mantendrían a Paula a buen recaudo allí hasta que mamá volviera a recogerla. Dos horas sin Paula eran algo así como unas vacaciones para mamá y Bernie la había convencido de ir a dar una vuelta rápida en su cacharro, como él lo describía. La colocó en el asiento delantero junto a él y me puso a mí en el asiento trasero, que, según me dijo, había mandado construir especialmente, y partió rugiendo, con el pequeño motor emitiendo un sonido muy gutural. Mamá se había puesto un pañuelo alrededor de la cabeza para mantener el pelo bajo control y era bueno sentir el soplo de aire a nuestro alrededor mientras partíamos en el vehículo abierto. Mamá le preguntó si era la misma marca de coche en la que había llegado Edward, un MG.

"Sí, claro", respondió por encima del rugido del motor y del aire caliente que soplaba con fuerza a nuestro alrededor. "Los MG son muy populares entre los tripulantes."

"Menos mal que no tiene alas", observó mamá satíricamente.

"Compré esta pequeña belleza al padre de mi amigo", continuó Bernie, reduciendo la velocidad y rugiendo ruidosamente hacia Barnet Hill. Mamá gritó con fuerza, tratando de preguntar por qué su amigo lo había vendido, pero el ruido era demasiado grande a medida que avanzábamos y él le dijo que se lo explicaría cuando nos detuviéramos. Salió rugiendo por la carretera hacia Potters Bar y se adentró en un camino rural mientras mamá le gritaba que redujera la velocidad; ella se estaba poniendo nerviosa pero él no podía oír con todo el ruido que nos rodeaba.

Al menos nos estábamos refrescando un poco con el calor del día, aunque el fuerte sol nos quemaba la cara con un saludable tono marrón. Al final, encontró una zona abierta donde pudo aparcar bajo la sombra de un gran roble, donde mamá sacó un termo que había traído y se sirvió tres tazas de té. Luego Bernie encendió un cigarrillo y exhaló un humo azul con satisfacción. Mamá volvió a preguntar por qué su amigo se había desprendido de su coche.

"Bueno, a Freddie no le servía de mucho en el cementerio", dijo él sin darle importancia.

"Oh, Bernie, ¿cómo has podido?" preguntó mamá, sorprendida.

No era lo que ella pensaba, le dijo Bernie. Había ido a visitar a los padres de Freddie para darles sus condolencias y decirles lo buen amigo que había sido y el padre le había cogido cariño a Bernie y le mantuvo hablando durante más de dos horas.

"No podía dejarlo en medio de la conversación", dijo Bernie pensativo. "Y parecía muy preocupado por qué hacer con el cochecito porque no lo quería ni los tristes recuerdos que evocaba".

"¿Así que te ofreciste amablemente a deshacerte de él?" preguntó mamá mirando con curiosidad a su joven hermano.

"Más o menos, sí, así fue", respondió él. "Pero a mí me gustó y se lo compré con mucho gusto".

"Claro que sí", dijo mamá, que incluso esbozó una media sonrisa.

Entonces nos quedamos todos en silencio, con el sol brillando y el canto de los pájaros, y salimos a echar un vistazo por el claro y más allá, en una pequeña zona boscosa. Cuando volvimos al coche y nos sentamos de nuevo, mamá empezó a reflexionar sobre lo cálido, soleado y tranquilo que era el lugar y lo triste que resultaba pensar en toda la muerte y la destrucción que ocurría en el mundo que nos rodeaba en un día tan hermoso y en un entorno tan glorioso. Bernie encendió otro cigarrillo y se mostró reflexivo mientras fumaba en silencio. Luego habló.

"Tienes que entender, hermana, que vivimos día a día, sin saber nunca si volveremos de una misión de bombardeo y encontrando con frecuencia a amigos y compañeros que no regresan. Suena brutal, lo sé, pero en realidad te acostumbras a la muerte súbita hasta cierto punto, incluso llegas a esperarla. Se convierte en una forma de vida después de un tiempo. No pude salvar a Freddie ni a ningún otro de mis compañeros, pero pude hacerle un pequeño favor a su padre y ayudarme a mí mismo al mismo tiempo".

"Sí, lo comprendo", respondió mamá en voz baja.

Freddie suspiró ruidosamente y luego puso en marcha el motor y mamá dijo que era mejor volver a recoger a Paula. El viaje de vuelta a Barnet fue lento, Bernie conducía muy despacio y nunca iba a más de treinta y ocho kilómetros por hora.

---

Mi madre pasó el resto de la tarde y las primeras horas de la noche cocinando una comida especial para Bernie en su última noche con nosotros antes de que volviera a su unidad. Había guardado una cantidad bastante grande de carne de salchicha y estaba haciendo filetes de cerdo mezclados con patatas y pan rallado y condimentados con caldo de verduras, salsa de fuga, jugos de carne y condimentos de pimienta y sal. A continuación, procedía a ligar la carne en rodajas, añadir más pan rallado y freír hasta que estuvieran crujientes y doradas. La exótica salsa especial de mamá, las patatas nuevas y las habichuelas verdes constituyeron el resto de una deliciosa cena para cuatro personas.

Bernie entró en la cocina, donde todo tipo de aromas exóticos de cocina flotaban en el ambiente. Reprendió a mi madre con delicadeza por haberse tomado tantas molestias por él y le dijo que se habría conformado con un trozo de carne enlatada, patatas y guisantes.

"Tonterías, necesitas una buena y sabrosa cena antes de volver a ese aeródromo y yo me voy a encargar de que la tengas".

Mi madre nos indicó a Paula y a mí que pusiéramos el mantel en el comedor; no iba a servir en la cocina, donde solíamos comer los tres. Colocamos todo y yo ayudé a Paula con los cuchillos y tenedores, ya que siempre los confundía. Cuando nos acomodamos para cenar estábamos todos alegres ante la expectativa de un buen golpe, todos menos mamá que parecía apagada y un poco distraída mientras empezaba a servir. Comenzamos a comer y estaba, por supuesto, delicioso como siempre y Bernie le guiñó un ojo a Paula.

"Quería que me llevaras en tu cacharro", dijo Paula, haciendo un puchero de repente.

"Tenías que ir a una fiesta', le recordó mamá. No querrías perdértela".

"No, pero yo también quería un paseo en coche", respondió Paula, para no ser menos.

"Y tendrás uno, cariño", le dijo Bernie, sonriendo. "Lo primero que haré en mi próxima visita."

"¿Lo prometes?"

"Lo prometo. Solemnemente".

Eso hizo que todo el mundo estuviera un poco más alegre y nos pusimos a comer seriamente, pero me di cuenta de que Bernie estaba preocupado por el aspecto sombrío de su hermana. Le preguntó qué le pasaba pero ella le dijo que estaba bien, que no había problema, que no se preocupara.

Fue más tarde, cuando Paula se había ido a la cama y yo estaba sentado en la alfombra junto a la ventana leyendo un cómic, cuando empezaron a hablar en serio. Creo que ni siquiera se dieron cuenta de que yo estaba en la habitación porque estaba fuera de su campo de visión al estar frente a la chimenea.

"Me preocupa, no puedo evitarlo", decía mamá. "Hemos perdido a Graham y no quiero perderte a ti también".

"No te preocupes, hermana, soy tan fuerte como unas botas viejas".

"Pero estás en peligro cada vez que vuelas", respondió mamá de forma agresiva.

No corría tanto peligro como nuestros aliados americanos, le dijo, esos chicos hacían incursiones a la luz del día en las ciudades alemanas en sus enormes Fortalezas Volantes; eso era valentía; eso era peligro real. Al menos la RFA tenía la cobertura de la oscuridad.

Hubo un breve silencio y Bernie pareció mirar fijamente a la chimenea durante mucho tiempo. Entonces empezó a hablar de repente de la euforia que sentía cada vez que despegaban en un bombardero Wellington y subían al cielo nocturno. Con las estrellas brillando y la inmensa extensión de los cielos nocturnos. Estaban nerviosos, con los nervios de punta, era cierto, lo admitía, pero había una tremenda descarga de adrenalina cuando sobrevolaban el objetivo y lanzaban las bombas, desencadenando un caleidoscopio de luces explosivas, explosiones y el fuego antiaéreo que estallaba a su alrededor desde los cañones antiaéreos en tierra. Todos estaban totalmente concentrados, concentrados en sus propias contribuciones personales: el navegante que los llevaba al objetivo, el piloto que los llevaba y los sacaba rápidamente, el apuntador de bombas y su propio nido en la parte de atrás, con sus armas apuntando a cualquier caza enemigo que apareciera. Bombardeaban las instalaciones petrolíferas y los aeródromos; las obras de ingeniería de MAN y los puertos marítimos, buscando las bases de los submarinos. Bombardearían todas las instalaciones y fábricas de guerra alemanas y ganarían la guerra para todos nosotros.

Mamá sacudió la cabeza con tristeza. No podía imaginarse otra cosa que no fuera horrible, aterradora y monstruosa. Un peligro constante.

"Nunca pensamos en ello", dijo Bernie en voz baja. "Estamos demasiado concentrados en nuestros papeles individuales".

"Dijiste antes que vivías con la muerte todo el tiempo".

"Sí, y así es. Pero está en el fondo de nuestras mentes, nunca en la superficie".

Hubo otro silencio y entonces Bernie cambió rápidamente de tema, hablando de lo bien que nos habíamos instalado en esta casa y de cómo envidiaba a mamá y papá y a sus dos encantadores hijos.

"Cuando termine esta guerra" comenzó, entusiasmado, "me voy a buscar una buena chica, me voy a casar y voy a tener dos hijos encantadores".

Mamá levantó una ceja. "Ya es hora de que tengas una novia".

"Oh, tengo una chica, bastante bien", dijo Bernie con ligereza. "Una pequeña y agradable criatura que veo todas las noches que no estoy en operaciones".

"Eso es bueno", dijo mamá, más alegremente. "¿Cómo se llama?"

"Rebecca, bueno, yo la llamo Becky. Es camarera en el pub en el que bebemos todos y todos los compañeros se fijaron en ella, pero yo le gusté".

"Siempre has sido un encanto, Bernie", le dijo su hermana.

"No sé", dijo Bernie lentamente. "Ella está bien, pero Lincoln está demasiado lejos. Después de la guerra quiero encontrar una chica londinense realmente agradable o una que viva bastante cerca. Eso es para mí".

Entonces debí de moverme y hacer ruido porque mamá miró a su alrededor, me vio y exigió saber qué estaba haciendo allí. Leyendo mi cómic le dije, diciendo lo obvio.

"A la cama, ahora".

Les deseé buenas noches a los dos y me fui.

"Buenas noches, viejo amigo", dijo Bernie alegremente.

Cuando me desperté por la mañana ya se había ido, de vuelta a su campamento de la RFA. Pronto nos enteraríamos de los mil bombardeos de la RFA sobre Dresden.

# DOCE

## AGOSTO 1942

UNA BOMBA INCENDIARIA CAYÓ EN LA CASA DE MI ABUELA EN Holloway un viernes por la noche en agosto, pero tanto ella como mi tía fueron llevadas a salvo a un refugio inmediatamente y no resultaron heridas. Cuando el policía llamó a la puerta para dar la noticia a mi madre, al principio sintió pánico, pero se calmó cuando le aseguraron que ambas mujeres estaban a salvo sin sufrir ni un solo rasguño. Las habían llevado al refugio por razones de seguridad mientras se examinaba la casa, aunque se creía que los daños eran mínimos. Sin embargo, la reparación podría llevar un tiempo.

La Sra. McKenzie llegó el sábado por la mañana mientras mi madre se vestía para viajar a Holloway en autobús. Vino y se sentó en la cocina mientras Paula y yo terminábamos de desayunar. Cuando mi madre apareció estaba vestida con un traje azul pálido y llevaba un sombrero elegante. El principio del mes había sido muy cálido, pero las dos últimas semanas se habían vuelto grises, monótonas y apenas cálidas.

"Es muy amable de su parte, señora McKenzie", dijo mi madre mientras buscaba su bolso, su cartera y otros accesorios.

"Tonterías", fue la respuesta. "Puedo sentarme a tejer aquí con la misma facilidad que en mi casa".

Mamá volvió a explicar que tenía que ir a asegurarse de que tanto su madre como su tía tuvieran un lugar donde alojarse hasta que la casa estuviera reparada, aunque si no había un acuerdo firme podría tener que traerlas de vuelta aquí. Mientras hablaba, entraba y salía de las habitaciones, señalando cosas a la Sra. McKenzie, que la seguía de un lado a otro, tratando de decirle que no se preocupara, que lo encontraría todo ella misma con bastante facilidad.

"Ahora Paula no será ningún problema", la oí decir. "Tiene sus muñecas y su libro de animales para mirar y en general se porta muy bien".

"No te preocupes por nada, por nada".

"No, bueno, sólo quiero asegurarme de que no tenga ninguna preocupación, ninguna."

"No las tendré".

"Bobby tiende a vagar por su cuenta, a veces durante horas. Pero es bastante sensato y sabe cuándo debe estar aquí para las comidas; déjalo, volverá cuando esté listo".

La señora McKenzie volvió a entrar en la cocina mirándome dudosamente y luego sonriendo a Paula. Miró a mi madre y luego le preguntó si no sería más sensato pedirme que me quedara en casa ese día en particular, pero mamá se limitó a negar con la cabeza y le aconsejó que me dejara seguir mi camino. Mamá le aseguró que yo sabía que debía venir corriendo a casa si había una sirena y que desde un incidente, hace mucho tiempo, en el que no me había apresurado a llegar a casa, no había vuelto a llegar tarde durante una redada. Lo había hecho, pero ella no lo recordaba.

La Sra. McKenzie todavía parecía dudosa, pero asintió con la cabeza. Entonces mamá se marchó, agarrando su bolso y diciéndonos que nos portáramos bien con la señora McKenzie y asegurándonos que volvería esa noche, con o sin la abuela y la tía.

Anuncié que era hora de llevar a Charlie a dar un paseo, ya que la señora McKenzie estaba lavando los platos y los cubiertos del desayuno, y ella asintió y me pidió que no estuviera fuera mucho tiempo. Paula se agitó para venir durante tanto tiempo que después de decir que no una y otra vez, finalmente cedí y nos pusimos en marcha juntos. Caminamos a paso ligero por la carretera principal de nuestro lado, pasando por la tienda de lácteos Express y volviendo por el mismo camino, sólo desviándonos en una sección de terreno salvaje cerca del cruce de nuestra carretera donde había un pequeño arroyo y un claro donde podía soltar a Charlie por un minuto. Paula se dirigió al agua y no estaba contenta porque no pudo encontrar ningún renacuajo. Le sugerí que todavía estaban hibernando o, en su lenguaje, durmiendo.

"Duermen muchísimo tiempo", se quejó Paula, frunciendo el ceño y sacando el inevitable labio inferior.

"Sí, los renacuajos lo hacen", dije, sin saber ni preocuparme por los hábitos, diurnos o nocturnos, de las criaturas. Volvimos y me quedé en la casa hasta después de la comida, que no era más que bocadillos que mamá había preparado antes. Entonces empecé a sentirme inquieto y anuncié que iba a salir a dar un largo paseo y que seguramente me detendría en la estación de tren para ver algún tren.

"Bueno, asegúrate de volver a tiempo para la cena", me advirtió la señora McKenzie. "Tu madre ha dejado una buena sopa de espinacas con albóndigas".

"Oh, horrible," dijo Paula y recibió una mala mirada de la Sra. McKenzie y una sonrisa de mi parte. Pero yo estaba al margen de todo esto.

Sentí una sensación de euforia y libertad cuando salí por la carretera y me dirigí a la estación de tren. Era un día soso, ni cálido ni frío, ni luminoso ni gris. No había mucha gente y todo estaba muy tranquilo, como los días en que empezó la guerra y todo el mundo esperaba con aprensión los bombardeos que nunca llegaban.

Me fijé en la estación de tren, pero allí también estaba todo tranquilo; era como una somnolienta tarde de domingo en pleno verano y las únicas personas que vi fueron una mujer con un vestido amarillo y un hombre con un sombrero de paja que esperaban pacientemente en el andén de bajada a Londres. Sólo había dos autobuses aparcados en la explanada, un 303 en el lugar habitual y un número 107 rojo un poco más atrás. El silencio se rompió momentáneamente con el estruendo de un tren expreso en la estación y luego todo volvió a la quietud somnífera.

Caminé tranquilamente hasta el cine, cruzando la carretera en la entrada de la estación, y me di cuenta, por los paneles del Regal, de que esa semana proyectaban Casablanca. Me quedé dudando unos instantes, calculando cuánto tiempo podría aguantar, pero calculé que si me perdía la segunda película llegaría a casa a tiempo para la cena. Entonces me di cuenta de que lo más probable es que no me dejaran entrar solo; la última vez había sido una casualidad.

Entré en el pequeño vestíbulo y vi a la señora rubia que había visto la última vez. Puse mi chelín con cautela sobre la ventanilla plateada y dije: "Sólo uno, por favor".

"Es uno y nueve peniques, querido", dijo la señora en voz baja.

"Oh, um, la última vez..." empecé y me detuve.

"Bueno, es uno y nueve, mi amor", repitió. "A menos que tengas menos de dieciséis años, en cuyo caso..."

Ella sabía muy bien que yo tenía menos de dieciséis años y yo sabía que ella era muy consciente del hecho de que yo lo sabía, ella lo sabía. Saqué el último chelín que esperaba guardar para mañana y lo dejé rápidamente sobre el mostrador. Ella pulsó la máquina expendedora y sacó tres peniques con mi boleto. Cogí los objetos y me apresuré a cruzar la puerta de la izquierda de la taquilla antes de que pudiera pronunciar otra palabra.

La película principal acababa de empezar cuando tomé asiento y me senté absorto durante la siguiente hora y cincuenta minutos viendo a Humphrey Bogart, Ingrid Bergman y Paul Henreid poner en ridículo a los nazis. Era un material absorbente y entretenido. También había pequeños papeles de actores con los que me familiaricé durante los tres años siguientes: el siniestro Sidney Greenstreet y el hombrecillo de ojos saltones y voz graciosa, Peter Lorre. Curiosamente, ambos eran personajes bastante inocuos en esta película y para nada malvados o antipáticos. También estaba, por supuesto, el tema central del amor entre Bogart y Bergman, al que, a mi edad, no presté mucha atención, pero que quedó registrado con fuerza en visionados posteriores a lo largo de los años.

Pero cuando Bogart y Claude Rains se alejaron hacia el atardecer para iniciar su hermosa amistad, supe que había llegado el momento de abandonar la acogedora oscuridad del pequeño cine y volver a casa. De repente había más luz en el exterior, o tal vez sólo lo parecía después de la oscuridad del teatro, pero di pasos de gigante hacia mi casa y entré por mi puerta habitual, la de la cocina. Me dirigí de puntillas a la habitación delantera, donde Paula estaba sentada con una muñeca y me miró y estuvo a punto de gritar algo. Me llevé el dedo a los labios y le dije: "Silencio".

"¿Dónde has estado, Bobbie?" preguntó.

"Cállate. Sólo caminando. ¿Dónde está la señora M?"

"En el baño".

Cuando apareció la señora McKenzie, recién salida de su visita al baño, frunció el ceño, me miró fijamente y me preguntó cuánto tiempo llevaba. Le dije que llevaba un tiempo, pero sé que no me creyó; miró a Paula, volvió a negar con la cabeza y desapareció en la cocina para traer la cena. Estábamos a punto de terminar nuestro guiso de espinacas con albóndigas, interrumpido por los gritos de "ugh" de Paula cada vez que se llevaba un trozo de verdura a la boca, cuando mamá llegó a casa.

Sin embargo, estaba sola, sin la abuela ni la tía, lo que provocaba una mirada de consternación por mi parte y de decepción por parte de Paula, porque cuando la abuela estaba cerca el suministro de dulces y chocolate solía aumentar drásticamente. Hubo un tiempo en que el suministro de helados también era impresionante, pero la sustancia no estaba disponible en absoluto durante aquellos grises años de guerra. Cuando se le preguntó, mi madre explicó.

"Han preparado un alojamiento temporal para la abuela y la tía", nos dijo. "Y estoy en conversaciones con las autoridades para trasladarlas a un piso de tres habitaciones con uso de baño, en una casa a sólo tres manzanas de donde vivían".

En cuanto a su casa, mi madre dijo que estaba más dañada de lo que se pensaba y que había sido declarada insegura para ser habitada. Era poco probable que pudieran volver a ella. Luego, mamá nos dirigió a Paula y a mí y nos preguntó si nos habíamos comportado bien.

"La pequeña Paula es tan buena como el oro", dijo rápidamente la señora McKenzie. "En cuanto a Bobby apenas lo he visto".

"No me sorprende", dijo mi madre, mirándome significativamente.

"¿Sabías que se cuela por la puerta trasera de la cocina e intenta bromear con que hace un rato que volvió?" preguntó la señora McKenzie, sonriéndome.

"Sí, ya me lo imaginé hace tiempo", dijo mamá, cogiendo un plato para un guiso.

# TRECE

## SEPTIEMBRE 1942

MI PADRE VINO A CASA PARA UN PERMISO DE SIETE DÍAS EN septiembre. Inmediatamente después de su llegada, el humor de mi madre mejoró notablemente. Se notaba en su paso ágil, en el tono de su voz y en otros pequeños indicadores. Papá llegó a casa cargado con todos los productos habituales, que engrosaron considerablemente la despensa de mamá, y con barritas de chocolate con leche de Cadbury para Paula y para mí. Mi madre quiso saber cómo se las había arreglado para conseguir un gran trozo de carne de vacuno apto para asar, pero él se limitó a llevarse un dedo a la nariz y ella enarcó una ceja. Después de eso no se dijo nada más, pero sí que fue una estupenda cena de domingo con patatas asadas, habichuelas y la salsa de cebolla especial de mamá, muy sazonada. Todos comimos una segunda ración, excepto mamá, y pensamos que la Navidad había llegado antes.

Un sábado por la mañana, mi madre anunció que tenía un día muy ajetreado; pensaba limpiar la casa, coser algunos remiendos o reparaciones generales en algunas de nuestras prendas escolares, hacer trote, según sus palabras, para unirse a la larga cola para comprar carne y huevos en el puesto de venta y luego tomarse un merecido descanso por la tarde. Dudaba de que pudiera terminar esa lista en una mañana, pero era una especie de torbellino una vez que se ponía en marcha.

"¿Por qué no te llevas a los niños?" le preguntó a papá. "Me da un poco de espacio para respirar".

"He pensado en visitar a la gente del restaurante", respondió él.

"Buena idea. Y estoy seguro de que a Bobby y a Paula les encantaría ir contigo".

Mi hermana y yo le sonreímos y dijimos que nos gustaría, así que papá sonrió y dijo que era mejor que nos preparáramos rápidamente, que se iba en veinte minutos. Nos pusimos en marcha y cogimos un autobús hasta High Barnet y luego el metro, cambiando de tren hasta llegar a la estación de Farringdon. Desde allí fuimos caminando hasta el pequeño restaurante donde papá había trabajado como gerente y, como él decía, perrero general, durante varios años antes de que empezara la guerra.

El pequeño local estaba tranquilo un sábado; principalmente una zona de negocios, prosperaba de lunes a viernes y estaba casi vacío el fin de semana. Entramos y sólo vimos a dos personas sentadas en mesas cubiertas de tela de algodón rojo y en el mostrador, una mujer alta, delgada y de pelo gris de mediana edad que sonrió ampliamente en cuanto vio a papá. Él se adelantó y le estrechó la mano calurosamente.

"Sr. Cooper", exclamó, "qué bien. Qué placer tan inesperado".

"Hola, Grace", respondió él con entusiasmo. "Tienes buen aspecto. ¿Estás a cargo estos días?"

Lo estaba, le dijo, y papá le dijo que siempre era la mejor camarera del lugar, por no decir la más fiable, y que más le valía tener cuidado o le sustituiría definitivamente. No, no, ella no lo permitiría, expuso riendo, era su trabajo al que tenía que volver y todo el mundo lo sabía y el propietario se lo había dejado claro a todos al estallar la guerra. Papá sonrió y le dijo que pasara lo que pasara siempre sería su mano derecha. Luego nos hizo un guiño a Paula y a mí y nos acomodó en una mesa en el hueco de la ventana.

"¿Qué les traigo? ¿Un gran plato de huevos con patatas fritas?"

"Oh, qué bien", dijo Paula.

"¿Huevos?" preguntó papá frunciendo el ceño.

"Oh, aquí nos van muy bien los huevos", dijo Grace. "Aunque no siempre los ponemos en el menú".

"Apuesto a que no," respondió papá. "Sí, eso sería encantador, Grace, gracias".

Papá se sentó con nosotros y miró el menú. Se decidió por hachís de carne guisada y Grace se alejó para organizar la comida. Cuando llegó la comida, nos sentamos a comer con gratitud. Para mi hermana y para mí era un placer bastante raro; no solíamos tener ese tipo de comida en casa últimamente. Dos de nosotras comimos en silencio, satisfechos, aunque Paula no podía resistirse a decir "licioso" cada pocos minutos; era su variación de delicioso. Comimos con hambre y, mientras lo hacíamos, varios miembros del personal se acercaron a saludar y charlar con papá, todos parecían quererlo mucho y desear que volviera con ellos. Entró la cocinera y luego regresó Grace, que le puso al corriente de todo lo que había ocurrido durante su estancia en el ejército. Sin embargo, la persona que se quedó más tiempo y que pareció causar la mayor impresión a mi padre fue un joven camarero llamado Rob, un joven alegre de complexión delgada con una gran mata de pelo de color rojizo. Le dijo a papá que iba a alistarse en el ejército dentro de una semana.

"¿Tienes la edad suficiente, Rob?" preguntó papá con cara de asombro.

"El martes pasado cumplí dieciocho años", respondió sonriendo, "y me presenté voluntario el mismo día".

"Vaya, entonces estás entusiasmado".

"Lo estoy, señor Cooper, lo estoy", dijo con entusiasmo. "Me he alistado en un regimiento de infantería, el East Sussex, y espero estar luchando contra los alemanes dentro de un mes".

Papá sacudió la cabeza y sugirió que Rob no debería estar demasiado ansioso por entrar en la primera línea de combate. Se están librando unas batallas terribles y los jóvenes están muriendo en un número considerable. Rob no quería saber nada de eso, quería estar allí, aportando su granito de arena, en la refriega, y no te equivoques, era la hora de pagar por el intento de bombardear nuestra ciudad de Londres hasta los cimientos. Quería participar en la lucha y no aceptaría trabajos blandos; hacerlo lo convertiría en un cobarde. Papá pareció un poco incómodo al decir eso, pero se recuperó rápidamente.

"Admiro tu valentía, Rob", dijo en tono mesurado. "¿Qué piensan tu madre y tu padre?"

"Al igual que usted, Sr. Cooper, intentaron disuadirme, pero no lo consiguieron. En cualquier caso, me habrían llamado a filas en poco tiempo".

Eso era cierto, admitió papá y estaba a punto de decir algo más cuando Paula se adelantó y preguntó qué había de postre. Papá la miró y luego le pidió a Grace, que rondaba expectante, que le aconsejara lo que era recomendable para las niñas golosas. Paula y yo nos decidimos por el Pudín de Esponja sin Huevo hecho con jarabe de oro y leche, un dulce muy popular en aquella época. Incluso papá tomó un poco y terminamos con café Camp para él y limonada para mi hermana y para mí. Luego nos dimos un apretón de manos y un abrazo de papá a Grace y nos dirigimos a la estación de metro y al viaje de vuelta a Barnet sintiéndonos renovados y animados.

Sin embargo, el viaje desencadenó una discusión bastante venenosa entre papá y mamá, una de las pocas que recuerdo entre ellos. Comenzó al día siguiente.

Todo estaba tranquilo por la mañana, al menos para empezar. Salí al jardín a recoger manzanas del árbol del tío Edgar en la parte superior, cerca de la valla. Eran manzanas grandes y jugosas para cocinar y mamá hacía unas tartas y pasteles de manzana estupendos con ellas. Paula no dejaba de insistir en coger una, así que, para que dejara de quejarse constantemente, la levanté y cogió una grande.

Había salido el sol y parecía un día de verano, a diferencia de los días anteriores de ese mes. Mi padre salió y se paseó por los alrededores, tomando los distintos puntos destacados que, por supuesto, eran nuevos para él. Cuando mi madre salió para poner un par de camisas y la falda de Paula en el tendedero, miró a su alrededor y, al vernos a los demás, bajó al jardín. Le preguntó a papá qué le parecía.

"Es un gran jardín. Muchos árboles frutales".

"Es muy bonito", respondió mamá con nostalgia. "Ojalá tuviéramos un jardín así en casa".

Papá hizo una mueca y dijo que creía que teníamos un buen jardín y que qué tenía de especial este. Mamá señaló los arbustos, las matas, las flores y los abundantes árboles frutales.

"Es sólo un poco campestre", dijo con ligereza. "Nada especial".

Mi madre hizo una mueca y se dio la vuelta para volver a entrar en la casa. Mientras se alejaba, gritó que estaba preparando café y que entráramos en cinco minutos; no iba a salir con tazas. Entramos después de un rato de conseguir suficientes manzanas para un par de tartas grandes y mamá puso dos tazas de café en la mesa de la cocina y dos vasos de limonada casera. Mi padre dio un gran trago a su café y anunció a todo el mundo que había estado pensando profundamente durante las últimas veinticuatro horas.

"¿Fue doloroso?" preguntó mamá, sentándose a la mesa.

"Estoy pensando en solicitar un traslado a un regimiento militar activo", anunció de repente, y la cara de mi madre era una imagen de sorpresa y asombro. Empezó a mover la cabeza de forma negativa.

"¿Estás bromeando?" preguntó con voz estridente.

"No, desde luego que no", respondió él. "Ayer vi a ese

valiente joven, Rob, que se alista en un regimiento de infantería, y eso me hizo pensar. ¿Cómo puedo justificar el estar en una cocina del ejército mientras dure la guerra?"

"Oh, ¿preferirías ir a que te volaran la estúpida cabeza entonces?" preguntó mamá en un repentino arrebato de agresividad; su cara se puso roja y se le notó el enfado.

"No seas ridícula" dijo papá con tono de protesta. "Sólo quiero aportar mi granito de arena, hacer una contribución".

Mi madre le contestó enfadada que ya lo estaba haciendo, que le habían asignado al Cuerpo de Hostelería y que así era como debía ser; el ejército le había puesto en el trabajo más adecuado después de considerar su ocupación en la calle civil. Mi padre se quejó de que no era así; se sentía como un fraude al pasar todas sus horas de vigilia en una cocina mientras otros luchaban por su país y morían. En ese momento empezaron a gritarse en serio, papá diciendo que sólo quería hacer lo correcto y mamá gritándole que se iba a poner deliberadamente en peligro cuando no había necesidad y que no estaba teniendo en cuenta lo que ella quería; además, había que tener en cuenta a los niños. Papá levantó un dedo de advertencia y le pidió que parara. Nos indicó a Paula y a mí con un gesto de advertencia y hubo un breve momento de silencio.

"Bobby, ve al jardín y llévate a Paula, por favor".

"No quiero ir al jardín", respondí, y Paula negó con la cabeza, con aspecto lloroso, y dijo que ella tampoco.

"Pues vete a la habitación de al lado o a tu dormitorio", volvió a decir. "Esta discusión no es para tus oídos, ni para los de Paula."

No quería ir a ningún sitio, pero parecía tan enfadada y con la cara tan roja que no me atreví a seguir discutiendo. Le hice una señal a Paula y las dos salimos de la habitación y fuimos al salón delantero. Uno de ellos había cerrado la puerta de la cocina, pero aún podíamos oír las palabras agitadas y furiosas, amortiguadas, que emanaban de allí. Paula me miró con ojos grandes y llenos de lágrimas y me preguntó si los alemanes iban a matar a papá. Le dije que no se preocupara, que mamá lo convencería, pero que no estaba muy seguro. Preparé un juego de mesa para los dos, pero me resultaba difícil concentrarme, al igual que la pequeña Paula. Tras varios intentos fallidos de empezar, se echó a llorar y salió corriendo hacia su habitación.

Caminé un poco y luego me arrastré en silencio y escuché fuera de la puerta de la cocina. Oí las voces levantadas con papá diciendo que no podía entender por qué ella siempre quería retenerlo, fuera lo que fuera que intentara hacer. Mamá respondió que nunca lo había hecho, nunca.

"Mi único pecado es intentar evitar que te maten, estúpido. Todos te necesitamos y queremos que estés a salvo".

No podía seguir escuchando a escondidas, así que volví a la sala de estar y miré por la ventana mientras un hombre de la ARP pasaba a paso ligero. Entonces recordé una conversación entre mamá y la señora McKenzie de hacía unos días, en la que le había oído decir que era muy probable que enviaran a papá al frente para trabajar en un comedor improvisado sirviendo comida a las tropas; así que ya sabía que podía estar en peligro, en cualquier momento.

De repente, decidí que sería mejor salir de casa durante un rato y, aunque no solía mostrar gran consideración por mi hermana pequeña, en esta ocasión se me ocurrió que debía hacerlo. Subí a su habitación y la encontré abrazada a su oso de peluche con los ojos enrojecidos. Le dije que iba a subir a la calle y que ella podía venir también si lo deseaba. Negó con la cabeza miserablemente.

"Podríamos ver si encontramos algunos renacuajos", sugerí.

Eso fue todo; se levantó de un salto, sonrió y asintió con la cabeza, probablemente olvidando al instante lo que le había molestado hace unos minutos. Bajamos y entramos en la cocina con cautela y le dije que íbamos a subir por el camino hasta la zona boscosa. Mamá asintió.

"Entonces, vayan", dijo. "Y no tarden; enseguida prepararé la cena".

"Sí, buena idea, vayan los dos", añadió papá.

Así que nos fuimos. Salimos por la puerta de la cocina, subimos por el camino y nos adentramos en la pequeña zona boscosa, atravesamos los árboles, cruzamos la hierba y bajamos hasta el pequeño arroyo del fondo. Empecé a hurgar en la orilla del arroyo, sin demasiadas esperanzas de encontrar renacuajos, pero decidida a demostrarle a Paula que estaba haciendo todo lo posible. Ella miraba el agua con una mirada de gran concentración y optimismo. Un chico de la parte superior de nuestro camino con el que habíamos coincidido algunas veces apareció de repente y le hice un gesto con la cabeza.

"¿Qué buscas?" preguntó.

"Renacuajos", respondí.

"No encontrarás ninguno", aseguró con seguridad. "No es la época del año. Hace tiempo que se convirtieron en ranas".

"A mí también me gustan las ranas", dijo Paula, sonriendo de repente.

Le di las gracias al chico, creo que se llamaba Maurice, y cogí un palo para hurgar bajo algunas de las rocas y piedras más grandes del arroyo. No pasó mucho tiempo antes de que una pequeña rana verde translúcida saltara de detrás de una roca y Paula soltara un grito de alegría.

Quería saber si podíamos cogerla y que ella la sostuviera, pero resultó demasiado difícil, ya que saltaba cada vez que nos acercábamos a ella. Maurice sonrió y nos aconsejó que volviéramos en un día húmedo, ya que entonces veríamos muchas ranas. Dijo que todas ellas parecen congregarse en torno a ese arroyo cuando llueve.

De repente me di cuenta de que habíamos estado fuera mucho tiempo y cogí a Paula y me apresuré a volver a casa, dejándonos entrar por la puerta trasera de la cocina. Mamá y papá seguían sentados en la mesa de la cocina, pero ambos parecían bastante animados, así que empecé a sentirme más cómoda. Papá nos invitó a sentarnos y mamá asintió con la cabeza. Nos sentamos con cuidado.

"Antes escucharon cosas que no debían", dijo papá en voz baja. "Mamá se puso muy nerviosa porque, como dijo, estaba preocupada por mi seguridad. He decidido que debo tenerla en cuenta a ella y a ustedes dos, y ahora no voy a solicitar un traslado a una unidad militar activa. El ejército decidió dónde creía que debía estar y me colocaron allí".

"Y tu padre lo ha aceptado", añadió mamá, hablando en voz muy baja. "Creo que ha tomado la decisión correcta, por el bien de todos nosotros".

Papá lanzó lo que me pareció una mirada bastante venenosa a mamá, pero ella rompió el hábito del último año, más o menos, y casi le sonrió, diciéndole que era un hombre bueno y muy valiente al pensar en hacer una mayor contribución al esfuerzo bélico en su propio detrimento y posible sufrimiento, pero que ha decidido no hacerlo, por nosotros, su familia. Paula frunció el ceño y quiso saber qué significaba el detrimento. Mamá le dijo que significaba que él podría ser el perdedor.

"¿En qué sentido?" preguntó Paula, desconcertada.

"¿Si le vuelan la estúpida cabeza?" pregunté.

"Ya está bien, Bobby", dijo mamá enfadada. "Sé que no debería haber dicho eso y menos mientras tú y tu hermana estaban en la habitación. Fue una discusión muy acalorada entre tu padre y yo y tengan la seguridad, los dos, de que no volverá a ocurrir".

"Bien", dijo Paula, sacando el labio inferior desafiante.

"Suficiente", dijo papá en voz alta. "Váyanse los dos y olvídense de todo esto".

Sin embargo, no fue lo último; antes de que volviera al campamento, escuché a mi madre diciéndole a mi padre lo difícil que era para ella, preocupándose constantemente por los ataques aéreos, cuidando a dos niños pequeños y a un perro, haciendo cola constantemente para recibir raciones que nunca duraban lo suficiente, y con el trastorno añadido de que su madre había sido bombardeada en su casa y la horrible tragedia de perder a Graham justo después de haber estado de visita aquí. Le dijo que lo entendía y que le parecía maravillosa la forma en que lo afrontaba todo.

Aquel día, después del té, salí al jardín, me acerqué a la valla del fondo y me quedé mirando una casa grande parecida a esta nuestra, al final de un jardín largo y recto. Luego me senté y me puse a mirar ociosamente un arriate. De repente, una rana verde salió de debajo de un arbusto y saltó por el césped antes de desaparecer entre los arbustos más abajo. Sonreí y miré a mi alrededor para ver si Paula estaba en el jardín, pero no estaba a la vista.

# CATORCE

## ABRIL 1943

Era ciertamente bueno escuchar los informes en la radio de que estábamos empezando a ganar la guerra; cada día las noticias parecían mejorar, las victorias en lugar de las derrotas parecían llegar con rapidez. Por supuesto, todavía quedaba un largo camino por recorrer, pero recuerdo que mi madre le decía a la señora McKenzie que se podía leer entre líneas; mientras que los informes de las noticias de 1941 y 1942 habían sido sombríos y premonitorios, los últimos parecían llevar más que un indicio de esperanza para el futuro.

Los primeros signos de éxito habían sido la victoria de la RFA en la Batalla de Inglaterra en el aire. Nuestros Spitfires y cazas Huracán habían salido victoriosos en todos los niveles. Por supuesto, las bajas en todos los bandos fueron cuantiosas y rara vez recibimos detalles de las mismas ni en la radio ni en los periódicos. Un primer indicador de cómo iban las cosas llegó con la rendición alemana en la batalla de Stalingrado. Alemania había desviado su bombardeo de Londres y de las ciudades británicas en el Blitz para concentrarse en la conquista de Rusia y esto fue un gran revés para ellos.

La vida continuó como antes en nuestro hogar temporal de Barnet. Me las arreglé para salir a la calle la mayor parte del tiempo, observando los trenes, estudiando los distintos tipos y rutas de los autobuses rojos y verdes e investigando diversos lugares del barrio. En una ocasión esperé a un 303 verde, me subí a él y fui hasta High Barnet, caminando desde allí hasta el bosque de Hadley y pasando al menos una hora explorando el terreno.

Los bombardeos aliados continuaron con ferocidad; Essen, Munich y Berlín. Bombardeos nocturnos de la RFA y ataques diurnos de la Fuerza Aérea del Ejército de los Estados Unidos. Las tropas aliadas entraron en Túnez y pronto tuvieron el control total de Libia. La Marina Real comenzó a hundir más y más submarinos y más de nuestros convoyes estaban pasando.

Poco a poco conseguí dedicarme más tiempo libre y mi madre nunca me censuró ni reprendió mientras no rompiera la regla de oro: ¡no llegar nunca tarde a la hora de comer! Una vez fui a ver una película llamada "El cielo puede esperar", una epopeya en tecnicolor sobre un hombre que se muere y es entrevistado para ver si debe ir al cielo o al infierno. Me gustó, pero no tanto como la siguiente, que se llamaba "Frankenstein conoce al hombre lobo". Pensé que podría estar tentando a la suerte en el pequeño cine Regal, ya que esta película estaba clasificada como H de terror y los menores de seis años no podían entrar solos bajo ninguna circunstancia. Sin embargo, pensé que era muy alto para mis casi doce años y que iba a intentarlo. Hice la farsa habitual de poner mi chelín y me pidieron un chelín y nueve peniques, que entregué y pronto estuve a salvo dentro de la oscura sala y viendo cómo a Lon Chaney Junior le crecía mucho pelo en la cara y se convertía en lobo. También actuaba Bela Lugosi, que normalmente interpretaba a un vampiro llamado Drácula, pero que en esta ocasión hacía de monstruo de Frankenstein. Si se suponía que debía asustarme, no funcionó; disfruté de la transición de luna llena del hombre a lobo y de la cara que se convierte en lobo, pero nunca me provocó ninguna pesadilla en casa.

Después de la película, volví a casa a toda prisa, llegando a la hora del té por los pelos y entrando por la puerta trasera de la cocina. Mi madre estaba preparando el té para nosotros y Paula ya estaba sentada y agarrando un cuchillo y un tenedor con esperanza.

"El regreso del vagabundo", dijo, quitándole el cuchillo y el tenedor a Paula y dejando los platos en el suelo. Nos informó de que íbamos a comer bollos con mantequilla y sirope y los sirvió un minuto después. Paula pidió mermelada de fresa.

"No puedes tomar mermelada", dijo mamá irritada. "Tienes sirope dorado".

"Quiero las dos cosas", dijo Paula con tono truculento.

"Pues no puedes tener las dos cosas. Una u otra, decídete".

Empecé a untar mantequilla y sirope en el mío, contento. Paula sacó el labio inferior y siguió mirando su bollo sin comerlo. Mamá le dijo que eligiera uno u otro o que se fuera a la cama sin té. Paula acabó eligiendo el sirope y se sentó a escucharlo en señal de protesta silenciosa, con una mirada sombría en su joven rostro. No contestó cuando mamá le habló más tarde y, finalmente, nuestra madre perdió la paciencia y, en cuanto se terminó el bollo, la mandó inmediatamente a la cama llorando.

"Está demasiado cansada", dijo mamá en voz baja. "Voy a tener que empezar a hacer el té más temprano y tendrás que venir antes".

"Oh no, eso no es justo".

"Por supuesto que es justo, Bobby", respondió ella con brusquedad. "¿Qué diablos haces durante horas, por el amor de Dios?"

"Me gusta caminar, ir a ese bosque en la carretera y ver los trenes", le dije, contándole todas mis actividades excepto la principal.

Me miró, enarcó una ceja y fue a servirse una taza de té. Me dio un bizcocho y una limonada. Al cabo de un rato, levantó la vista y me dijo que esa tarde había recibido una llamada del tío Bernie, que venía de visita por un par de días. Había estado en constantes bombardeos durante semanas y se sentía muy cansado y agotado. Estaba decidida a que su visita fuera tranquila y pacífica, lo que significaba que Paula y yo nos comportáramos lo mejor posible en todo momento.

A la mañana siguiente, durante el desayuno, volvió a recordarme mi promesa de guardar silencio y no molestar al tío Bernie cuando llegara. Paula levantó la vista y repitió el nombre de Bernie y luego dijo que él le había prometido llevarla en su cacharro.

"¿De dónde has sacado esa palabra «cacharro», Paula?" preguntó mamá con severidad. "Es un coche, sólo un coche".

"Es una descripción que el tío Bernie usaba, mamá", dije en defensa de Paula.

"Sí, bueno, es una de esas palabras de la RFA, supongo", respondió ella.

"Como que golpe, «viejo» y «wizard prang»[1] cuando te chocas con algo", le ofrecí.

"Sí, de acuerdo, Bobby, podemos prescindir de que repitas como un loro el vocabulario más colorido de tu tío".

"Me gustan los loros", dijo Paula sonriendo. "Quisiera ver uno".

Mamá negó con la cabeza y sugirió que los dos saliéramos al jardín para darle un poco de paz mientras se lavaba. Había llovido durante la noche, así que el suelo estaba bastante mojado. Caminamos hasta el extremo superior del jardín, pasando por los árboles frutales y llegando a una pequeña parcela de tierra y hierba salvaje y sin cultivar que parecía haber escapado a todos los ejercicios de jardinería durante muchos meses. Paula me había seguido por orden mía y ahora se preguntaba qué estábamos viendo. Le dije que se callara y se limitara a esperar y observar.

Cogí un palo y empecé a remover suavemente una parcela de arbustos silvestres. Dos pequeñas ranas verdes saltaron al césped y Paula soltó un grito de alegría. Quería que cogiera una para poder sostenerla, pero no era fácil. Cuando finalmente me acerqué a uno que estaba descansando en un arriate, salté hacia delante de forma repentina y silenciosa, consiguiendo rodear con ambas manos a la pequeña criatura verde. Le advertí a mi hermana que lo sujetara con mucho cuidado y delicadeza o le haría daño a la rana y ella asintió. Entonces, con mucho cuidado, transferí la pequeña criatura a las manos de Paula y ella la envolvió con firmeza pero con suavidad. Permaneció allí sonriendo durante diez minutos antes de soltarlo suavemente en la maleza.

Entonces me pareció oír el sonido de un motor rugiente de un cacharro que se acercaba a la puerta de la casa.

---

Resultó que mamá había dado en el clavo con Bernie. Llegó a la casa con aspecto cansado y casi agotado, con grandes bolsas bajo los ojos. Saludó a mamá, le dio un beso en la mejilla y cuando ella le sugirió que se sentara en el salón y que le trajera una taza de café, sonrió cansado y entró directamente sin decir nada más.

Paula le siguió y yo me quedé justo detrás, para vigilarla más que nada mientras se quedaba de pie en la gruesa alfombra blanca y le miraba fijamente.

"Hola joven princesa", dijo con su voz gruesa y cansada del mundo.

"No soy una princesa", dijo Paula, haciendo un puchero.

"Oh, lo eres", respondió Bernie, tan alegremente como pudo. "Princesa de Fairview Drive y tu madre es la reina".

"¿Has derribado un montón de aviones alemanes?" preguntó Paula, cambiando de rumbo de repente.

Incluso yo, tan joven como era entonces, pude ver el dolor de la memoria en su expresión al escuchar su pregunta. La miró durante unos instantes antes de hablar.

"Bueno, es difícil saberlo, cariño", respondió al fin. "Ciertamente he dado con dos o tres, pero no estoy seguro de si han caído o no. Nunca nos quedamos lo suficiente para averiguarlo".

"Tenemos unas buenas ranitas en el jardín", dijo Paula,

cambiando de tema repentinamente como sólo una niña de seis años puede hacerlo. "Y yo las recojo y les hablo".

"Claro que sí", dijo Bernie, sonriendo. "¿Qué otra cosa podrías hacer con las ranitas?"

Mamá trajo su café y acercó una mesa auxiliar al sofá para ponerlo y le dijo a Paula que no molestara a su tío con preguntas tontas y charlas. Él negó inmediatamente con la cabeza y le pidió que no reprendiera a Paula, era encantador estar allí con su sobrina y su sobrino; le daba una sensación de paz y comodidad y de hogar que era justo lo que necesitaba. Mamá asintió y le dijo que lo entendía y se sentó ella misma, así que yo también lo hice.

Mamá le dijo que debía relajarse, tratar el lugar como si fuera su casa, descansar y no hacer nada durante un tiempo y dormir hasta tarde a la mañana siguiente. Necesitaba descansar, mucho, continuó, y este era el lugar para hacerlo. Paula frunció el ceño.

"Pero, ¿me llevarás en tu «cacharro»?" preguntó. "Lo prometiste".

"Lo haré, señorita, no he pensado en otra cosa desde la última vez que te vi".

Al día siguiente, Bernie seguía relativamente tranquilo, apagado incluso para sus estándares habitualmente extravagantes, aunque se animó a la hora de la cena cuando mamá le sirvió una cacerola de mondongo salado bastante espectacular que había hecho con tripas, hígado, riñones, zanahorias y cebolla. Dijo que había conseguido convencer al carnicero de que le diera despojos adicionales porque también tenía un invitado especial y había añadido su toque mágico al plato con varias hierbas y especias. En aquella época eran muy populares las comidas similares, hechas con mucha margarina, pero la forma que tenía mi madre de condimentar la comida, incluso la más insípida, la hacía muy especial. Incluso se valoraba

Un par de gritos de exquisitez por parte de Paula y tanto Bernie como yo fuimos a repetir.

Bernie dijo entonces que pensaba que mañana sería un buen día para salir en el «cacharro», aunque Paula tendría que sentarse en mi regazo en el asiento de la cajuela y sería un poco apretado. Mamá negó con la cabeza y dijo que mañana estaría muy ocupada con la limpieza de la casa y la cocina, y que tendría que revisar sus libretas de racionamiento para ver qué le quedaba para el resto de la semana. Podía llevarnos a Paula y a mí y ella estaría encantada de tener medio día para sí misma, para arreglarse. Paula dio una palmada y dijo que quería ir en el asiento de la cajuela.

"Y así lo harás, cariño", canturreó Bernie. "Así lo harás. Si el joven Bobbie no tiene ninguna objeción".

"No, prefiero el asiento delantero", le dije.

Así que salimos a la mañana siguiente con un gran paquete de sándwiches de carne enlatada que mamá había preparado y una gran botella de limonada con gas. Bernie condujo muy rápido por la carretera abierta una vez que pasamos por Barnet. Era un día fresco, seco y el viento nos hacía volar el pelo por todas partes; a Paula le encantaba, gritando y sonriendo detrás de nosotros. Recorrimos largas carreteras rurales con altos muros de ladrillo a la derecha y la campiña a nuestro alrededor hasta llegar a Hatfield. Bernie recorrió lentamente todo el pueblo y sus alrededores y luego volvió a abrirse, acelerando a fondo en la carretera de vuelta por la que habíamos llegado.

Nos detuvimos en el bosque de Hadley en el viaje de vuelta y caminamos por senderos que se adentraban en un denso bosque, parando un rato para que yo me subiera a un árbol. Paula se quejó de que la habían dejado fuera, así que Bernie la levantó y la colocó en una gruesa rama, teniendo cuidado de colocarse justo delante de ella por si se resbalaba. Encontramos entonces un claro y nos sentamos a consumir nuestros bocadillos y a beber limonada. Bernie comió y me preguntó si mamá se ponía muy nerviosa durante los ataques aéreos.

"No, ya está acostumbrada", respondí. "Pero nos hace sentarnos debajo de la escalera hasta que terminan".

"¿Ahora lo hace?" preguntó, sonriendo.

"Y el armario de debajo de la escalera está oscuro y es horrible", se quejó Paula.

"Es más seguro, cariño, mucho más seguro".

Le dije que no habíamos tenido muchos en las últimas semanas y pareció aliviado por ello. Al volver a casa, bajando por Barnet Hill, nos quedamos atascados detrás de un autobús verde que circulaba lentamente con un gran círculo blanco pintado y al que no podíamos adelantar con seguridad. Quería preguntarle a mi tío Bernie cómo era el compartimiento trasero de un bombardero Lancaster, pero sabía que a mamá no le gustaría que lo molestara.

Por la noche, mientras estábamos sentados en el salón escuchando a Arthur Askey en la radio y mamá y el tío bebiendo Ovaltine, él le pidió más detalles sobre la abuela y la tía. Mamá le dijo que había conseguido que se instalaran en su nuevo piso, de dos dormitorios y un salón con cocina, pero que tenían que compartir el baño con los de la planta baja.

"Pero no podrán volver a su casa", dijo mamá con tristeza. "Estaba demasiado dañada".

"Tú y yo crecimos en esa casa", murmuró.

"Sí, lo sé y es triste", respondió ella. "Perdieron muchas de sus posesiones que tuvieron que dejar atrás también".

"Y yo no puedo ir y quedarme de permiso y tendré que encontrar un lugar para vivir cuando la guerra termine".

Mamá le apretó la mano y le dijo que pronto encontraría un buen piso y que era bienvenido a quedarse con nosotros hasta que lo hiciera. Dijo que podría aceptarla durante un breve período de tiempo, aunque podría arrepentirse, ya que estaba aprendiendo a tocar la trompeta.

"Que el cielo nos proteja", dijo mamá con fingido horror. "¿Para qué?"

"Los chicos de mi cabaña quieren formar una pequeña banda de jazz. Es muy divertido".

"No para que nadie los escuche ensayar" continuó mamá, "de seguro".

Bernie se encogió de hombros y encendió un cigarrillo. Empezó a hablar de la necesidad de divertirse cuando no estaban en servicio activo; de apartar la mente de la realidad de las misiones de bombardeo. Mi madre asintió, con el ceño fruncido por la concentración, o la comprensión, en su rostro.

Mi madre subió a arropar a Paula en la cama para pasar la noche y yo le pregunté al tío Bernie si había disparado a algún Heinkel. Negó con la cabeza y me dijo que sólo se concentraba en las marcas de la cruz negra y la esvástica y que al diablo con quién fabricaba sus aviones.

Mi madre captó la última frase y le dijo que se preocupaba por él todos los días. Él negó con la cabeza.

"Se convierte casi en rutina, después de un tiempo. Sales volando y te encuentras con un caleidoscopio de luces brillantes, fuego antiaéreo que estalla a tu alrededor, armas que crepitan, una miríada de pequeñas ráfagas de fuego y humo y, la visión que más temes antes de soltar la carga de bombas, un grupo de cazas alemanes justo en tu cola. Entonces tienes que hacer girar la nave rápidamente y tratar de escapar, con tus propias armas disparando".

Mamá levantó la vista de repente, me llamó la atención y me dijo que no debería estar escuchando esto. La miré atentamente y le dije que estaba bien, que no lo repetiría, que sabía que las palabras descuidadas cuestan vidas, lo había leído y oído en la radio bastantes veces. Ambos sonrieron simultáneamente. En momentos como este, reflexioné mucho más tarde, mamá se encontraba sonriendo espontáneamente, sin poder evitarlo, a diferencia de su habitual comportamiento sombrío.

"Bueno, de todos modos no es bueno insistir en ello", dijo Bernie. "Para ti o para mí".

"No", coincidió mamá, mirándome fijamente.

"Lo que sí diré es que he disfrutado cada minuto de estos dos días", continuó Bernie. "Una buena oportunidad para relajarse en buena compañía".

Los ojos de mamá se iluminaron y casi, pero no del todo,

volvió a sonreír. Sus ojos se abrieron de par en par y le dijo que era bienvenido. El tío Bernie sonrió, estiró los pies sobre la gruesa alfombra, encendió otro cigarrillo y sopló el humo indolentemente hacia el techo.

---

1. Una misión de bombardeo que causó una gran destrucción.

# QUINCE

## MAYO 1943

SUPONGO QUE EN ALGÚN MOMENTO IBA A OCURRIR. ME HABÍA salido con la mía durante horas y me había llevado a lugares donde no debería haber estado y me había salido con la mía. Todo eso terminó un caluroso día de mayo, cuando nos dejaron salir temprano de la escuela después de un par de ataques aéreos durante el día y de haber estado sentados en el pasillo durante mucho tiempo. Los bombardeos parecían estar a kilómetros de distancia y no suponían ningún peligro para nosotros, pero nunca se podía saber.

Salí de la escuela a primera hora de la tarde, con el sol cayendo a plomo y una quietud sonámbula en las calles de alrededor; a menudo era así después de los ataques aéreos. Pasé por delante de la tienda de golosinas y miré con nostalgia el escaparate, observando el cartel que decía "Lo siento, no hay helado" y pensé que me gustaría un poco de caramelo, pero no podía conseguirlo sin una cartilla de racionamiento.

Crucé la calle y me acerqué al cine Regal y vi que la película que se proyectaba esa semana era El halcón maltés. Decidí que tenía que verla, pero no me fijé en la hora, ya que ese día había estado dando vueltas por varias tiendas. Entré como de costumbre y me dirigí, esta vez con valentía, a por mí entrada.

Sólo en el último momento me di cuenta de que la mujer habitual no estaba en la taquilla; un hombre delgado con el pelo gris y gafas de montura de alambre me miraba fijamente. Dejé un chelín en el mostrador plateado y le anuncié que quería un boleto para uno, por favor. Se quedó mirándome durante unos instantes que parecieron horas, se relamió con curiosidad y, de repente, apareció mi boleto. Ni siquiera había pedido uno y nueve peniques.

Pasé las dos horas siguientes totalmente absorto mientras tres personas, Sidney Greenstreet, Peter Lorre y Mary Astor, intentaban hacerse con una estatuilla de un pájaro negro con incrustaciones de joyas. Humphrey Bogart era el detective privado que se encargaba de desbaratar sus actividades delictivas y yo estaba tan absorto en las maquinaciones de los cuatro protagonistas y en el desarrollo de la narración que no pensé en la hora.

Salí y me di cuenta, mirando el reloj de un escaparate, de que ya había pasado la hora del té. Caminé, medio corrí, rápidamente, pero supe que estaba en problemas en cuanto entré por la puerta de la cocina y vi a Paula, sentada a la mesa y masticando lo último de sus habichuelas con tostadas.

Mamá me miró fijamente, con la cara contorsionada por la ira.

"¿Dónde diablos has estado, Bobby?" preguntó furiosa.

"Sólo paseando y mirando los trenes", empecé, avergonzado.

"No, no lo has hecho, no en todo este tiempo", dijo. "¿Tienes idea de lo preocupada que he estado?"

Sacudí la cabeza y me quedé en silencio donde estaba, sin atreverme a moverme. Mi madre me dijo que iba a llegar al fondo del asunto y que más valía que tuviera buenas respuestas. Me dijo que me sentara a la mesa, le indicó a Paula que fuera al baño a lavarse las manos y que luego se fuera a jugar a su habitación. Paula se marchó sonriéndome con picardía al pasar. Mamá se sentó en la mesa frente a mí y me pidió que le contara exactamente qué había estado haciendo desde que salí del colegio. Me limité a mirarla fijamente con la boca hacia abajo.

"Estoy esperando", me dijo, de manera irónica.

Es la hora de la verdad. Así que le conté que me encantaban las películas, que estaba absolutamente loco por las imágenes y que había estado yendo a los programas del pequeño cine Regal, de forma intermitente, durante unos dos años. Le dije que me sentaba tranquilamente a ver las películas, sin hacer daño a nadie y con buen comportamiento durante todo el programa. No le dije que normalmente me perdía la segunda película o el noticiario y los avances, pero con los programas de cine que duran una media de tres a tres horas y media, no tenía muchas opciones. Mamá parecía muy sorprendida y empezó a mover la cabeza sin dejar de mirarme ni un segundo. Le dije que me gustaría ver "Lo que el viento se llevó", pero todavía estaba en el Empire de Leicester Square y aún no se había estrenado. Además, la película duraba cuatro horas y media; había leído todo sobre ella en una revista de cine. Mi madre dijo, irritada, que no le interesaba "Lo que el viento se llevó" ni su duración y que no importaba todo eso, que yo era demasiado joven para ir solo, así que ¿quién me iba a llevar?

"Nadie", dije indignado.

"Entonces, ¿cómo entraste, eres menor de edad?"

"Me dejaron entrar en el Regal".

Mamá volvió a sacudir la cabeza y dijo que no podía entenderlo; la gente del cine no tenía derecho a admitir a niños menores de edad. ¿En qué estaban pensando? Le dije que me encantaba el cine y que era lo único que quería hacer en mi tiempo libre. No importaba, dijo, tenía ganas de ir a ese cine y darle una paliza al director. Me estremecí. "No le hago daño a nadie, mamá", dije con tono de apelación. "Sólo me gustan las películas".

Su cabeza se agitaba de nuevo como si se tratara de un rompecabezas perpetuo y ella nunca fuera a desentrañarlo. Me indicó que fuera al horno y sacara una tarta que tenía guardada para mi merienda. Y que tuviera mucho cuidado de usar el paño y no quemarme. Añadió que tendría que dejar de ir al cine solo y sin una escolta adulta. Fui a recoger mi tarta y empecé a comer con cautela; el disgusto me había quitado un poco de apetito, pero perseveré. Levanté la vista mientras comía y vi que Paula había aparecido de repente y estaba pidiendo limonada. Mamá dijo que había bebido demasiada limonada ese día y le ofreció leche en compensación.

Paula aceptó la leche con la cabeza, pero sacó el labio inferior en un gesto destinado a indicar su verdadera opinión sobre la leche. Me preguntó por qué había llegado a casa tan tarde.

"Me perdí", le dije, sonriendo.

"Más bien se perdió en el cine", dijo mamá, dejando la leche de Paula sobre la mesa de la cocina.

"Bestia con suerte", dijo Paula. "Me gustan las películas de cine. Quiero ir".

Mi madre se sentó en la mesa de la cocina y nos dijo que habría visitas familiares al cine, de vez en cuando, pero que las películas serían examinadas por ella como adecuadas para los tres, cuatro cuando papá estuviera de permiso. Se acabó eso de ir al cine una vez a la semana y ver todo tipo de películas para adultos muy poco adecuadas para mí. ¿Lo había entendido?

Le rogué que lo reconsiderara; me encantaban las películas y estaría perdido si me cortaban el suministro.

"¿Podría ir a ver películas con certificado U?" quise saber.

"No quiero restringir tu tiempo de ocio, Bobby", dijo, frunciendo el ceño. "Pero debo pedirte que vengas y me digas qué películas quieres ver y yo tomaré la decisión final. Tienen que ser adecuadas para un chico de trece años".

Asentí con la cabeza. Parecía que sólo podría ver comedias ligeras y musicales y ese tipo de cosas, todo el tipo de películas que no podía soportar.

"¿Lo entiendes perfectamente?"

"Sí".

Y así fue como me quedé con la sensación de que me habían restringido mis actividades extraescolares y de fin de semana. Y las largas semanas de vacaciones de verano se avecinaban con un acceso restringido a mi actividad favorita. Paula se animó y dijo que quería ver Dumbo, una película sobre un elefante que puede volar. Le dije que nunca iba a ver ese tipo de películas y que, de todos modos, no tenía sentido, ¿quién había oído hablar de un elefante que volara?

"Bueno, este sí puede", respondió Paula, con el labio inferior sobresaliendo. "Mi amiga Margaret fue a verla con sus padres y lo vio volar".

"No son más que dibujos animados", respondí irritado, ya que lo había leído en mi libro de cine. "Vete a la cama, Paula"".

"No puedes decirme cuándo tengo que ir a la cama".

"No, pero yo sí puedo", dijo mamá, volviendo a la cocina. "Vete a la cama, Paula".

# DIECISÉIS

## JUNIO 1943

El descubrimiento de mis excursiones cinematográficas no supuso el inicio de reglas prohibitivas para mí, como yo esperaba. Mi madre no volvió a hablar de ello durante mucho tiempo y, en una ocasión en la que estuve solo en una de mis expediciones durante más de dos horas, ni siquiera cuestionó mis actividades. Empecé a pensar que probablemente podría seguir como antes si le daba a mi madre una falsa sensación de seguridad pidiéndole permiso para asistir a comedias o musicales especialmente inofensivos y con certificado U.

La otra sorpresa fue que ella inició una salida al cine con Paula y conmigo en lo que resultó ser un sábado muy caluroso. Nos llevó a un cine grande y cavernoso en East Barnet para ver una película llamada Cabin in the Sky. En ella aparecía Lena Horne, una cantante a la que llegué a admirar mucho en años posteriores. También había una música sincronizada que me gustaba mucho, interpretada por el trompetista Louis Armstrong y la Orquesta de Duke Ellington; eran sonidos que pronto llegaron a gustarme. Debo admitir que me senté durante toda la película embelesada, pero Paula estaba un poco inquieta hacia el final y no paraba de hacer comentarios como: "Mamá, ¿qué hace esa señora con ese hombre?" Mamá la hacía callar y le decía que se lo explicaría más tarde. Se suponía que era una película para toda la familia, pero tal vez esa descripción no le gustó a mi hermana.

Mi madre había preparado una gran bolsa de picnic y, cuando salimos del cine, el sol estaba muy alto y hacía mucho calor. Tuvimos que tomarnos un minuto para ajustar nuestra vista de la oscuridad a la flamante luz del sol. Caminamos por la calle principal, pasamos la estación de metro y llegamos a un gran parque donde encontramos una zona de hierba bajo un gran roble y extendimos nuestro picnic.

Mi madre empezó a repartir sándwiches de carne enlatada y una manzana para cada uno. También teníamos limonada y no tardamos en comer, pero me di cuenta de que mamá tenía esa mirada melancólica tan familiar y le pregunté si todo estaba bien. Mamá asintió y no habló durante un rato, pero luego dijo, de repente, que había hablado con papá por teléfono anoche, después de que Paula y yo nos habíamos acostado.

"No es seguro", comenzó, "pero existe la posibilidad de que tu padre sea destinado al norte de África".

"¿Dónde está la guerra?"

"Bueno, muchos alemanes se han rendido en esa zona", dijo mamá en voz baja. "Así que no es tan malo".

Paula quería unos dátiles y pasas que mamá había traído como golosina después de los sándwiches, pero le dijeron que no habría dátiles ni nada hasta que su sándwich estuviera terminado. Le pregunté a mamá si estábamos ganando la guerra y, aunque seguía sin poder sonreír, pareció animarse un poco.

"Creo que por fin se ve así", me dijo. "Hemos bombardeado las grandes presas de Mohr y Eder, haciendo que los alemanes pierdan la energía de sus industrias de guerra, según las noticias. Y en la radio anoche se informó que 43 barcos U-boat han sido hundidos o capturados".

"Eso es genial", dije, sonriendo. "Estamos ganando, venciendo a los nazis".

"Bueno, aún es pronto", me advirtió mamá.

Después de un largo y doloroso paréntesis, mientras Paula hacía que terminar un sándwich pareciera una tortura infantil, nos pusimos a masticar nuestros dátiles y pasas. Después de eso, fuimos a explorar el parque, observamos el trote de algunos caballos y finalmente, agotados, terminamos la última limonada antes de tomar el autobús de vuelta a casa. Debería haber sido el final perezoso de un día casi perfecto, pero lamentablemente no fue así.

---

La tragedia tiene una atmósfera que parece impregnar el aire que respiramos. Fui consciente de ello, a pesar de mi corta edad, en cuanto disminuyeron los golpes en la puerta principal y mi madre se adelantó en silencio para abrirla. La oí preguntarse en voz alta quién podría llamar por la noche, pero cuando la puerta se abrió y vi a un alto comandante de ala de la RFA de pie, sentí un dolor agudo en el abdomen. Recordé al instante la noche en que Edward había estado allí con su uniforme para darnos la terrible noticia sobre el primo Graham.

La expresión del oficial del aire era ciertamente oscura. Estaba lo suficientemente cerca como para oír la aguda inhalación de mi madre antes de que se pronunciara una palabra.

"¿Sra. Cooper?"

"Sí". La voz de mi madre era un susurro cargado, aprensivo, nervioso.

"¿Podríamos hablar en privado, Sra. Cooper?"

Mi madre se hizo a un lado y le invitó a entrar. Su expresión de asombro me sorprendió justo antes de que se diera cuenta de que estaba detrás de ella por primera vez y me pidió, en voz baja, que buscara a Paula y que fuera a esperar a mi dormitorio hasta que viniera a buscarme. Hice una especie de ruido de respiración y dudé, pero ella me miró fijamente.

"Ahora Bobby, inmediatamente".

Salí en dirección al jardín mientras ella conducía a la visita al salón delantero. Paula estaba junto a los manzanos buscando en vano ranas u otras criaturas nocturnas. Estaba empezando a oscurecer. Le dije que mamá quería que subiéramos a un dormitorio y nos quedáramos allí mientras ella hablaba con su visitante. Quería saber quién y por qué y todo tipo de preguntas que yo no sabía cómo responder. Me siguió, tímidamente, hasta mi dormitorio y se acomodó en mi cama y empezó a mirar las fotos de mi anuario. La casa estuvo muy silenciosa durante los siguientes diez minutos y yo empezaba a sentirme cada vez más incómodo. Paula parecía concentrarse en el anuario cinematográfico, pero yo estaba lejos de poder concentrarme en algo.

Cuando me sentí seguro de que Paula estaba totalmente enfrascada en su libro y no se daba cuenta de lo que yo hacía, salí sigilosamente del dormitorio y bajé a sentarme en uno de los peldaños inferiores de la escalera. La puerta de la habitación delantera estaba ligeramente entreabierta, pero no pude oír ninguna voz con claridad. Entonces oí movimiento y el hombre salió de repente de la habitación delantera y mamá con él; avancé rápidamente hacia la escalera, perdiéndome de vista.

"Lo siento mucho", oí decir al hombre. Mi madre respondió de forma breve y suave, pero no pude captar sus palabras exactas.

"¿Tienes a alguien que pueda venir esta noche?" preguntó el hombre.

"No debería estar sola, señora Cooper".

Oí a mamá decir con una voz extraña, aguda y tensa: "Yo podría contactar con alguien, y tengo que pensar en los niños".

Me retiré rápidamente y tan silenciosamente como pude a mi dormitorio, donde Paula seguía sentada con la cabeza en un libro. Oí que la puerta principal se cerraba ruidosamente y luego los pasos de mi madre en la escalera. No entró en mi habitación, sino que se dirigió, creo, al baño, sin duda para arreglarse los ojos llorosos.

Cuando entró, parecía afectada pero decidida; me cogió de la mano y me llevó a la cama donde nos sentamos, junto con Paula, que a estas alturas tenía los ojos muy abiertos y estaba preocupada.

"Es una noticia horrible, horrible", empezó mamá, con la voz quebrada. "El avión del tío Bernie ha sido derribado sobre Alemania".

Paula soltó un pequeño chillido y se puso a llorar a gritos, lo que provocó que mi madre se abrazara a Paula y lloraran juntas durante unos instantes. Cuando mi madre se recompuso un poco, logré preguntar en voz baja qué había pasado.

"Siento que son demasiado jóvenes para entenderlo todo, pero están creciendo y tienen que saberlo", continuó mamá con lágrimas en los ojos. "Digo que el avión fue derribado, pero en realidad consiguió volver cojeando, muy dañado, a Lincoln, según el Comandante de Ala. El apuntador de la bomba resultó herido, pero el piloto y el navegante sobrevivieron. El pobre Bernie murió de heridas de bala poco después de aterrizar."

Esta noticia hizo que Paula volviera a llorar, esta vez muy fuerte, por lo que mi madre la abrazó fuertemente contra su pecho. Mi madre se levantó de repente y murmuró que teníamos que seguir adelante, que la vida continuaba sin importar lo que el destino nos deparara. Bajó a buscar nuestro té. Paula parecía asustada mientras estaba sentada, mirando fijamente, aunque probablemente sin ver, el libro que había estado examinando antes. Dije que debíamos bajar a ayudar a mamá y Paula asintió.

En la cocina, mamá se afanaba en poner la mesa y prepararnos a todos una comida tardía. Luego se dio la vuelta y nos dijo que tenía que llamar por teléfono a papá y que quizá podríamos terminar de poner la mesa. Me senté a ver cómo Paula sacaba los cuchillos y los tenedores hasta que me dijo "perezoso" y yo le sonreí y saqué una vinagrera. Luego le pedí que terminara, por favor, mientras salía al pasillo y oía a mamá hablar por teléfono.

"Seguro que puedes conseguir un par de días de permiso por motivos humanitarios, Harry", dijo.

Escuché desde la distancia, sin querer acercarme demasiado

por miedo a que me enviara de vuelta a la cocina inmediatamente. No sé qué respondió mi padre, pero obviamente no era lo que ella quería oír. La oí decir que estaba bien que algunos estuvieran sentados cómodamente en la cocina mientras otros estaban sometidos a constantes bombardeos, explosiones y muerte súbita.

"Y yo acabo de perder a mi hermano", añadió con la voz temblorosa.

Me acerqué tímidamente, pensando que me gustaría hablar brevemente con mi padre.

"Sí, lo sé", oí decir a mamá con una voz mucho más conciliadora. "No me hagas caso, es que estoy muy disgustada. Aquí está Bobby".

Me pasó el teléfono sin que se lo pidiera. Me hizo algunas preguntas sobre mamá y luego dijo que me correspondía a mí cuidarla; estaba en un estado terrible y yo era el hombre de la casa mientras él estaba fuera. Y yo ya tenía casi catorce años, casi un adulto. Acepté y dije que me encargaría de que ella estuviera bien y que cuándo volvería él a casa.

"Buen chico. Tu madre estará bien, es más fuerte de lo que parece. Pero ayúdala, Bobby, como puedas".

"Lo haré, papá, puedes contar conmigo".

"Podría conseguir un pase de veinticuatro horas este próximo fin de semana".

Pidió hablar con Paula, así que fui a buscarla. La oí contarle lo disgustados que estábamos todos y cómo Bernie había estado aquí hace poco tiempo y el cariño que le teníamos todos. De repente me di cuenta, si no lo había hecho antes, de que Paula tenía ya nueve años y que estaba creciendo rápidamente.

Mamá se afanaba en preparar una mezcla de huevo en polvo y queso fundido para ponerla sobre las tostadas, y la verdad es que olía muy bien. Entonces Paula volvió a entrar y fue directamente hacia mamá y la abrazó en silencio y me di cuenta de que yo debería haber hecho lo mismo. Pronto estuvimos todos sentados comiendo aunque mi madre estaba obviamente inquieta y todavía muy perturbada. Se levantó antes de terminar su tostada y dijo que iba a llamar a Edward para ver si podía venir. Mientras se dirigía al vestíbulo, Paula enarcó las cejas.

"Está en un estado terrible", dijo Paula, declarando lo obvio, sus ojos se abrieron de par en par mientras me miraba.

"Sí, es un gran shock".

"Echaré de menos al tío Bernie".

"Todos lo haremos, Paula."

"Era un tío encantador".

"Lo sé."

"Él y su «cacharro»".

"Sí."

"Me voy a la cama temprano", anunció. "Dile a mamá que no quiero pudín".

"¿Quién dice que tiene?" pregunté, sonriendo.

Me quedé sentado un rato mirando la caldera y escuchando el carbón que crepitaba en su interior. Luego me levanté y salí al vestíbulo, pero me detuve antes de seguir adelante al oír la voz de mamá, que hablaba en voz baja pero con urgencia por el auricular del teléfono. Decía que no podía más y que le apetecía lanzarse al vacío desde un acantilado. Me asusté de inmediato, pero me quedé paralizado junto a la puerta de la cocina sin poder mover un músculo. Luego dijo que estaría muy agradecida si sentía que podía escaparse y continuó diciendo que le prepararía una cama en la habitación de invitados. Terminó con más agradecimientos y diciendo que esperaría su llegada y que sabía que él la alegraría un poco. Muy, muy poco quizás, pero dadas las circunstancias ayudaría enormemente. Ella necesitaba otro adulto en la casa en ese momento.

# DIECISIETE

## JUNIO 1943

ME QUEDÉ TOMANDO EL TÉ DURANTE MUCHO TIEMPO, SIN QUERER IR a ningún otro sitio, mientras observaba a mi madre mientras ordenaba y limpiaba la cocina. Creo que no comió ni un solo bocado en esa hora del té, sino que se relajó lentamente con una taza de té fuerte. Me quitó el plato y me preguntó con un tono monótono si quería fruta en conserva y natillas. Le dije que sí, por favor, porque pensé que querría seguir moviéndose, seguir haciendo algo útil.

Mientras lo traía a la mesa le dije que Paula había decidido acostarse temprano y me dijo que no quería pudín. Mamá se limitó a asentir con una breve comprensión y siguió lavando los platos en el fregadero. Debió molestarse por la inusual visión de mí sentado a la mesa mucho tiempo después de haber terminado de comer y se dio la vuelta y me indicó secamente que podía ir a divertirme ahora.

Fui a la sala de estar, encendí el aparato inalámbrico y me senté en el sofá, hundiendo los pies en la suave y gruesa alfombra blanca. Escuché a alguien que hablaba de los peligros de las conversaciones descuidadas que cuestan vidas y luego a un hombre que daba una conferencia sobre la iniciativa "Dig for Victory", que estaba cobrando importancia en todo el país. El telediario informaba de un fuerte bombardeo sobre Berlín que, según el locutor, había tenido mucho éxito. Se habían hundido o capturado más submarinos, por lo que los buques mercantes llegaban a su destino con bastante frecuencia.

Mamá entró justo cuando empezaba la ITMA de Tommy Handley y se hundió en su sillón habitual. Parecía no darse cuenta de que yo estaba en la habitación, pero al cabo de un rato cogió su tejido y empezó de forma bastante mecánica. En realidad, pareció animarse un poco durante la ITMA y, mirando en mi dirección, dijo "esa señora Mop es divertida, ¿verdad?"

Estuve de acuerdo y le dije que me gustaba Jack Train y su frase pegadiza "No me importa si lo hago". Más tarde había un programa musical y mientras escuchaba a Vera Lynn cantando sobre los pájaros azules en los blancos acantilados de Dover, me di cuenta de que ya había pasado mi hora de dormir. Mamá no dijo nada y se me ocurrió que esa noche, precisamente, quería compañía.

Seguimos escuchando la radio hasta que a eso de las diez y diez se oyó un golpe sordo en la puerta principal. Mi madre se levantó de la silla como si fuera un gato en una caja y se apresuró a contestar. Era evidente que sabía quién era. La seguí hasta el vestíbulo y le abrió la puerta a Edward, elegante con su uniforme de la RFA y sus alas de piloto, que entró y apuntó su gorra con precisión al perchero. Mamá pareció dudar sólo un instante, así que él se adelantó, la agarró y la estrechó en un fuerte abrazo. Permanecieron juntos durante algún tiempo hasta que, al darse cuenta de que yo estaba merodeando, se separaron rápidamente.

"Hola, muchacho", dijo Edward alegremente.

Asentí sin hablar y le sonreí. Desde luego, tenía un aspecto impresionante con su uniforme de piloto, con su rango de oficial piloto de una sola raya, sus brillantes ojos azules y su gran mata de pelo rubio revuelto y despeinado. Lo consideraba un adulto, por supuesto, pero muy joven, aunque en realidad no tenía más de cinco o seis años más que mamá en ese momento.

Al notar rápidamente lo pálida y angustiada que estaba mi madre, volvió a centrar su atención en ella y se compadeció cuando empezó a contarle la conmoción que supuso la pérdida de su hermano Bernie y cómo sentía que estaba perdiendo el control y el sentido de la vida. Entonces se volvió y me miró con recelo, como si se diera cuenta de que podía haber dicho demasiado en mi presencia, y llevó a Edward al salón y lo acomodó. Se sentó junto a él en el sofá y le dijo que le agradecía que hubiera venido, ya que quería tener una cara amiga cerca en un momento así.

"Por supuesto", le aseguró. "Hiciste lo correcto".

"Todavía no puedo creerlo", continuó ella en voz baja. "Él estaba aquí, en esta habitación, sentado donde tú estás ahora, hace sólo un par de semanas".

"Lo sé. Yo mismo perdí a un buen compañero hace sólo tres días. Cayó en llamas sobre el canal. Y yo estaba justo detrás de él, lo vi caer y no pude hacer nada".

Mi madre me miró y me preguntó si podía ir a prepararle dos tazas de té y me levanté inmediatamente. Fui a hervir la tetera y a prepararlo y todo el tiempo tenía en mi mente el pensamiento de que debería haber sido mi padre el que consolara a mi madre ahora, y no un joven agradable que había sido amigo íntimo del primo Graham. Sin embargo, no podía evitarlo si no podía alejarse del campamento y era un viaje largo, así que tal vez tuvimos suerte de que Edward pudiera consolar a mamá. Cuando entré en la habitación con una bandeja de té y limonada para mí, oí a mamá hablar de esta guerra espantosa y horrible que estaba destruyendo a todos nuestros jóvenes y bombardeando a nuestros civiles en sus casas.

"Bueno, ahora estamos ganando, no hay duda", dijo Edward. "Tenemos a los alemanes huyendo en el aire, están pasando más convoyes navales y el ejército está ganando en el norte de África. Los italianos han tirado la toalla y los norteamericanos están asaltando todos los frentes".

"¿Cuándo terminará todo esto?"

Mamá me dio las gracias y me dijo que podía sentarme y beber mi limonada y luego irme directamente a la cama, ya era bastante tarde, Dios mío. Me senté a cierta distancia y mamá le susurraba a Edward; estoy segura de que pensó que yo no podía oírlo, pero lo hice. Dijo que estaba desesperada y que no creía que pudiera aguantar mucho más. Edward le cogió la mano y le dijo que lo estaba haciendo de maravilla y que no debía rendirse ahora. Él sabía que no lo haría, que era demasiado fuerte. Una madre maravillosa.

"Te has convertido en un muy buen amigo", le dijo mi madre a Edward. "Estoy muy contenta de que Graham te haya traído".

"Yo también, me alegro mucho de que lo hiciera. Toda esta guerra es un lío espantoso, pero conocer a Graham y a los miembros de su familia fue estupendo para mí".

Mamá me miró y no necesité decírselo. Me levanté y le di las buenas noches mientras salía de la habitación. Edward me dio las buenas noches y mamá me dijo que no debía dejar que los bichos me picaran. No dormí muy bien esa noche y me desperté temprano para escuchar el sonido de un rugido del motor de un MG en el sol de la mañana.

Años más tarde volví a preguntarle a Paula si se acordaba de aquella segunda noche de la visita de Edward. Me dijo que sí se acordaba, muy bien, y antes de que le preguntara, sí, pasaron la noche juntos.

"¿Cómo puedes saberlo?"

"No pude dormir esa noche. Estuve despierto toda la noche. Salí al pasillo muy temprano y lo vi salir del dormitorio de mamá. Él no me vio."

"Oh, Dios."

"¿Qué?"

"Bueno, ¿y nuestro papá?"

Paula sonrió con picardía. "Bueno, no sabemos lo que hizo en Colchester, ¿verdad?"

"No mucho, no creo."

Paula siguió sonriendo y levantó una ceja lentamente.

Al día siguiente, mamá anunció que íbamos a viajar a Holloway para ver a la abuela Elsie y a la tía Rose. El día anterior había estado muy ocupada llamando a las oficinas del ayuntamiento y a la funeraria para que alguien de la zona, a quien conocía muy bien, se pasara por allí y les asegurara a la abuela y a la tía que todo estaba arreglado y que Sandra iría a visitarlas al día siguiente con los niños.

Durante el desayuno nos advirtió que nos preparáramos rápidamente en cuanto termináramos y que quería estar al final de la carretera, lista para subir al trolebús en media hora. Paula quería saber por qué íbamos a ver a la abuela hoy de repente. Mamá le echó una mirada de soslayo.

"No hay nada repentino en ello, Paula", dijo en tono cortante, "excepto que la abuela acaba de perder a su hijo, mi hermano, tu tío".

"Pero, ¿qué puedes hacer al respecto, mamá?" continuó Paula.

"Tengo que hacer todos los arreglos del funeral", dijo mamá con frialdad. "Y eso además de asegurarme de que la abuela y la tía estén bien en su nueva casa."

"Es mucho trabajo extra para ti, mamá", dije, con empatía, espero.

Me miró con una expresión dura y noté una serie de cambios de expresión en su rostro, como si no pudiera decidir si debía alegrarse de que yo me preocupara o si debía reñirme por mis comentarios frívolos. Mientras me metía en la boca hojuelas de maíz, se decidió por lo primero.

"Lo es Bobby", dijo en voz baja. "Gracias por tu preocupación, pero alguien tiene que hacerlo. No hay nadie más".

"Manda a llamar a papá", dijo Paula y dio una palmada. "Llama a papá".

Quizás era así de sencillo en el mundo de Paula, que tenía nueve años. Mamá la miró de forma incrédula, terminó su taza de té y nos dijo que nos diéramos prisa y nos fuéramos; debíamos salir de la casa en diez minutos. Paula no ayudó a los nervios de nuestra madre encontrando fallos o disgustos en tres faldas antes de decidirse por una que le pareciera bien llevar. Me vestí rápidamente con ropa de exterior para viajar y encerré a Charlie en la cocina, asegurándome de que tenía agua y comida en sus cuencos. Agarré la bolsa en la que mamá había metido los sándwiches, para emergencias, como ella decía, y salimos de hecho de la casa quince minutos después del anuncio de su plazo de salida.

Luego dejamos una llave extra a la señora McKenzie, que se había ofrecido amablemente a llevar a Charlie de paseo por la tarde. Nos deseó un buen viaje con toda la intensidad que habría aplicado si hubiéramos salido a visitar el Polo Norte.

Era un día cálido, ni demasiado caliente ni demasiado frío, con un poco de sol intermitente pero lo suficientemente agradable para viajar. El conductor nos recortó los boletos y Paula insistió en ser la persona que los sostuviera y el trolebús se deslizó lentamente, con baches, deliberadamente a través de Whetstone, North Finchley y en dirección a Highgate recogiendo a un puñado de pasajeros en todas las paradas. Mirando por la ventanilla desde mi asiento delantero del piso superior, pude ver varios ejemplos de daños causados por las bombas en nuestro viaje que no habían estado allí cuando nos mudamos un par de años antes. Mamá y Paula estaban sentadas en el asiento de enfrente, mirando de vez en cuando pero sin asimilarlo todo como yo.

Había casas clausuradas con carteles de "Peligro, manténgase alejado", edificios cubiertos con sacos de arena e incluso uno de esos montones de escombros que indicaban dónde había estado un edificio. En North Finchley, la rotonda del autobús parecía inusualmente ocupada, con un montón de tripulaciones de autobuses, guardias de la ARP y policías, todos arremolinados, o charlando y fumando en parejas. Los signos de un país en guerra estaban a nuestro alrededor y me sorprendió el número de casas y edificios que tenían las ventanas rotas y entabladas. De vez en cuando observaba una señal de EWS, los indicadores de suministro de agua de emergencia.

Sólo había que caminar desde nuestra casa hasta la carretera principal para subir al autobús y, del mismo modo, era un paseo corto desde la parada de Holloway Road, donde nos bajamos, hasta el nuevo piso. La casa, cuando llegamos, era una vivienda victoriana de tres plantas con un sótano, no muy diferente de nuestra casa en la zona. Mamá tocó el timbre y la abuela Elsie abrió con cara sombría y cansada, aunque puso una expresión de bienvenida al vernos a Paula y a mí de pie, con mi hermana mirando expectante. En aquella época ya era una mujer grande, bajita, fornida y con el pelo grisáceo, todo lo contrario que mi madre, que era relativamente delgada y bastante alta.

"Vengan aquí, mis pequeños", dijo, envolviéndonos primero a mí y luego a Paula en grandes abrazos y plantando besos en nuestras mejillas. Saludó a mamá de forma más conservadora y luego nos condujo al pasillo y a un largo tramo de escaleras, haciendo una pausa cada media docena de escalones para tomar aire. Mamá le preguntó a Abuelita si estaba bien y ella dijo que sí. Sólo un poco agotada después de subir las escaleras.

En el piso vimos a la tía Rose, que era bastante mayor que la abuela, y nos llamó a Paula y a mí para que recibiéramos sus saludos y besos. Mamá tenía un aspecto bastante apenado cuando se sentó en la mesa del comedor y todas nos unimos a la relativamente inmóvil tía Rose. La abuela nos miró a cada uno de nosotros por turnos y luego le preguntó a mamá "¿qué sigue?"

"En primer lugar, tienen que dejármelo todo a mí", dijo mamá en voz baja. "Haré todos los arreglos para el funeral y te haré saber con tiempo dónde y cuándo".

El labio de Abuelita tembló un poco y se llevó un delicado pañuelo a la cara para tratar de secarse subrepticiamente los ojos como si estuviera limpiando el exceso de sudor. En realidad, nadie se dejó engañar, ni siquiera la joven Paula.

"Pero, ¿vendrás a llevarme ese día?"

"Claro que sí", dijo rápidamente mamá. "Ahora no te preocupes por nada".

La abuela murmuraba, casi para sí misma, sobre lo terrible y espantoso que era perder a un hijo, uno cuya vida era tan valiosa y debería haberse prolongado ante él durante los próximos sesenta años, por lo menos. Mamá asintió con dolor y respondió que algunas cosas estaban más allá de nuestra comprensión y entendimiento total. Luego hizo un intento desesperado y no del todo convincente de cambiar de tema y animar a todos preguntando cómo se las arreglaban los dos en su nuevo hogar.

"Nos las arreglamos bastante bien", respondió Abuelita. "Sólo nosotras dos, con pocas necesidades, así que no podemos quejarnos".

"¿Perdieron muchas cosas de la antigua casa, tía?" pregunté cuando la conversación parecía agotarse.

La tía Rose asintió rápidamente con la cabeza y dijo que sí, muchas baratijas personales y cosas por el estilo, sin mencionar todos sus buenos muebles. La abuela añadió que habían conseguido salvar uno o dos muebles y que ese joven y simpático hombre de la ARP, Andy, les había ayudado a recuperarlos. La tía añadió que al menos habían sobrevivido a la bestia de la bomba y estaban todos enteros, así que no podían quejarse. Yo seguía pensando que tal vez deberían refunfuñar y desahogarse, teniendo en cuenta la cantidad de veces que surgió la frase.

"¿La bomba alemana hizo estallar tu vieja casa en pedazos?" preguntó Paula de repente y mi madre la miró furiosa. Le advirtió a Paula que tuviera cuidado con lo que decía, pero la abuela se limitó a reírse y le dijo que no había problema.

"No, cariño, dos bombas incendiarias lo dañaron gravemente", dijo en voz baja. "Pero las autoridades consideraron que era mejor no arriesgarse a volver a entrar".

"No sé de dónde saca esas palabras", dijo mamá, sacudiendo la cabeza. "Es verdad que es un desastre".

"Podría haber dicho ¡hasta el infinito!", dijo Paula frunciendo el ceño.

"Creo que ya has dicho bastante, jovencita".

Mamá dijo entonces que había que ver los aspectos prácticos y que no estaba nada contenta con esa escalera. ¿Cuántas veces tenía que subir y bajar la abuela?

"Sólo cuando subo la leche y el pan", dijo la abuelita de forma conciliadora. "O cuando bajo a pagar al lechero o al panadero. Y sólo voy a las tiendas de Holloway Road un día sí y otro no para hacer la compra".

Mamá negó con la cabeza. Era demasiado para dos señoras de edad avanzada y, sobre todo, para la tía Rose, que no podía caminar demasiado bien. Aquella tarde iba a ir a las oficinas del ayuntamiento para ver si era posible conseguirles un piso bajo. Tan pronto como viera al enterrador. La abuela y la tía protestaron diciendo que no querían ningún tipo de problema y afirmaron una vez más que estaban cómodas, que se las arreglaban bastante bien y que no debían quejarse. Mamá dijo con firmeza que se encargaría de todo eso.

Puede que no fueran demasiado ágiles, pero la tía y la abuela se las habían arreglado para preparar un almuerzo para todos nosotros, una cazuela de verduras con unas cuantas hebras de carne guisada. Tampoco estaba tan mal, provocando al menos un "licioso" por parte de Paula y platos muy vacíos por parte del resto. La comida temprana significó que mamá pudo salir inmediatamente después para su abordaje a la oficina del consejo y su reunión con el director de la funeraria.

La abuela nos llevó a los campos o, tal vez debería decir, nosotros la llevamos a ella, ya que era muy lenta caminando y tenía que agarrarse a mi brazo para subir la parte más empinada del camino. Estaba tranquilo junto a la torre del reloj, así que bajamos a las pistas de tenis y observamos, fascinados, cómo un hombre bastante mayor se enzarzaba en una batalla de juego con una mujer joven y de aspecto saludable y, milagrosamente, parecía sacarle más puntos a ella que ella a él.

La abuelita necesitaba un largo descanso antes de emprender el paseo hacia abajo, así que encontramos un asiento en un banco que miraba al otro lado del campo, hacia la carretera principal, y observamos los coches y los lentos autobuses que se dirigían hacia Finsbury Park. El día se había vuelto progresivamente más cálido, con un fino sol que irrumpía de forma intermitente.

"¿Qué quieres ser de mayor?" me preguntó Paula de repente; de vez en cuando sale con estas cosas de forma inesperada. La miré pero su expresión era seria.

"No sé, tal vez sea piloto de aviones. Como el tío Edward".

"¿Qué te gustaría ser, Paula?" preguntó la abuela, sonriendo.

"Creo que me gustaría ser enfermera", dijo Paula con calma. "O poeta".

"¿Crees que eres lo suficientemente buena?" le pregunté, con un poco de malicia.

"Entonces podría vendar a todos los soldados, marineros y aviadores heridos", dijo con entusiasmo. "Cuando vuelvan de la guerra".

"Vendarlos", dije sonriendo, "y luego leerles algunos poemas".

Pero entonces noté que la abuela se limpiaba una lágrima del ojo y me di cuenta de que no debería haber mencionado a Edward y a los pilotos de aviones.

# DIECIOCHO

## SEPTIEMBRE 1943

El tío Edward llamó por teléfono al día siguiente para decir que le gustaría visitarnos el fin de semana. Vi a mamá hablando con él y observé la expresión de su cara mientras escuchaba lo que decía; era evidente que estaba contenta. A la hora de la cena nos dijo a Paula y a mí que vendría el fin de semana porque había hablado con papá y había descubierto que le sería difícil conseguir un permiso, ya que había un gran revuelo en Colchester. Los mariscales de campo y los generales estarían merodeando y nadie podría salir ni siquiera en pases cortos. Cuando pregunté por qué venía me dijeron que estaba siendo muy amable y considerado y que quería intentar animarnos a todos.

"Pero no es nuestro verdadero tío, ¿verdad?" preguntó Paula, haciendo un puchero.

"Bueno, no estrictamente, no", contestó mamá, mirando a Paula pensativamente. "Pero era muy amigo del primo Graham".

"Y te gusta mucho, mamá, ¿no?" continuó mi hermana.

"Es un joven agradable, sí", dijo mamá, mirando de nuevo a Paula.

Edward llegó el viernes por la noche y mamá lo recibió como siempre, con un beso y un abrazo, como si fuera un pariente cercano que conocía de toda la vida. Le dijo que había estado preocupado por ella porque se había ido después de una breve visita, pero ella le dijo que ya estaba bien; estaba teniendo que aceptar la pérdida de su hermano al igual que miles de personas perdían a sus seres queridos todos los días. "La vida continúa", dijo, con un aspecto muy sombrío y sin creer una sola palabra.

Edward le dijo a mamá que había estado pensando en visitar a Jack y Betty, los padres de Graham, en Watford, y mamá le dijo que le parecía una muy buena idea. El dolor de Betty por la muerte de Graham había sido casi insoportable, pero pensó que, con el poco tiempo transcurrido, agradecería una visita del amigo íntimo de su hijo. Mamá telefoneó y organizó la visita para el sábado por la tarde. Le dijo a Edward que Betty se había mostrado muy contenta con la idea de que viniera.

Sin embargo, los preparativos para el viaje fueron un poco más complicados. Edward dijo que sería un poco complicado, pero que si mi hermana se sentaba en mi regazo, en el asiento de la cajuela, podríamos arreglárnoslas. Mamá no quería ni oírlo. Si la policía nos detuviera, Edward se metería en un buen lío.

"Tú lleva a Bobby y yo llevaré a Paula en el autobús", dijo.

"Quiero ir en el cacharro", dijo Paula, poniendo cara de pocos amigos y sacando el labio inferior.

Les dije que estaría encantado de ir en el autobús con mamá y que Paula podía viajar en el «cacharro». Al final, se acordó que yo fuera con mi madre, pero no antes de que Paula recibiera un sermón sobre cómo referirse a los coches como automóviles y no como cacharros.

Tengo muchos recuerdos de esa visita que persisten a lo largo de los años, pero ninguno más conmovedor y molesto que el de Sheila, la hermana menor de Graham. Las dos estaban muy cerca en edad y habían crecido juntas en la pequeña casa de Watford. Recuerdo haber ido allí de muy pequeño y haber jugado a los juegos que organizaban Sheila y Graham para mí. Sheila era una chica extrovertida, siempre alegre, juguetona y llena de diversión. Por eso, después de un encuentro entre mi madre y la tía

Bettie, que ahora tenían una pena y un duelo personales en común, fue un shock ver a Sheila, ahora una chica demacrada que parecía doblar sus veinte años, sentada en el salón mirando fijamente hacia delante como si estuviera en trance.

"Le dieron de baja de la WAAF por motivos médicos", le susurró Betty a mamá cuando entramos en la habitación. "Nunca ha sido la misma desde que murió su hermano".

"Oh, pobre Sheila", dijo mamá con sentimiento y conmoción.

Betty hizo una gran simulación presentando a Edward como un amigo íntimo de Graham que había venido amablemente a visitarla, pero aparte de un parpadeo al mencionar el nombre de su hermano, hubo poca respuesta por parte de ella. Betty le pidió que saludara a Edward y ella lo hizo en un tono plano y monótono y luego continuó mirando al frente. Jack llegó desde el jardín, donde había estado arreglando los últimos detalles del otoño, y después de que le presentaran a Edward, se unió al pequeño grupo sentado frente al fuego apagado.

Betty se fue a preparar el té y a traer algunos de sus sabrosos pasteles caseros. Jack se dio cuenta de que era él quien debía mantener la conversación, así que le preguntó a Edward sobre la estación de la RFA en la que estaba, sobre cómo iba la guerra en su opinión, pero evitó cualquier pregunta directa sobre Graham. Cuando Betty trajo el té y los pasteles, abrió un conjunto de mesas y las colocó estratégicamente frente a nosotros. Todo el mundo bebió y comió con gusto excepto Sheila, que siguió mirando al frente hasta que su padre le llamó la atención sobre su té y le puso la taza y el platillo en las manos. Sheila dio un sorbo a su té lentamente, pero siguió mirando como si no estuviera con nosotros; como si no estuviera realmente allí. En su mente creo que no estaba en ese momento.

"Ahora te acuerdas de Bobby, ¿no?" le preguntó Jack a Sheila. "Tú y...bueno, ustedes solían organizar juegos para él cuando era muy pequeño".

Sheila me miró fijamente y yo le sonreí, pero no creo que me relacionara con un niño muy pequeño que solía visitar con sus padres, hace años. Jack continuó diciéndole que solíamos venir de visita o que ellos iban a nuestra casa en el norte de Londres. Esto no se registraba en la memoria de Sheila, que seguía mirándome con expresión de desconcierto y frunciendo de vez en cuando el ceño. Betty le pidió a Jack que dejara en paz a Sheila y la dejara seguir con su té con una voz bastante irritable y en el silencio que siguió todos parecían un poco incómodos. Entonces mamá dijo lo mucho que le gustaban los pasteles y que Betty debía ser la mejor pastelera de Watford. Con mucha diferencia.

Entre sorbos lentos de té, Sheila seguía mirándome con desconcierto, así que pensé que me correspondía decir algo.

"¡Castañas!" dije en voz alta, devolviendo la mirada a Sheila. "Solías poner una cuerda en los castañas para mí".

Hubo un breve silencio y luego oí a mi madre decir que yo solía ser muy bueno con las castañas y que le ganaba al niño del camino que siempre parecía tener castañas más grandes que los demás.

"Le di veinticinco veces a su castaña y la rompí", dije, sonriendo. "Y la mía seguía intacta".

"Castañas", dijo Sheila de repente. "Yo te ponía cuerda en tus castañas".

Todo el mundo se quedó mirando a Sheila y su madre y su padre sonrieron y la animaron, diciéndole que ella era la que siempre organizaba los juegos de los niños y hacía de árbitro en las competencias. Entonces mi madre y la tía Betty empezaron a recordar los días anteriores a la guerra y lo que hacían todos. Jack hablaba del desorden de conchas rotas que había en el jardín cuando tres o cuatro niños de la zona entraron para participar en los juegos. Sheila seguía mirándome fijamente, pero su expresión se había suavizado y ya no me sentía incómodo bajo su mirada.

"Fuiste el mejor, Bobby", dijo en voz baja. "El ganador".

Sonreí y en la cara de Sheila se dibujó por un instante una sonrisa, pero luego se desvaneció y se apartó de mí para mirar a la pared. Jack y Betty intentaron varias veces entablar una conversación con ella, pero parecía que había terminado por ese día. Entonces Paula, que había estado extraña e inusualmente silenciosa durante mucho tiempo, preguntó si podía salir al jardín. El tío Jack la sonrió y le dijo que por supuesto que podía, y de hecho la tomó de la mano y la sacó por las ventanas francesas. Mamá, Edward y Betty la siguieron poco después y yo los seguí.

"¿Sheila estará bien sola?" preguntó mamá con ansiedad, mirando hacia atrás antes de salir al jardín.

"Oh, sí", añadió Betty con un largo suspiro. "Se queda así en silencio durante horas. No sé qué hacer por ella".

Mamá sacudió la cabeza con simpatía. Betty sonrió.

"Sin embargo, fue muy alentador que se acordara de Bobby y de las castañas", dijo. "Fue un gran avance".

En el jardín, un pálido sol de septiembre bañaba los árboles y los arbustos y las hojas de otoño caían sin cesar sobre el césped. Paula estaba abajo, al final, con el tío Jack, mirando el arroyo y esperando encontrar ranas u otras formas de vida marina. Mamá le preguntaba a Betty sobre el tratamiento que había recibido Sheila y le decían que habían probado de todo, pero que nada había cambiado. La habían examinado e interrogado médicos y expertos e incluso la habían ingresado en un sanatorio durante un tiempo para observarla, pero se había puesto tan mal que habían dispuesto que se la llevaran a casa antes de que terminaran todas las pruebas.

Edward le dijo a Betty que se alegraba de poder visitar a los padres de su buen amigo Graham. Era un muchacho muy popular y todos los chicos lo echaban de menos.

"Incluso una o dos de las chicas del barrio", añadió sonriendo.

Vi que una expresión de dolor cruzaba el rostro de Betty y mi madre tomó su mano y la apretó.

"Lo siento Edward", dijo Betty en voz baja. "Estoy muy contenta de verte, pero todavía no puedo hablar de mi hijo. El dolor es demasiado intenso".

"Lo comprendo" respondió Edward rápidamente. "Perdona mi insensibilidad".

Betty le dijo que no había nada que perdonar, que el problema era todo suyo y que agradecía mucho que hubiera venido. Perder a un hijo era lo peor que podía soportar una madre y también era evidente lo que le había hecho a Sheila, que antes era una chica alegre y extrovertida.

"Ya se recuperará", dijo mamá con dulzura. "Es una chica brillante".

"No lo creo", dijo Betty con tristeza.

Betty nos enseñó su extenso jardín y terminamos en el fondo, donde el pequeño arroyo fluía tranquilamente. Paula había visto una ardilla gris y estaba muy emocionada. Era el último de sus animales deseados y después estuvo buscándolos durante años. Betty insistió en que todos debíamos comer sándwiches antes de regresar a Barnet y entró en la casa contenta para prepararlos. Mamá le decía a Edward que Betty era una magnífica cocinera y ama de casa y que sus actividades domésticas probablemente la mantenían cuerda durante estos tiempos difíciles. Jack se acercó y captó el final de su pequeño discurso y se quejó, bromeando, de que estaba engordando bastante con toda la comida extra que ella cocinaba y le presionaba para que comiera.

"Pero no me atrevo a rechazar ni un solo bocado".

"Y nosotros tampoco", dijo mamá alegremente. "Los sándwiches son ahora, aunque no coma nada más en los próximos dos días".

Jack y Edward se rieron y todos volvimos al comedor para enfrentarnos a un gran plato lleno de sándwiches de queso y tomate. Sólo Paula comió con ganas y parecía que podría seguir alimentando su boca eternamente. Mamá dijo que no podía imaginar dónde le cabía todo.

En el viaje de vuelta a casa en el autobús, mi madre parecía malhumorada y preocupada. Me senté en mi asiento habitual, en la parte delantera, y miré por el pequeño triángulo de la ventana el paisaje que pasaba, aunque estaba oscureciendo y no podía ver mucho. Mi madre no habló en absoluto, así que la dejé sola, evitando preguntas o comentarios sobre la excursión del día.

De vuelta a casa, acostó a Paula y los tres nos sentamos en el salón con tazas de Ovaltine. Escuché a Arthur Askey en la radio y me reí de sus chistes, pero mamá y Edward se sentaron en silencio y no dijeron prácticamente nada. Entonces vi que mamá estaba llorando y Edward, instintivamente y en silencio, le pasó el brazo por el hombro y la abrazó con firmeza. Yo miré para otro lado y seguí escuchando el programa de radio. Cuando mamá me dijo que se acercaba la hora de acostarme, no esperé al último aviso, sino que me despedí y subí directamente dejándoles con su triste ensueño.

# DIECINUEVE

## OCTUBRE 1943

Papá llegó a casa el fin de semana siguiente, caminando alegremente por nuestra calle con su uniforme bien planchado, con los galones de sargento bien visibles. Había salido al jardín delantero para recoger lo que quedaba de las manzanas silvestres del árbol situado a la izquierda del garaje. Lo vi primero. Me saludó con cierta sorpresa diciendo que había crecido repentinamente y que era un gran adolescente corpulento y ya no un niño pequeño. Le dije que había crecido constantemente durante los últimos tres años, pero que como casi nunca estaba en casa no se había dado cuenta.

Mi madre estaba en la puerta casi antes de que él pudiera alcanzarla, la abrió de golpe y lo saludó con un fuerte abrazo y luego se quejó de que había estado perdiendo la cabeza durante las dos últimas semanas y se había sentido abandonada por él. Él intentaba explicarle que simplemente no había podido conseguir un pase ni siquiera por motivos de consideración; había habido un gran revuelo en el campamento con personal del ejército que llegaba de todo el país y luego era enviado a varias zonas de batalla. Pero primero había que darles de comer y beber, y él había estado de guardia veinticuatro horas al día. Entró en la cocina, cogió a Paula en brazos, la sentó en su regazo en la mesa y le dijo que ya era una niña grande, pero que seguía siendo su hija favorita.

"Soy tu única hija, papá", dijo Paula, frunciendo el ceño.

"Pero sigo siendo la número uno y mi favorita", continuó, sin inmutarse.

Mi madre puso la tetera y preparó un té que le llevó a la mesa y se sentó frente a él con el ceño fruncido. Paula salió al jardín, ya que ese año todavía hacía calor en octubre y el verano apenas se había desvanecido en los colores del otoño. Mamá le dio su té y le dijo que habían sido las dos semanas más duras y desgarradoras de toda su vida. Había perdido a su hermano en esa horrible guerra, tenía que ocuparse de su madre y su tía y de que estuvieran bien alojadas, organizar un funeral y cuidar de dos niños exigentes y en crecimiento, y todo ello sola. Podría no haber tenido marido por lo que le importaba y por todo lo que había visto de él.

"Oh, eso no es justo Sandra", se quejó. "No pude escaparme. En tiempos de guerra no se aplican las reglas habituales. Todo, y quiero decir todo, está orientado al esfuerzo de guerra".

"¿Y qué sucede conmigo?"

"Lo has pasado muy mal y lo siento", respondió. "Pero ahora estoy aquí y te compensaré".

"Más te vale", dijo ella, haciendo un puchero como Paula.

"Mañana iremos a comer a un restaurante elegante", anunció él.

"¿Nos lo podemos permitir?"

Él sonrió. Había estado muy ocupado durante las últimas semanas, cocinando, supervisando y sin tener la oportunidad de salir del campamento ni siquiera para hacer una rápida visita al bar más cercano. No había gastado ni un céntimo desde hacía ya no recordaba cuánto tiempo. Así que no se equivoquen, mañana íbamos a ir todos al mejor restaurante que se podía encontrar en la ciudad y aguantar el gasto. Mamá levantó una ceja lentamente, pero mi padre se limitó a guiñarle un ojo y luego le aseguró que no estaba bromeando. Paula preguntó si podía comer anguilas en gelatina sobre una tostada, pero papá negó con la cabeza y le dijo que eso era una exquisitez del este de Londres y que era poco probable que estuviera en el menú de Barnet.

Fue una noche tranquila, con sólo una sirena lejana chillando a las ocho de la noche y el "Todo despejado" sonando sólo una hora más tarde. Papá quiso saber si habíamos sufrido muchas incursiones y mamá le dijo que no; todo había estado relativamente tranquilo durante casi tres semanas.

A la noche siguiente, salimos temprano para ir a comer fuera, caminando hasta la zona de tiendas y cogiendo un autobús 306 hasta High Barnet. La calle principal estaba tranquila, aún no había mucha gente y el restaurante al que nos llevó papá estaba casi vacío. Mamá había sugerido que la Sra. McKenzie viniera a cuidar a Paula y luego podríamos haber salido mucho más tarde, pero él dijo que no lo permitiría; hacía mucho tiempo que no veía a su familia y cualquier salida especial iba a incluir a su pequeña. Afortunadamente Paula estaba en la cama mientras se discutía todo esto y no creo que le hubiera gustado pensar que mamá había considerado tener una niñera, aunque se había ofrecido a hornear un pastel especial exclusivamente para que Paula lo consumiera.

El restaurante era muy antiguo y tenía mesas bajas con manteles de algodón y lámparas en cada una de ellas. No era un lugar especialmente elegante, como había sugerido papá, sino un establecimiento bastante cómodo de la calle principal, donde papá conocía al camarero, que había trabajado una vez en su local de Clerkenwell. El hombre sonrió cuando entramos por la puerta, intercambió unas palabras con papá y se mostró sorprendido de que mi padre fuera ya sargento. Papá había querido venir de civil, pero mi madre le rogó que se pusiera el uniforme. Ella quería mostrarlo con sus galas y, finalmente, él había accedido.

El hombre nos indicó una mesa junto a la ventana donde podíamos mirar hacia afuera y yo podía ver pasar los coches, los autobuses verdes y rojos. El hombre, que según nos dijo papá se llamaba Antonio y había estado en la cárcel hasta hace poco por ser italiano y estar retenido como extranjero, nos trajo los menús.

"El bacalao al horno con salsa de nata tiene buena pinta", dijo mamá reflexivamente mientras todos estudiábamos nuestras cartas de menú.

"Sapo en el agujero", dijo Paula, frunciendo el ceño. "¿Acaso hornean a los pobres sapos y luego la gente se los come?"

"No, cariño", dijo papá sonriendo. "Es sólo el nombre de un plato".

"Son salchichas rebozadas", dije. "Las salchichas son los sapos".

"Tontos, eso es", dijo Paula, dando su veredicto sobre algo que había comido en casa sin saber cómo se llamaba. Antonio se acercó y preguntó si estábamos listos para pedir. Papá dijo que él y mamá estaban más o menos decididos por el bacalao a la crema y que su hijo quería salchichas de ternera y patatas fritas. Paula repitió que le apetecían anguilas en gelatina con tostadas, pero mamá se enfadó y le dijo que se callara o no tendría nada que comer. Antonio dijo que lo sentía pero que se habían quedado sin salchichas, que hoy en día no se podía conseguir suficiente, ni siquiera en el comercio. Luego dijo que, aunque no estaba en el menú, el chef había hecho un muy buen pastel de carne y riñones con masa crujiente, salsa, patatas y guisantes. Pensó que podría pedírselo a papá si quería. Al final nos conformamos con la tarta especial del chef, que estaba muy buena. Era bastante caro, pero papá había preguntado si el restaurante ofrecía raciones para niños y Antonio le aseguró que se encargaría de ello, aunque no fuera la política habitual.

El postre resultó ser un poco más difícil, ya que mamá se decidió por el Pudín de Dátiles y Pasas, y papá y yo por el Pastel de Manchas y Natillas, pero Paula, mirando perpleja el menú y leyendo Reina de los Pudines, quiso saber si llevaba corona.

"Si la llevase, se empaparía un poco", le dije.

"No seas tan tonta, Paula", dijo mamá irritada. "Decide lo que quieres o te quedarás sin él".

Mi hermana decidió que debía probar esta misteriosa Reina de los Pudines y se conformó con eso. Todo estaba muy sabroso y demostraba lo que todos sabíamos pero rara vez teníamos la oportunidad de comprobar: la comida en los restaurantes era buena y abundante si tenías el dinero para pagarla. Papá pagó alegremente, con el dinero que, según dijo, le había estado quemando el bolsillo durante demasiado tiempo. Todos salimos contentos hacia la parada del autobús, incluso mamá parecía relativamente feliz y casi sonriente.

Cuando iba a la escuela secundaria, tenía que caminar hasta el camino de los campos, pasando por el cine Regal. Mis rutinas se habían relajado mucho desde que pasé mi decimotercer cumpleaños y me convertí, como lo describió mamá, en un adolescente revoltoso. Yo no me consideraba para nada revoltoso y desde los once años había hecho mis propias cosas y había ido al cine a ver películas para adultos. Sabía que era alto para mi edad y bastante adulto en cuanto a modales y comportamiento en general, y siempre lo había sido, y también era bastante sensato; por eso mi madre me había dado tanta libertad cuando era muy joven.

Así que, como joven de la ciudad de apenas trece años y medio, me gustaba hacer mis propias cosas en cuanto salía de la escuela. De nuevo, mi madre nunca me molestó ni restringió mis actividades, a menos que llegara tarde a las importantísimas comidas que ella se tomaba la molestia de preparar. E incluso de vez en cuando se permitía llegar tarde a una comida siempre que se hubiera negociado con suficiente antelación. En cuanto a los ataques aéreos, que parecían reducirse cada vez más, ella parecía estar de acuerdo con lo que decía mi padre en el sentido de que no podían envolverme entre algodones todo el tiempo y que había que dejarme hacer mis cosas y que él estaba seguro de que actuaría con sensatez en cualquier emergencia. Lo único que añadió a esas palabras fue advertirme que buscara un refugio o algún lugar seguro donde refugiarme si me encontraba fuera durante un ataque aéreo y todo sonaba muy cercano.

Supongo que, inevitablemente, me encontré a la salida de la escuela cuando empezó un ataque aéreo y la opción era seguir adelante o volver corriendo a buscar refugio en el habitual y conocido pasillo de la escuela. Decidí seguir adelante; al principio todo estaba tranquilo y lo único que oía eran explosiones muy lejanas. Sin embargo, antes de acercarme al Regal, las explosiones se volvieron mucho más fuertes y una, aterradoramente cercana, resonó en el aire durante varios minutos. Entonces se oyeron las campanas de los coches de bomberos y de las ambulancias y me di cuenta, con una sacudida, de que las bombas estaban cayendo en mi zona. Era muy inusual porque todavía no había oscurecido y la mayoría de las incursiones eran operaciones nocturnas. Sin embargo, las unidades de la Fuerza Aérea del Ejército de los Estados Unidos, estacionadas en este país, habían estado realizando bombardeos diurnos sobre Alemania desde hacía algún tiempo, así que tal vez se trataba de una represalia del enemigo.

Al final pasé por delante del cine, pero la película que se proyectaba esa semana no me atrajo lo suficiente como para utilizarlo como refugio durante dos horas y seguí de largo. Vi una señal que indicaba un refugio con una flecha, pero estaba en la dirección opuesta a mi ruta a casa, así que decidí seguir adelante. En la estación, dos autobuses verdes estaban aparcados fuera, vacíos, e incluso el conductor y el cobrador se habían marchado y habían buscado refugio en algún sitio. Podía haber entrado en la estación de tren, donde probablemente se alojaba el personal de los autobuses, pero seguí subiendo la colina hasta llegar a la conocida carretera con sus hileras de casas dúplex de los años treinta.

Mientras caminaba por la carretera que me llevaría a casa, oí una verdadera conmoción procedente de un callejón sin salida a mi izquierda, con voces elevadas y agitadas, algunos gritos y, al mirar hacia arriba, vi un espeso humo negro que se enroscaba en el cielo. Dudé durante un minuto, pero entonces mi curiosidad me venció y me desvié de la ruta y giré a la izquierda. A mitad de camino pude ver la casa que atraía toda la atención; los bomberos estaban subidos a una larga escalera extendida apagando un incendio en el tejado que amenazaba con destruir la casa y extenderse a otras. Había un grupo de personas delante de la casa y era evidente que había una actividad frenética en el interior. Las voces del interior de la casa se hicieron más fuertes y agitadas a medida que me acercaba, con un hombre diciendo que debían mover el bloqueo y otro que se quejaba amargamente de que era imposible pasar por la parte trasera.

Me acerqué al frente de la pequeña multitud y vi a un chico que conocía de la escuela, un tal Williams. Le saludé con la cabeza y le pregunté qué pasaba. Me dijo que él y un par de amigos habían sido los primeros en llegar al lugar de los hechos antes de que llegara la policía y que habían entrado por la puerta principal abierta y habían visto lo que estaba sucediendo.

"Hay una mujer atrapada bajo una mesa", dijo. "Y no pueden llegar hasta el fondo de la habitación para mover lo que sea que esté sujetando la mesa tan rígidamente".

Avancé un poco más junto con Williams y uno o dos más, pero un policía nos detuvo y nos dijo que volviéramos.

"Podrías colarte a lo largo de esa pared del fondo", dijo Williams, sonriendo. "Ciertamente eres lo suficientemente delgado".

"¿Tú crees?" pregunté.

"Sí, lo creo".

Era un muchacho de buena contextura, por decirlo de manera suave, pero asimilé lo que dijo y, en un impulso, me acerqué al policía y le dije que si había un hueco estrecho por el que colarse, podría hacerlo y mover el bloqueo. El policía me miró fijamente. Tenía la cara ennegrecida y parecía que llevaba una semana de servicio sin descanso.

"No puedes entrar ahí, chico", dijo, con tono de protesta. "Es muy peligroso. Todo el edificio podría derrumbarse en cualquier momento".

"Pero tienes que liberar a alguien atrapado, ¿no?" pregunté.

Me miró a la cara con gran fiereza, como si sus ojos penetraran en lo más profundo de mi ser. Luego se volvió bruscamente y me dijo que "esperara allí" mientras volvía a entrar en la casa. Luego regresó y me dijo que era posible que yo fuera lo suficientemente delgado como para pasar por la pared trasera, pero que necesitaría el permiso de mi padre para dejarlo intentar.

"Mi padre está en el ejército y mi madre se ha ido a Londres durante tres días", dije rápidamente. "Estoy viviendo con una vecina y ella no puede dar permiso".

Me miró de nuevo, negó con la cabeza y me pidió que le acompañara. Le seguí con la esperanza de que mi mentira piadosa no me pasara factura más tarde, pero entonces cometí el error de mirar hacia arriba y vi espesas nubes negras de humo que se elevaban desde el tejado. Sentí que el estómago se me revolvía momentáneamente y luego sentí que el corazón me latía en el pecho. El policía me condujo al interior de la casa y a una sala de estar en la que dos bomberos intentaban desalojar el tablero de una mesa que inmovilizaba a una mujer atrapada bajo él. Había una enorme placa de yeso suelta que inmovilizaba la parte inferior de la mesa y era imposible ver la parte trasera de la habitación. Miré a la pared de la derecha y pensé que podría colar mi cuerpo hasta el fondo de la habitación.

"Su padre no está", dijo el policía y los dos bomberos negaron con la cabeza.

"Tenemos que intentar algo", dijo uno de ellos. "Mi colega, que va a buscar el equipo de corte, puede tardar treinta minutos. E incluso entonces..." Dejó su frase en suspenso

"¿Crees que puedes colarte por ahí?" preguntó el policía.

"Oh, sí", dije alegremente, y mi miedo y mi aprensión fueron sustituidos casi instantáneamente por un torrente de adrenalina y emoción ante la perspectiva de poder ayudar a alguien en apuros. Me dijeron que tenía que encontrar rápidamente lo que bloqueaba la mesa y tratar de moverlo, pero que si no podía, volviera rápidamente y saliera de la casa; podría derrumbarse en cualquier momento.

Me apoyé en la pared del fondo y avancé lentamente, pero con éxito, hasta la parte trasera de la pequeña habitación. Enseguida vi que, frente a la lámina de yeso, una cama de hierro entera se había estrellado contra el techo y había cerrado la mesa con seguridad. Miré hacia arriba y vi un gran agujero en el techo y trozos de yeso y madera seguían cayendo.

"Ya veo el problema", grité.

"¿Puedes cambiarlo?" respondió.

"Lo intentaré", grité.

No sé cómo pude mover esa pesada cama. Quité rápidamente toda la ropa de cama enmarañada y llena de yeso, y luego tiré con furia del colchón que había debajo, hasta que finalmente lo desprendí y lo tiré al suelo detrás de mí. El marco de la cama parecía imposible de mover, pero tiré y empujé y finalmente logré levantarlo y, utilizando cada gramo de mi fuerza, lo volqué hacia atrás en el suelo por detrás.

"Intenta levantar la mesa ahora", grité y al mismo tiempo intenté levantar la mesa de mi lado. Se levantó fácilmente y sentí el tirón de la mesa del otro lado y se levantó.

"Buen chico, bien hecho", gritó el policía y añadió: "Vuelve aquí rápidamente". La enorme lámina de yeso cayó hacia atrás, cubriéndome con una capa de polvo de yeso, pero la mesa ya estaba levantada y pude ver cómo sacaban a la pobre mujer de debajo de ella. El policía y los bomberos parecieron gritarme al instante que dejara caer la mesa por mi lado y saliera rápidamente. La bajé suave y lentamente y, sintiendo una oleada de satisfacción, me acerqué a un lado de la habitación y empecé a retroceder hacia el frente de la sala.

Parecía más difícil volver, como si el espacio se hubiera reducido de repente, pero entonces me di cuenta de que habían levantado la mesa para liberar a la mujer y no habían sido demasiado precisos en el lugar donde la habían puesto. Así que di una patada a la mesa y ésta se movió unos centímetros hacia la izquierda y me desplacé hasta la parte delantera de la sala. Habían sacado a la mujer y la habían puesto en una camilla y un hombre de la ambulancia le estaba vendando la pierna derecha. La sangre manchaba las vendas.

Era una mujer de unos cincuenta años, según mis cálculos, y tenía la cara cubierta de suciedad y mugre, pero se las arregló para sonreírme. "Muchas gracias, joven", dijo, y yo me sonrojé y le dije que no era nada. El policía y los hombres de la ambulancia también me sonreían y uno de ellos me dijo que lo había hecho muy bien.

"Ha hecho bien, me ha salvado la vida", dijo la mujer mientras terminaban de vendarla y yo me sonrojé y negué con la cabeza.

"¿Cómo te llamas, muchacho?" preguntó el policía.

"Cooper", le dije. "Robert Cooper".

"Bueno, eres un joven valiente, Robert Cooper, sin duda", dijo y yo negué con la cabeza, realmente avergonzado.

La mujer fue llevada rápidamente a una ambulancia y el policía me dijo que me alejara rápidamente de la casa, ya que no era segura. Me preguntó mi nombre y mi dirección y, aunque me resistía a decírselo, insistió. Murmuré algo sobre no decírselo a mi madre porque nunca lo entendería, pero él se limitó a sonreír y me dijo que estaba cubierto de polvo de yeso, suciedad y mugre, con marcas negras en los pantalones y el pelo enmarañado, y que podría tener considerables problemas para explicarle a mi madre lo que había pasado si no le decía la verdad.

"Caramba", fue lo único que se me ocurrió decir. No había pensado en el estado en el que me encontraba. El policía se rio con ganas.

"De todos modos, tu madre y tu padre no están en casa", dijo, mirándome satíricamente. Así que no hay problema, ¿eh?

"Supongo que no", dije vacilando.

Se oyó un estruendo y algunos ruidos de objetos que caían con fuerza y él y yo dimos instintivamente pasos atrás, alejándonos de la casa. Se veían objetos cayendo por el hueco del techo y el espeso humo negro seguía saliendo del tejado. Aparecieron dos bomberos con mangueras y nos aconsejaron que retrocediéramos, ya que, en su opinión, el edificio iba a convertirse en un montón de escombros en cualquier momento y los escombros saldrían despedidos por todas partes.

Miré a mi alrededor y escuché los más horribles gemidos y ruidos de molienda que emanaban de lo más profundo del edificio y recuerdo que pensé que era la casa en los últimos estertores de la muerte, gritando en agonía.

"Será mejor que nos vayamos a casa", dijo el policía, mirando la masa humeante que se derrumbaba frente a nosotros. "Tan rápido como puedas".

# VEINTE

## OCTUBRE 1943

HUBO MUCHO RUIDO EN CASA DURANTE MUCHO TIEMPO. SI LO HABÍA temido, mi temor no era nada comparado con la realidad de la situación. Mi madre gritó al ver mi estado en la puerta de la cocina. Mi padre lo oyó, entró corriendo y apagó su cigarrillo Gold Flake en un platillo. Paula me sonrió desde su asiento en la mesa de la cocina y luego, al darse cuenta de que debía ser algo serio, le tembló el labio y derramó unas lágrimas.

"¿Qué demonios?" gritó mi madre.

"He tenido un pequeño accidente", dije tímidamente.

"¿Qué, te ha atropellado un coche, estás bien?" gritó y se acercó y primero me abrazó con fuerza y aplastamiento y luego se apartó y empezó a palparme los brazos y mirándome directamente a la cara exigió saber dónde estaba herido.

"No, no estoy herido", dije. Estoy bien.

"No estás bien", dijo mi madre, levantando la voz de nuevo. "Mira cómo estás".

"Tuve que ayudar a sacar a una mujer herida de una casa bombardeada", dije con nerviosismo, pensando que sólo la pura verdad serviría en esta situación.

"¿Qué?" estalló mi madre, con una voz aguda e histérica.

"Oh, emocionante, emocionante", gritó Paula de repente. "Ojalá hubiera estado allí".

"Cállate, Paula", gritó mi madre. "Ahora mismo".

"¿Qué has estado haciendo, muchacho?" preguntó papá, con relativa calma.

Le dije que había una mujer atrapada bajo una mesa y un gran somier de hierro y que no podía pasar de largo e ignorarla, ¿verdad? Papá asintió y estuvo de acuerdo en que no podía seguir caminando, pero mamá le gritó y me pidió que le explicara cómo había llegado a la puerta de una casa bombardeada. Entonces sonó el timbre de la puerta principal, de repente, con urgencia, un fuerte timbre metálico que me produjo escalofríos. Mi padre dijo que iría, fue y volvió con el policía que había visto antes.

"¿Sr. y Sra. Cooper?" preguntó con calma.

"Sí", respondieron al unísono.

"Sí, bueno, se trata de este joven, su hijo", dijo, guiñándome un ojo. "Aunque él no esperaba que estuvieran aquí, ¿verdad?"

"Me gustaría saber qué demonios ha ocurrido", preguntó mamá con ironía, tratando de controlarse sin éxito. "¿Y dónde esperabas que estuviera Bobby, en Timbuktú?"

"Es un largo camino hasta Timbuktú", reflexionó Paula en voz baja.

"Te he dicho que te calles Paula", dijo mamá, todavía agitada y enfadada pero sin saber por qué estaba enfadada.

"¿O es Tipperary?" Decía Paula, frunciendo el ceño, pensativa. "Es un largo camino hasta Tipperary".

Mamá la hizo callar de nuevo y entonces el policía resumió con frases rápidas y bastante precisas lo que había sucedido en la casa bombardeada y terminó elogiando mi valentía y mi fuerza ante mis padres que, al menos por el momento, lo miraban a él y luego a mí, con asombro. Mamá recuperó primero la compostura y le dijo al policía que, en su opinión, no tenía por qué acercarme a la casa en primer lugar, teniendo en cuenta el peligro que significaba, y añadió que le hacía personalmente responsable por dejarme intentar algo tan peligroso.

"No es más que un muchacho de catorce años", dijo enfadada.

El policía decía que lo sentía mucho, pero que al final no se había hecho ningún daño, pero mi padre me miraba atentamente. "Creo que será mejor que te quites esa ropa sucia, Bobby", dijo. Mamá se giró y me miró fijamente.

"Sí", dijo, "ahora. Ponlas todas en el cesto de la ropa sucia y métete en el baño. Y asegúrate de lavarte bien el pelo. Con champú".

Me fui rápidamente antes de que alguien pudiera cambiar de opinión o decir algo más. Papá me guiñó un ojo al pasar, pero mamá lo vio y negó enérgicamente con la cabeza. Pronto me desnudé y me metí en un baño caliente, me froté furiosamente para quitarme la última mugre y el polvo de yeso del cuerpo y luego me lavé el pelo enérgicamente. Había dejado la puerta abierta y podía oír las voces elevadas de abajo; el policía disculpándose de nuevo y mamá diciendo que iría a la comisaría mañana a primera hora para quejarse al superintendente o a quienquiera que estuviera a cargo.

Paula entró en el baño con una gran toalla blanca. Se acercó a la bañera y me miró fijamente. Le pedí que pusiera la toalla en el taburete que había al lado de la bañera. Paula se quedó mirando hacia abajo.

"Puedo ver tu cosita Bobby", dijo.

"Sal de aquí, Paula", le dije bruscamente. "No deberías estar aquí".

"Mamá me pidió que te trajera la toalla."

"Sí, bueno, la has traído, ahora déjala y vete".

La dejó pero no se fue. Me preguntó si la próxima vez que fuera a una casa bombardeada podría llevarla. Yo negué con la cabeza.

"No se va a las casas bombardeadas con cita previa", dije

bruscamente. "Las bombas caen en las casas, nadie sabe dónde ni cuándo".

Hizo un puchero, se dirigió a la puerta y repitió que quería ir a una casa bombardeada y ver a alguien atrapado que necesitaba ser rescatado y que ella podría ayudar si yo la llevaba.

"Vete".

Se fue y noté que abajo todo estaba más tranquilo. Sólo escuché el final de las palabras del policía diciendo que ambos deberían estar orgullosos de mí. Mamá le dijo que no había oído lo último y luego papá, en la puerta principal, dijo que lo hablaría con su esposa. Y le dio las gracias por venir y explicarlo todo.

Salí del baño y me vestí rápidamente con ropa interior, camisa y pantalones limpios. Me tomé más tiempo de lo habitual para peinarme, normalmente es un cepillado rápido, pero me demoré, sabiendo que al final tendría que enfrentarme a los dos. Salí lentamente y bajé la escalera aún más despacio. Mamá me esperaba al final con cara de piedra y me pidió que fuera a sentarme a la sala de estar. Papá le pidió a Paula que fuera a jugar a su habitación o a leer o algo así y ella subió las escaleras de mala gana. Mamá y papá entraron en el salón y se sentaron frente a mí.

"Nunca, jamás, bajo ninguna circunstancia, vuelvas a hacer algo así", comenzó. "Sé que estás creciendo rápido, que eres un adolescente, lleno de aventuras, que buscas emociones, pero no debes seguir complaciéndote y haciendo lo que te dé la gana, especialmente cuando eso implica un peligro para la vida y la integridad física. Estábamos muy preocupados cuando no viniste a casa durante el ataque aéreo".

"No, lo siento".

"Debes prometer sinceramente que no volverás a hacer nada parecido. Jamás. Bajo ninguna circunstancia".

"Lo prometo".

Los músculos de su cara empezaron a relajarse un poco, pero no cambió ni un instante su intensa mirada hacia mi rostro. Papá tenía una pequeña sonrisa en las comisuras de la boca pero también negaba con la cabeza.

"¿En qué estabas pensando Bob?" preguntó.

"No estaba pensando en nada", respondí con sinceridad. "Sólo hice lo que me pareció correcto".

Mi madre me miró y movió la cabeza de un lado a otro continuamente, como si yo fuera un rompecabezas que nunca podría entender y desentrañar. Mi padre tenía una expresión más enigmática en su rostro mientras también me miraba, pero entre los dos parecían haberse quedado sin palabras durante un rato. Sonreí de repente, pensando que si me veía feliz y contenta quizás sería contagioso. Mamá me recordó con suavidad pero con firmeza que no tenía nada en absoluto por lo que sonreír.

"Por otro lado" dijo papá en voz baja, "este muchacho nuestro es un poco héroe".

"No le digas eso", dijo mamá. "Dios sabe lo que hará después".

Entonces su expresión se suavizó, como solía hacer, y me preguntó si tenía hambre.

Asentí furiosamente con la cabeza. En efecto, tenía hambre.

"Te he puesto un poco de té en el fregadero", me dijo. "Hay carne enlatada y ensalada, pan y pepinillos. Está cubierto con un paño de cocina, así que ten cuidado al quitarlo".

Me escapé agradecido al fregadero y me instalé a comer en la cocina. Destapé el plato de comida, me serví un vaso de Tizer y empecé a comer. Lentamente, poco a poco, los trascendentales acontecimientos del día comenzaron a desenredarse en mi mente. Pronto, pensé, me olvidaría de todo aquello y también, esperaba que mamá, papá volvería a su unidad militar y todos podríamos volver a la normalidad. O lo más normal posible en tiempos de guerra.

Comí vorazmente y lo rematé con una galleta digestiva. Había dejado las puertas del salón y de la cocina abiertas y pude escuchar la sintonía del programa Monday Night at Eight ("Noche de Lunes a las ocho"). Sin embargo, no volví a entrar en el salón, aunque normalmente escuchaba ese programa. Quería y necesitaba estar solo.

Es Noche de Lunes a las Ocho, ¿no oyes las campanadas?

Hacía un frío glacial en el jardín, pero eso no me importaba. También era una noche luminosa con muchas estrellas y una miríada de luces que cruzaban el cielo continuamente. Me acerqué al final del césped del jardín y miré al cielo pensando que no me gustaría ser un piloto alemán volando en ese momento. Tal vez por eso nos bombardearon a primera hora del día, con la esperanza de que fuera una gran incursión sorpresa y los cañones ack-ack fueran sorprendidos. En cualquier caso, todo parecía bastante tranquilo y, aparte de las luces de cruce, no se podía saber que había una guerra.

Volví a entrar y subí las escaleras para ir al baño, pero oí un extraño ruido de sollozos procedente del dormitorio de Paula. Entré y ella estaba sentada en la cama, completamente vestida y haciendo una especie de ruido de gemidos. Me acerqué a ella y me senté en la cama.

"¿Qué pasa, Paula?" le pregunté suavemente.

"Estaba leyendo y debo haberme quedado dormida", dijo con los ojos muy abiertos. "Luego estábamos junto a un edificio bombardeado en llamas y tú estabas atrapado dentro y mamá dijo que era su culpa. Fue horrible".

"Estabas teniendo una pesadilla", dije en voz baja, sonriendo.

"Sí".

"Será mejor que vayas a la cama antes de que suba mamá".

"Sí".

"Y si entra un pelotón de soldados alemanes con botas y trata de comerte, golpea la pared del dormitorio y entraré a rescatarte".

Ella sonrió. "Cállate Bobbie".

"Cállate tú".

Me retiré al baño, pero no tardé en irme a la cama.

# VEINTIUNO

## NOVIEMBRE 1943

ESPERABA QUE TODO DESAPARECIERA A LA MAÑANA SIGUIENTE PERO, por supuesto, no fue así. El teléfono sonó por la mañana temprano y un periodista del periódico local pidió hablar conmigo. "No puede", le dijo mi madre con voz rígida, "está en el colegio".

Sin embargo, insistieron mucho y quedaron en llamar a última hora de la tarde, cuando yo estuviera de vuelta en casa. Papá abrió la puerta y allí estaban un hombre con un traje de rayas marrones oscuras y un sombrero de copa acompañado de una mujer con un sombrero en forma de V invertida y un traje gris. Me quedé en la puerta de la cocina, pero mamá se acercó para ver de qué se trataba. El hombre dijo que era del periódico para hablar con Bobbie y que ésta era su fotógrafa. ¿Podría hablarme brevemente de su valiente acción y tomarle una foto en el jardín, por favor?

"Todo esto es una tontería", dijo mamá. "Estaba en un lugar donde ciertamente no debería haber estado. Ya se lo he dicho bastantes veces".

El hombre seguía diciendo que sólo quería unas breves palabras y que era una buena historia de interés humano en estos tiempos difíciles. Papá dijo que seguramente no haría ningún daño y mamá cedió de mala gana. Se volvió, me vio y me indicó que me acercara. Me acerqué tímidamente y me preguntó sobre lo que había sucedido y le di los hechos básicos que anotó en un pequeño cuaderno. Luego me preguntó si su colega podía tomar una fotografía, tal vez aquí, en el jardín delantero. Mamá desapareció en la cocina murmurando para sí misma y papá volvió al salón.

Cuando todos salimos al jardín delantero, Paula apareció de repente de la nada, como solía hacer, especialmente en momentos como éste.

"Soy Paula", anunció. El hombre le sonrió, una sonrisa de labios finos, y la fotógrafa asintió.

"Él es mi hermano mayor", continuó. "Va por ahí rescatando ancianas atrapadas bajo mesas en casas bombardeadas".

"No todo el tiempo, Paula", dije con ligereza. "Me tomo unos días libres en Navidad".

El hombre me preguntó si hacía muchas cosas, y yo le dije que por supuesto que no, que era algo que se hacía una sola vez y que nunca se repetiría. Mi madre se encargaría de ello. Entonces sonrió y dijo que quería una foto. Paula preguntó si podía salir en ella conmigo.

"No".

"Estaría bien que salieras en la foto con tu hermana", dijo el hombre con aire pensativo. La mujer de la foto sonrió, otra sonrisa de cara fina.

"Por allí, bajo el árbol".

Miré a Paula y caminé, de mala gana, hacia el manzano y ella me siguió, con una amplia sonrisa. Me giré, me enfrenté a la mujer de la cámara y Paula me agarró de la mano y la sujetó con fuerza. Los focos del flash de la mujer se dispararon y nos mantuvo allí hasta que hubo tomado las suficientes para conseguir una buena. Tres veces tuvo que pedirme que sonriera, pero Paula estuvo sonriendo como un gato de Cheshire durante todo el ejercicio.

"Está bien", dijo el hombre en voz baja. "Bueno, eres un héroe local, joven".

"No, no lo soy", respondí.

"Sí, lo es", dijo Paula.

"Sólo hice lo que cualquiera habría hecho", dije.

"No tantos como crees", dijo el hombre y me guiñó un ojo. "No hay demasiados héroes en tiempos de guerra, no en el frente interno".

No estaba de acuerdo con él. Había visto y leído muchas noticias en los periódicos locales y nacionales durante los últimos tres años. Él era bastante mayor, probablemente demasiado mayor para ser llamado al servicio militar y probablemente estaba bastante amargado. De todos modos, siguieron su camino y tuve que soportar las burlas de los chicos del colegio y la admiración de las chicas durante varios días. Sólo quería que todo desapareciera y quedara en el pasado. Paula era un fastidio, me seguía a todas partes y no paraba de hacer preguntas: cómo fue, mover la cama y qué aspecto tenía la anciana que rescaté; estaba cubierta de sangre de pies a cabeza.

Más tarde, ese mismo día que vinieron los periodistas, mamá preparó una gran cena con un filete guisado para el que había hecho dos horas de cola y la conversación giró en torno a lo que había pasado en las últimas semanas. Papá nos contó que había estado preparando comidas para algunos altos mandos, generales y otros oficiales de alto rango, y que habían tenido una gran conferencia en la que se rumoreaba que estaban planeando una invasión de Francia que les permitiría llegar a Alemania y ganar la guerra. Pero todo eran rumores, decía papá, y no se podía dar mucha importancia a nada de eso.

Mamá hablaba del dolor de perder a Bernie, de organizar su funeral y de instalar a la abuela y a la tía en una casa donde no tuvieran que subir escaleras todo el tiempo. Al final, lo había conseguido, pero sólo a base de insistir constantemente a la gente del ayuntamiento y a las autoridades. Sólo cuando mencionó la anterior y triste pérdida de Graham y las visitas de su amigo Edward y cómo le había dado la cena y una cama para pasar la noche, papá se agitó bastante. Le dijo que no le parecía apropiado ofrecer a un joven un dormitorio cuando él, papá, no estaba allí. Mamá parecía un poco culpable, pero reiteró que era un joven muy agradable y que se había portado muy bien con ella, conmigo y con Paula, y que siempre sería lo suficientemente hospitalaria como para ofrecerle alojamiento cuando nos visitara.

"Ha sido un buen amigo en tiempos muy difíciles", añadió, con aspecto decidido.

"Sí, viene en su cacharro", dijo Paula. "Se llama MG Midget, creo, pero no es tan pequeño. Es un buen coche de motor".

Papá la miró por un momento y mamá le dirigió una mirada fulminante.

"Creo que tenemos que seguir discutiendo esto", dijo papá con su voz de padre de familia.

"Discute todo lo que quieras", dijo mamá en voz baja. "No voy a cambiar mi posición".

"Creo que llevaré a Charlie a dar un paseo", dije con tacto.

"Sí, buena idea", dijo papá. "Podrías llevar a Paula contigo también".

Paula me dedicó una gran sonrisa enfermiza y yo fui, de mala gana, a buscar la correa del perro.

## MAYO 1944

Después de la aparición de la fotografía y de un breve artículo en el periódico, finalmente todo se calmó. Excepto porque Paula enseñó la foto a todas sus amiguitas y dijo que yo era un héroe, pero que todo era un alboroto y una tontería por nada. Esa niña escucha demasiado las palabras de mamá.

Los bombardeos se volvieron relativamente tranquilos durante el resto de 1943, excepto por las incursiones aisladas sobre el este de Londres y Kent que, en general, estaban lo suficientemente lejos como para no molestarnos demasiado. El bombardeo de Alemania, por otro lado, se incrementó dramáticamente. Fráncfort y Berlín fueron blanco de ataques muy intensos y la radio informaba constantemente del éxito de las incursiones en las principales ciudades alemanas. Lo que no se informaba con tanto entusiasmo, por supuesto, era el gran número de bombarderos que nunca llegaron a las costas del Reino Unido.

Cuando terminó el largo permiso de mi padre, pronto volvimos a lo que empezaba a ser nuestra unidad familiar normal: mamá, Paula, el perro Charlie y yo. Pero con la misma dolorosa rutina de cuidar de Paula y de mí y de preparar las comidas, haciendo largas colas para conseguir cualquier cosa especial en forma de comida y suministros, mamá pronto volvió a tener su aspecto triste y sombrío y siguió con los movimientos de lo que tenía que hacer como una autómata. Creo que tenía una forma leve de depresión clínica, pero entonces no sabíamos que se llamaba así. Eran tiempos en los que, si ibas al médico y le decías que te sentías triste todo el tiempo, lo más probable es que te dijera que te controlaras, que hicieras más ejercicio y que comieras más fruta.

A medida que el año transcurría con relativa tranquilidad, al menos en Barnet, y el nuevo año comenzaba, los informes de guerra empezaron a ser cada vez más tranquilizadores. Ciertamente, Alemania había sufrido varios reveses en el 43 y también había tenido que rendirse ante los rusos en Stalingrado. Las fuerzas británicas e indias habían luchado contra los japoneses en Birmania con resultados prometedores.

Los bombardeos de la RFA y la Fuerza Aérea de los Estados Unidos (FAEU) en las ciudades alemanas aumentaron bastante durante los primeros meses del nuevo año. Los bombardeos masivos, tanto diurnos como nocturnos, infligieron terribles bajas y destrucción en sus ciudades, especialmente en Berlín, pero tanto la Fuerza Aérea Americana como la nuestra perdieron muchos hombres y aviones. Los aliados bombardearon Hungría, ahora bajo ocupación alemana, y Bucarest, en Rumanía.

Las cartas de papá a mamá estaban llenas de todos los ejercicios de entrenamiento y reuniones de planificación con los altos mandos que tenían lugar todo el tiempo. Y, según decía, ocurría en todo el país. Algo muy grande estaba a punto de estallar, para usar las palabras exactas de papá.

Un sábado por la mañana, mamá nos llevó con ella a las tiendas donde hicimos una cola de casi tres horas para comprar un pollo grande. Era un lujo raro comer pollo asado y nos sentíamos afortunados si lo cenábamos más de dos veces en un año. Mi madre nos explicó a Paula y a mí que era importante esperar en la cola todo el tiempo que hiciera falta porque quería un pollo para una comida especial al día siguiente. Había tenido noticias de Edward y le había invitado a venir con un amigo con el que estaba pasando el tiempo.

"¿Vendrán en el «cacharro» de Edward?" preguntó Paula.

"Auto, Paula", dijo mamá con irritación. "Es probable que lleguen en el auto de Edward".

"Ella no puede decir esa palabra", dije, sonriendo. "Se le atascaría en la garganta".

"Le clavaré algo en la garganta si sigue hablando de «cacharros»".

A veces pensaba que mamá era bastante dura con Paula, que, después de todo, sólo tenía nueve años y seguía siendo un poco loca. No había sido dura conmigo cuando tenía diez años, pero hay que reconocer que yo no tenía el peculiar sentido del humor de Paula. Mi hermana constantemente molestaba a mamá para que le explicara palabras como "condolencias", que no lograba entender, y seguía hablando de ello hasta que podía volver loco a cualquiera. En esa época se contentaba con referirse al vehículo de Edward como "un enano, aunque no es tan pequeño".

No tengo ni idea de cómo había dejado mamá el problemático tema de invitar a Edward a pasar la noche, pero pensó que, tal vez, si iba a traer a un amigo, no podía pedirle a los dos que pasaran la noche.

De todos modos nos sentó en la marquesina del autobús y comenzó su larga guardia en busca del gran premio del pollo. Intenté iniciar un juego con Paula en el que yo tenía autobuses con entrada trasera y ella los tenía con entrada delantera y quien pasara más durante nuestra espera, era el ganador.

"No Bobby, eso no es justo", dijo Paula, con el labio sobresaliente, "sólo los 303 tienen entrada delantera. Las tres rutas están en la parte trasera".

"No eres tan tonta como pareces, ¿verdad?"

"No soy tonta, tú lo eres. Crees que lo sabes todo sólo porque ayudas a sacar a ancianas de casas bombardeadas".

"Cállate, Paula".

"Cállate tú".

Mamá parecía cansada cuando finalmente salió de la carnicería, con un pollo de premio en su cesta. Miró el escaparate de la lechería Express y dudó. Le pregunté si podía pedir una tarta de melaza y Paula hizo eco de mi petición con alegría.

"Son muy caras", respondió mamá, frunciendo el ceño. Sin embargo, entró y la seguimos con entusiasmo. Había dos grandes tartas expuestas, tartas de almíbar con pan rallado para ser exactos, pero siempre las llamábamos de melaza. Tenían un aspecto delicioso y se habían convertido en uno de los postres favoritos, aunque raros, de los domingos.

"Supongo que me ahorrará hacer un pudín", dijo mamá, suspirando primero.

El domingo por la mañana llamaron a la puerta de casa con fuerza, casi de forma beligerante. Mamá abrió y saludó a un sonriente Edward con su uniforme de la RFA y a un joven alto, de nariz aguileña y pelo muy oscuro, con un equipo de oficial de la FAEU. Lo presentó como un compañero de una base militar estadounidense cercana como Charles Baker.

"Pero todo el mundo lo conoce como Chuck".

"Bienvenido Chuck", dijo mamá y le estrechó la mano.

Luego nos lo presentaron a Paula y a mí, y mi hermana apenas lo dejó pasar por la puerta antes de preguntarle si había volado en las Fortalezas Volantes. Lo hizo, señorita, le dijo, seguro que lo hizo. Entonces Paula empezó a preguntarle a Edward si había entrado en...pero captó la mirada de mamá y dijo "su MG".

Resultó que en la conversación durante el café de la mañana, los dos jóvenes se habían conocido en un pub de campo en algún lugar de Lincolnshire, de uniforme y habían empezado a comparar notas sobre la luz del día, en contraposición a los bombardeos nocturnos mientras se tomaban una o tres cervezas del mejor amargor británico. Pronto se habían hecho amigos siendo de una edad similar y pasaban el tiempo bebiendo y charlando en las noches libres y Chuck había expresado su deseo de conocer a una familia típica inglesa. Edward le dijo que tal vez podría ayudarle con eso y se puso en contacto por teléfono con mamá, que rápidamente los invitó a ambos antes de que pudiera decir mucho.

El olor del pollo asado en el horno de la cocina no tardó en provocar comentarios entusiastas, sugiriendo que si el sabor era tan bueno como el olor, todos íbamos a disfrutar de un placer especial. Todos entramos en el comedor con avidez y nos sentamos para ver cómo mamá trinchaba un pollo dorado con patatas asadas, crujientes y del mismo color, y abundantes guisantes, zanahorias y una espesa y rica salsa. Mamá también había preparado un relleno casero de salvia y cebolla, e incluso se las arregló para guardar unas cuantas salchichas que había cortado en pequeños trozos redondos para completar el festín.

Todos comimos y muchos murmullos de aprobación flotaron alrededor de la mesa. Mamá parecía satisfecha e incluso relativamente contenta por primera vez en mucho tiempo. Le encantaba que aprobaran su cocina y se merecía todos los elogios.

"Debo decir que es usted una cocinera realmente maravillosa, señora," le dijo Chuck.

"Sandra, por favor. Llámeme Sandra".

Ella inclinó la cabeza con elegancia y casi logró sonreír.

«Licioso», dijo Paula y todos se volvieron para mirarla.

"No puede pronunciar ninguna palabra que empiece con «D»", anuncié. "Tenía un ceceo cuando era pequeña y empezó a acortar todas sus palabras".

Todo el mundo se rio, excepto mamá, que sacudió la cabeza en tono de broma.

"Suele ser «lish»", añadí, disfrutando del momento.

Mamá ofreció una segunda ración y los chicos aceptaron agradecidos. Yo también acepté más y Paula dijo que sólo podía con un par de trozos de piel de pollo. Chuck se rio y dijo que Paula le parecía la niña más linda que había conocido. Paula sonrió y masticó la piel de pollo con satisfacción. La madre dijo: "No le digas eso, ya está llena de sí misma".

Durante la pausada degustación de la mencionada tarta de melaza con ricas y cremosas natillas, mamá comenzó a hacer preguntas tentativamente durante una pausa en la conversación, sobre los bombarderos voladores y el progreso de la guerra en general. Las expresiones de los hombres se endurecieron.

"Realmente es complicado", dijo Chuck. "Muy complicado". Edward estuvo de acuerdo y dijo que las misiones de bombardeo eran cada vez mayores, con más aviones despegando cada noche y Dios sabía cuántas bombas caían sobre las ciudades alemanas. Por no hablar de los campos petrolíferos y las fábricas de municiones que enviaban en humo y llamas, noche tras noche. A veces las tripulaciones de los bombarderos ascendían, decía Edward, y había tantos bombarderos y tantas bombas lanzadas que parecía que el mundo entero ardía debajo de ellos.

"Y disparamos un número similar de bombas en las incursiones diurnas", añadió Chuck con cautela.

"Bueno, tus hombres han sacado la peor parte en las operaciones diurnas", dijo Edward, mirando a su amigo.

"Hombre, ¿no es así?"

"Bueno, creo que son muy valientes", dijo mamá dirigiéndose a ambos por turnos. "Realmente lo son".

"Ustedes hacen volar las ciudades alemanas hasta el fin del mundo, ¿no es así?" dijo Paula de repente.

"Incluso en pedazos", murmuré en voz baja.

"Ya está bien", dijo mamá en tono acerado.

"No, pero ella tiene razón", dijo Chuck, con cara de asombro. "A veces miro hacia abajo y veo esa gran bola de fuego y pienso en toda la gente que murió al instante y empiezo a sentir lástima por los ciudadanos alemanes. Lo sufren día y noche".

La expresión de mamá se endureció y dijo que no podía permitirse eso. Había vivido el bombardeo con dos niños pequeños y había sido bombardeada sistemáticamente todas las noches durante más de un año, había dormido poco o nada y seguía teniendo pesadillas al respecto, más de dos años después.

"Los alemanes se merecen todo lo que les pase", dijo en voz bastante alta. "Por lo que nos hicieron".

Los hombres asintieron con la cabeza y Edward dijo que entendía lo que quería decir y que sabía lo terrible que era para los civiles, su propia madre y su padre habían sido bombardeados dos veces aunque, por suerte, ninguno había sufrido heridas.

"Bobby los habría rescatado si hubiera estado allí", dijo Paula con voz muy seria y adulta. "Él saca a la gente de las casas bombardeadas".

"Te sacaré de esta habitación en un minuto", respondí. "Y te encerraré en tu habitación".

En ese momento, mamá dijo que ya era suficiente y que si todos queríamos ir a la sala de estar, traería un poco de café fresco de Camp. Entramos todos y hundimos los pies en la gruesa y suave alfombra blanca. Mamá trajo café para todos con ceniceros para los chicos que encendieron cigarrillos Pall Mall. Paula llevaba una bandeja más pequeña con azúcar y leche. Después de un rato, mamá les preguntó a los hombres si querían pasar la noche.

"Oh, no tendrías espacio", dijo Edward, con aspecto nervioso.

"Hay una habitación libre sobre el garaje", dijo ella y luego miró directamente a Edward. "Como sabes, Edward, tiene dos camas individuales. Si no te importa compartirla".

Edward asintió y Chuck dijo que era muy amable de su parte. Mañana tenían un día libre, tal y como estaba.

"Ya está arreglado" dijo mamá en voz baja, mientras se acomodaba en su sillón, bebía un sorbo de café y se mostraba recatada e inocente.

# VEINTIDÓS

## MAYO 1944

EN REALIDAD, TODO ERA MUY RESPETABLE, TAL Y COMO RESULTÓ. Los dos visitantes decidieron irse a la cama muy temprano, alegando cansancio, bueno, cansancio de batalla, como dijo Chuck. Yo seguía levantado, así que terminé sentado en el salón escuchando "In Town Tonight", o algún programa parecido, en la radio, mientras mamá se sentaba frente a mí a tejer. Estuvo en silencio la mayor parte del tiempo, pero justo antes de que me levantara para ir a la cama, habló de repente.

"Esos valientes muchachos pasan por un infierno, Bobbie", dijo, indicando con una mirada la parte superior de la casa. Le dije que lo sabía y vi que me miraba de forma inquisitiva. "Siempre pienso que, si puedo, debo aligerar su carga", comenzó. "Por eso siempre les doy una comida y les ofrezco una cama para pasar la noche".

Creo que en realidad sólo se refería a Edward, pero hablaba en plural porque él había traído a un amigo en esta ocasión.

"Aunque nuestras cartillas de racionamiento estén al límite", continuó. "Yo seguiría haciéndolo".

Sonreí y dije que lo entendía e incluso que Edward empezaba a parecer uno más de la familia. Mamá sonrió y dijo: "Sí, lo es, ¿verdad?" Luego frunció el ceño y me miró como si estuviera debatiendo si debía o no ir más allá en esta conversación en particular.

"Tu padre cree que me estoy comportando de manera inapropiada al tener hombres jóvenes en casa, pero no lo permitiré. Sé que no debería hablar de ello contigo, pero estás creciendo rápidamente y ya eres todo un joven en la casa".

Le dije que lo entendía y que estaba de acuerdo con ella. Le dije que sabía que papá era un poco estirado a veces y ella frunció el ceño.

"No deberías decir eso", me dijo, "pero tampoco debería decir lo que acabo de decir. Será mejor que te vayas a la cama".

Supe, o intuí, que se sentía incómoda o culpable por algo, pero no tenía ni idea de qué. Le di las buenas noches y me fui a la cama.

A la mañana siguiente bajé a desayunar y, como la escotilla de esa habitación al comedor estaba abierta, pude oír a Edward y a Chuck hablando. Mamá y Paula habían llevado a Charlie a dar un paseo temprano. Oí a Edward hablar de la terrible tensión de las misiones que volaban y a Chuck estar de acuerdo.

"Teníamos un piloto, uno de los mejores y más valientes", continuó Edward. "Un día, se convocó una salida y todos salimos corriendo hacia nuestras naves, pero él se quedó sentado, como si estuviera paralizado, sin poder moverse. Volvimos de la salida y allí estaba, todavía sentado en su silla, mirando al frente y aparentemente incapaz de moverse. Lo llevamos a la enfermería, pero el viejo médico no pudo encontrar nada malo en él físicamente".

"La fatiga de la batalla, te detiene en tu camino", respondió Chuck.

"Exactamente, no era un cobarde. Ni mucho menos".

"Lo sé. Teníamos un capitán, el mejor piloto del escuadrón, que había volado más misiones que nadie, y una vez intentó subir a su fortaleza y no pudo hacerlo. Las piernas se negaron a funcionar. Lo metieron en el sanatorio durante tres meses."

Fue en ese momento cuando empecé, por fin, a darme cuenta

de todo el horror y la importancia de la guerra mundial. Sumado a la pérdida de Graham y el tío Bernie y el comportamiento tenso y melancólico de mamá, por fin me di cuenta. Puede que al principio fuera un niño de diez años y pensara que todo era una gran aventura, pero ya no. Estaba creciendo de verdad.

Mamá regresó sonrojada y algo desaliñada mientras Paula le quitaba la correa a Charlie y la ponía en el armario con sus otras cosas. Mi madre me vio terminando de comer cereal y me preguntó si quería una rebanada de pan tostado. Paula dijo que ella también quería, aunque mi madre le recordó que esa misma mañana ya había tomado un desayuno digno de un fogonero de la marina.

"Se te abre el apetito paseando a ese perro", anunció Paula con calma.

"Me has oído decir eso", dijo mamá, mirándola de reojo, pero siguió adelante y preparó una tostada para dos. Mientras las consumíamos, fue a preguntar a los dos jóvenes qué planes tenían. Edward quería encontrar una buena librería y un local de sastrería y Chuck expresó su deseo de ver un poco de la campiña inglesa. De alguna manera, con un rodeo y mucha conversación manipuladora que sonaba inofensiva, mi madre había arreglado que Chuck nos llevara a Paula y a mí a Hadley Woods en el autobús mientras Edward la llevaba a las tiendas de High Barnet en su MG.

Los tres tomamos un autobús verde hasta el bosque y Chuck resultó ser un buen deportista, ayudando a Paula a subir a un árbol que era un poco grande para ella, pero manteniéndose al margen durante algún tiempo, primero para ayudarla a empezar y luego para sujetarle los brazos o cogerla si se caía. Luego se paseó interesándose por el tipo de árboles y arbustos y hablando de ellos en relación con los tipos que tenían en su casa de Kansas. Le pregunté si eran muy diferentes en su país.

"En realidad no", respondió sonriendo, "son un poco diferentes en algunas partes, pero en general son más comunes".

Paula salió corriendo del árbol que había estado investigando, cubierta de ramitas y trozos de hoja en el pelo que intenté quitarle. Chuck dijo que reconocía la mayoría, pero que uno o dos no le resultaban familiares. En su país, dijo, era agricultor y le interesaba el campo en general.

"¿Ves ese de ahí?" preguntó Paula. "Se llama «árbol de castañas»".

"No lo creo, Paula", dije, sonriendo a Chuck. "Se llama castaño de indias".

"Eso es una tontería", respondió Paula. "Son demasiado duros para que los caballos los coman".

Chuck se echó a reír y dijo que tendría que llevarse a Paula a Estados Unidos. Allí la adorarían.

"No hay problema", le dije, "y mi madre probablemente te pagaría por quitárnosla de encima".

"Cállate, bestia", dijo Paula, mirándome fijamente.

"Cállate tú".

Hubo mucha más exploración de los bosques, frivolidad y juerga hasta que nos dimos cuenta de que llevábamos casi tres horas fuera. Chuck miró su reloj y sacudió la cabeza.

"Es hora de volver, jóvenes", dijo sobriamente. "Tengo que recibir instrucciones esta noche para volar sobre Alemania mañana por la mañana".

Cuando volvimos a la casa, Edward también estaba preocupado por volver al campamento y su urgencia, nos dijo, era mucho mayor. Tenía que estar preparado para volar esa misma noche. Pronto tuvieron el pequeño MG recogido y mamá les había preparado bocadillos con los restos del pollo de ayer. La escuela había cerrado ese día por ejercicios de precaución contra ataques aéreos, pero ambos debíamos entrar al día siguiente.

Mi madre había comprado pequeñas insignias de San Cristóbal para ambos jóvenes, para que estuvieran seguros en el aire. Se las entregó y luego les dio a cada uno un abrazo y un beso en la mejilla. Prometieron que no volverían a despegar sin llevarlas. Luego se subieron al pequeño MG, encendieron el motor de sonido gutural y salieron disparados, saludando alborotadamente. Mamá volvió a tener un aspecto sombrío una vez que se perdieron de vista y la vi quitarse una o dos lágrimas apresuradamente. Entramos y nos dieron los últimos restos de pollo frío con algo de ensalada y pan con mantequilla para un almuerzo muy tardío. Paula preguntó si podía comer salchichas con ello, pero mamá, exasperada, le dijo que se comiera lo que le daban o recibiría una buena palmada en el trasero. Paula hizo una mueca, le sacó la lengua a mamá en cuanto le dio la espalda, pero luego comió como una loba lo que le ofrecieron.

Estábamos sentados en el salón escuchando a Bing Crosby en la radio cantando "Don't Fence Me In", con las Hermanas Andrew en armonía detrás de él. Mamá estaba tejiendo y yo leía un anuario de cine, seleccionando las últimas películas que llegaban de Hollywood y algunas fotos caseras. De repente sonó el teléfono y mamá se levantó como un gato en la caja, con cara de asombro. Creo que le daba pánico que pudiera haberle pasado algo a Edward porque, después de que se fuera, nos había dicho que ahora lo consideraba uno más de la familia.

Era Edward, como nos dijo en cuanto colgó el teléfono, pero sólo era una llamada para agradecer a mamá su hospitalidad y decirle que le habían dado un escarmiento por faltar a una reunión informativa a las cuatro de la tarde en que nos había dejado. No había llegado a tiempo.

Una de las buenas noticias que le había dado era que en las últimas dos semanas habían hecho muchos menos vuelos y que no había visto ningún bombardero alemán cerca de nuestras costas desde hacía más de un mes. Empezaba a pensar, le dijo a mamá, que el alemán había tirado la toalla en cuanto a bombardear Gran Bretaña. Todo estaba muy tranquilo en su estación de caza y lo había estado durante mucho tiempo. Y él, al igual que papá, había oído rumores de una gran operación que estaba siendo planeada por nuestros jefes.

"Espero que Edward tenga razón", dijo mamá, frunciendo el ceño como si no creyera una sola palabra. "También dijo que las incursiones de la RFA y la FAEU eran cada vez mayores y más numerosas".

"Bueno, anímate mamá, son buenas noticias", dije. "Parece que has perdido una libra y has encontrado un chelín".

"Así es como me siento estos días", contestó con un aspecto más sombrío que nunca.

"Ojalá pudiera encontrar un chelín", dijo Paula, con aspecto pensativo.

"Bueno, parece que las cosas van ciertamente bien", dijo mamá, alegremente, ignorándola. "Parece que por fin estamos ganando".

Su estado de ánimo era así: un minuto estaba de buen humor y al siguiente estaba deprimido.

"¿Puedo tomar otra galleta?" preguntó Paula.

"Para qué", quiso saber mamá. "Ya te has comido tres".

"Para celebrar que hemos ganado".

"Todavía no hemos ganado".

"No, pero lo haremos".

"Oh, adelante", dijo mamá, resignada y volviendo a parecer alegre.

La banda de Glenn Miller sonó en la radio tocando "In The Mood", que normalmente me gusta escuchar, pero en ese momento decidí salir al jardín. Todavía había mucha luz y había sido un día caluroso y soleado. Todo estaba muy tranquilo ahí fuera, con un gran cielo azul y un enorme globo de presa plateado que flotaba lentamente sobre la parte superior de la casa. Lo observé brillar cuando una ráfaga de luz solar pálida lo atrapó y me pregunté si, por fin, nos habíamos librado de los bombarderos alemanes.

Era, como sucedió, casi el fin de los bombarderos nazis, pero algo infinitamente más desagradable, malvado y aterrador estaba a punto de aparecer. Sin embargo, esa noche en particular, todo estaba sereno, tranquilo y apacible.

# VEINTITRÉS

## JUNIO 1944

El único momento en que mi madre salía de casa, por lo general, era cuando iba a hacer la compra, uniéndose a las colas para comprar carne y huevos y todas esas cosas. Aparte de dos visitas a Holloway, cuando la casa de la abuela y la tía había sido bombardeada, apenas había cruzado el umbral.

Sé que en los dos últimos años había empeorado; estaba muy triste y pasaba largos períodos de tiempo, cuando no preparaba la comida o hacía las tareas domésticas, mirando fijamente al frente. Esto me preocupaba cada vez más a medida que me daba cuenta de su sombrío comportamiento y me hacía pensar en mi prima Sheila. Sería terrible que se volviera más o menos silenciosa e inerte como mi prima.

Una vez que Edward y Chuck se marcharon y mi padre sólo vino a casa durante una breve temporada de cuarenta y ocho horas, mi madre pasó un largo período de meses en los que nadie venía a visitarla y el teléfono apenas sonaba. La señora McKenzie aparecía de vez en cuando desde la puerta de al lado y charlaban con una taza de café; entonces mamá parecía un poco menos deprimida brevemente. Lo que me molestaba eran las largas horas que pasaba completamente sola, sobre todo cuando Paula y yo estábamos en el colegio.

Las largas vacaciones escolares de verano eran mejores para ella; siempre estábamos allí o cerca, entrando y saliendo, necesitando comidas, y rara vez le daba tiempo para sentarse a cavilar durante horas.

Un día, después de ver a mamá más sombría que nunca y de haber conversado poco o nada con ella durante casi todo el día y la noche, le pregunté cuánto tiempo había pasado desde su última visita al cine.

"No tengo tiempo para ir al cine, Bobby", me dijo con tono rígido. "Con bocas que alimentar, ropa que lavar o reparar, ¿qué tiempo libre crees que tengo?"

"Pensé que podríamos ir todos, una noche", dije en voz baja. "Necesitas un cambio, mamá".

Me miró con gran intensidad y me preguntó, con voz semiburlona, si me estaba preocupando por mi vieja madre. Le repetí que necesitaba un cambio, salir de casa y divertirse. Ella asintió.

"Bueno, aprecio la preocupación, Bobbie", dijo. "Y si puedes encontrar una película adecuada, de acuerdo. Pero nada de asesinatos con sangre y vísceras o películas de guerra".

Sonreí. Déjalo en mis manos. Pronto estuve revisando cuidadosamente todas las películas que estaban por venir en la zona. Sabía lo suficiente como para evitar todo lo que tuviera violencia o la posibilidad de tenerla. Cualquier cosa ambientada en tiempos de guerra o que tuviera algo que ver con ella estaba descartada; necesitaba alejar la guerra, no glorificarla. Finalmente lo encontré: Coney Island, un musical ligero con Betty Grable y George Montgomery.

Nos dirigimos al gran cine Odeon y entramos en el espacioso vestíbulo, que contrastaba con el minúsculo vestíbulo del Regal, con el que estaba tan familiarizada. Una vez que ella había comprado las entradas y estábamos instalados en la gran sala, tuve un mal momento. Habíamos llegado temprano por Paula y, después de los avances de las próximas películas, mostraron el noticiero con informes sobre las últimas hazañas del ejército y la fuerza aérea y algunas tomas gráficas de nuestros tanques disparando lanzallamas en grandes ráfagas de fuego amarillo y naranja. Respiré profundamente.

La película secundaria era un breve reportaje de investigación criminal que sólo duraba cuarenta y cinco minutos y luego comenzaba la película principal. Creo que era realmente correcta, con imágenes brillantes en tecnicolor y ambientada en 1890, en otra época, en otro lugar. Betty Grable cantaba canciones como "Pretty Baby" y "The Darktown Strutters Ball" y Phil Silvers era divertido. Paula se puso un poco inquieta hacia el final y salió con una de sus pequeñas gemas cuando dijo en voz alta "¿Qué cree ese hombre que le está haciendo a esa mujer mamá?" Mamá le dio una palmada en la rodilla y le dijo que se callara, que no podía llevarla a ninguna parte.

En general, sin embargo, fue un gran éxito nuestra expedición al Odeon. Mamá me dijo que lo había disfrutado mucho, las canciones, el romance, el tecnicolor, todo. Tuvimos que escuchar a Paula tararear la melodía de "When Irish Eyes Are Smiling" constantemente durante varias semanas, pero fue un pequeño precio a pagar, a pesar de todo.

Cuando llegamos a casa después de bajar del Odeon, mamá trajo galletas y tazas de Ovaltine al salón y escuchamos las noticias. Era un boletín importante. Las noticias eran optimistas sobre las victorias de las fuerzas aliadas aquí, allá y en todas partes. Por una vez, mamá parecía tan contenta que se olvidó de que ya había pasado la hora de acostarse de Paula y la dejó sentada bebiendo y comiendo galletas.

"Bueno, eso estuvo bien", dijo mamá con satisfacción. "Una de tus mejores ideas, Bobby".

"Escalofriante", me susurró Paula.

---

Había sido un día muy caluroso y, siguiendo con mi empeño de sacar a mi madre de casa lo más a menudo posible, le propuse dar un paseo esa noche, después de cenar. Caminamos por mis conocidas calles secundarias hacia la estación de tren y pasamos por la cima de la carretera donde había ayudado a rescatar a la mujer en apuros. Mi madre me vio mirar hacia abajo y detenerse un instante, e inmediatamente lo captó.

"¿Es aquí donde ocurrió Bobby?" me preguntó. Asentí con la cabeza.

Comenzó a caminar por la calle hacia la casa y Paula y yo la seguimos, desconcertados.

La casa, o lo que quedaba de ella, estaba en un estado lamentable. La mayor parte del tejado se había derrumbado y colgaba o estaba amontonado en el camino de entrada. Las ventanas se habían hecho añicos y una gran parte de los ladrillos había caído en otro gran montón dejando un agujero enorme en la parte delantera de la casa. Parte del piso superior se había derrumbado y ahora parecía imposible entrar o salir del edificio. Los carteles de la policía advertían a todo el mundo de que se mantuviera alejado, ya que la estructura era peligrosa. Las dos casas situadas a ambos lados de esta vivienda adosada habían sufrido daños estructurales y todos los habitantes habían sido reubicados en otras casas.

"¿Ves ahora el terrible peligro en el que te has metido?" me preguntó mamá con severidad.

"Sí, mamá", susurré.

"Podrías haberte quedado atrapado allí o, peor aún, haber muerto aplastado".

"Y tú habrías quedado aplastada como una tortilla", añadió Paula innecesariamente.

"Sí, de acuerdo, Paula, no es necesario dar detalles gráficos", murmuró mamá.

Continuamos nuestro paseo hasta llegar a la estación de tren, donde un autobús verde estaba aparcado fuera, listo para iniciar el viaje a Hitchin. Durante el trayecto, Paula me habló de una clase de la escuela en la que se mostraban a los niños imágenes de todos los trabajos que realizaba la gente y el profesor describía muchos de ellos. Me dijo que había pensado en esas fotos y que había decidido que le gustaría ser enfermera. También dijo que no le importaría intentar ayudar a la gente a salir de las casas bombardeadas y vendar sus heridas.

"Pero, para cuando seas mayor, la guerra ya habrá terminado", le dije.

"Puede que no sea así".

"Más vale que así sea", dijo mamá. "No podría vivir otros seis o siete años más".

Seguimos caminando y, al llegar al cruce al final de la carretera, sugerí que era hora de volver a casa. Mamá parecía desconcertada y me preguntó si no estaba cerca del lugar donde se encontraba el pequeño cine que yo había frecuentado tan a menudo. Asentí de mala gana y me dijo que le gustaría verlo. Resultó que mi madre nunca había estado en esta parte de la ciudad, excepto cuando me dejó en el nuevo colegio.

Bajamos al cine y mi madre y Paula se interesaron por los elaborados paneles de exhibición del exterior. Entonces mamá se volvió hacia mí y me dirigió una de sus miradas escrutadoras.

"¿Así que es aquí donde vienes con tanta frecuencia?"

Sólo otro asentimiento por mi parte.

"Debería entrar ahí y decirle al gerente lo que pienso", dijo mamá con tono truculento.

"No, no, por favor, no", le rogué. "No me dejarían entrar nunca más".

"Puedes llevarme a ver "Los ahorcados también mueren", dijo Paula. "Se va a estrenar pronto".

"Seguro que no lo hará", dijo mamá. "Tampoco la verá solo".

Hice una mueca, pero me di cuenta de que la oportuna sugerencia de Paula había desviado los pensamientos de mamá de entrar en el cine y hacerle la vida imposible al personal. Nos habíamos alejado lentamente mientras hablábamos y ahora volvíamos a casa. Mientras cruzábamos la carretera en el cruce, mi madre me recordó que me había indicado muchas veces que no cruzara las carreteras principales cuando tenía once años o no mucho más. Se preguntaba si alguna vez había hecho algo de lo que me habían dicho.

Volvimos a casa a paso ligero cuando la luz empezaba a fallar y nos sentamos todos en la cocina mientras mamá nos preparaba grandes tazas de Ovaltine. Casi nos perdimos el boletín de noticias hasta que, mirándome soñadoramente, mamá anunció de repente la hora e indicó que podría ir a poner la radio y enterarse de lo que estaba pasando en el mundo. Mientras salía, me incliné y besé a Paula en la mejilla.

"¿Qué es eso?" preguntó ella, poniendo cara de sorpresa.

"Tácticas de distracción, fuera del cine".

"¿Qué?"

"No importa", dije, y seguí a mamá a la sala de estar.

# VEINTICUATRO

## JUNIO 1944

AL ENTRAR EN EL SALÓN, MI MADRE RECOGIÓ SU TEJIDO DE UN sillón donde lo había dejado descuidadamente y se acomodó en otra silla. La seguí con la mirada y ella se dio cuenta de la intensidad de mi mirada.

"¿Qué pasa?" preguntó.

Pensé que querías las noticias". Dije con aire inquieto.

Frunció el ceño y luego, cuando la luz despuntó, se levantó de la silla y corrió hacia el aparato de radio. Llegamos justo a tiempo. Oímos la voz de John Snagge diciendo que tenía un boletín especial.

"El Día D ha llegado. Esta mañana temprano los aliados comenzaron el asalto a los estados del noroeste de las fuerzas de Hitler. Bajo el mando del General Eisenhower, las fuerzas navales aliadas, apoyadas por fuertes fuerzas aéreas, comenzaron el desembarco de los ejércitos aliados esta mañana en la costa norte de Francia".

Las cejas de mamá se levantaron y su cara se iluminó y, aunque al principio no pudimos asimilarlo todo, pronto nos recuperamos. La invasión había comenzado y era un gran momento en el progreso de la guerra que todos estábamos viviendo. Paula entró y aunque el primer pensamiento de mamá hubiera sido que llegaba muy tarde a la cama, esto se olvidó en la euforia del momento. Mamá me había agarrado para bailar una pequeña danza.

"¿Qué está sucediendo?" quiso saber Paula.

Mamá le dijo que era el comienzo de la invasión de Normandía y que nuestras tropas pronto marcharían a través de Francia y hacia Alemania para conquistar al enemigo. Paula se preguntó si habría un día libre en la escuela cuando ganáramos la guerra y mamá dijo que creía que podría ser así, pero que no era de importancia primordial para nadie. Lo era para Paula y yo se lo dije, pero eso sólo hizo que mamá se concentrara en el hecho de que ya había pasado su hora de acostarse y fue enviada a su habitación.

Desde la radio oímos la voz de un reportero, en directo con las fuerzas invasoras; algo nuevo que podían hacer ahora que la BBC había inventado un tocadiscos portátil.

"Las tropas paramilitares están aterrizando. Están aterrizando a mi alrededor mientras hablo. Bajan revoloteando, desde el aire, desde el mar; están cayendo en forma de lluvia, no hay otra palabra para describirlo".

"Maravilloso", respiró mamá extasiada.

"¿Significa que pronto terminará la guerra?" me pregunté.

Mamá frunció el ceño. La invasión era una gran noticia y probablemente significaba que nos acercábamos a la victoria, pero aún no estábamos allí, ni mucho menos. Nos sentamos entonces y escuchamos atentamente el resto del trascendental boletín especial mientras el reportero continuaba con su informe de testigos oculares de los soldados e infantes de marina de los EE.UU. y el Reino Unido que entraban en tropel en las playas y los disparos que se producían a su alrededor. Mi madre dijo que no le gustaría ser ese reportero, ni por todo el té de China, pero yo le señalé que sólo estaba hablando desde una lancha de desembarco, pero que no estaba participando en la feroz lucha que se estaba librando.

Un fuerte y repetido golpe en la puerta principal nos hizo

levantarnos, juntos, y salir ansiosos a abrirla. La señora McKenzie estaba en el umbral sonriendo como un gato de Cheshire.

"Te dije que nuestros chicos ganarían", dijo mientras mamá la introducía en la casa.

"Agárrese bien", le advirtió mamá. "Todavía no ha terminado".

Pronto mi madre hizo pasar a su vecina a la sala de estar, la sentó y trajo una botella de oporto que, según dijo, siempre parecía tener, medio llena, después de cada Navidad. No estoy seguro de si fue por accidente o por deseo, pero se sirvió un tercer vaso y me lo dio a mí. Todos chocamos las copas y brindamos por una victoria rápida.

La Sra. McKenzie no se quedó mucho tiempo; tenía que apresurarse a volver, nos dijo, porque su marido había prometido llamarla por teléfono desde Gibraltar a las once, nuestra hora, donde su barco acababa de atracar. Entonces sonó el teléfono y era mi padre, y oí su voz fuerte y emocionada diciéndole a mamá que le había dicho que se avecinaba algo grande y que era esto. Sabía que todos esos rumores no podían estar equivocados. Hablaron durante un rato y mamá le dijo que el final no podía llegar lo suficientemente pronto para ella, que estaba a punto de llegar al límite.

Luego se dirigió a mí, haciéndome las preguntas habituales sobre el colegio y cómo iba todo en casa. Le contesté que todo estaba bien porque sabía que eso era lo que quería oír.

"¿Y tu madre?"

"Oh, ella se las arregla", dije sin darle importancia.

"Intenta sacarla más de casa, Bobby", dijo, con un tono de urgencia en su voz. "Está bajo mucha presión, me di cuenta la última vez que estuve en casa".

"Muy bien, papá", dije.

"Haz que los lleve a todos al cine. Y paseos por el bosque de Hadley, o...", dudó. "O un picnic. Intenta convencerla de que prepare un picnic".

Le prometí que haría todo lo posible y le devolví el auricular a mamá, que rondaba bastante cerca. Me susurró una sola palabra, "cama", y yo asentí con la cabeza y subí directamente. Oí una especie de susurro estrangulado cuando llegué al piso y entré en la habitación de Paula. Ella había encendido una lámpara de cabecera y estaba sentada en la cama.

"Deberías estar durmiendo", le dije, sentándome en el borde de la cama.

"No podía dormir con todo ese ruido, ¿qué está pasando?"

Le hablé de los informes del desembarco y de todas las tropas aerotransportadas y de los informes de los combates en Normandía y añadí que la Sra. McKenzie había venido y que papá había llamado por teléfono. Le dije que el desembarco de Normandía era muy importante y que significaba una nueva fase de la guerra.

"Entonces, ¿vamos a pulverizar completamente al ejército alemán?"

"Sí, lo más probable", dije y me detuve, frunciendo el ceño. "¿De dónde sacas palabras como «pulverizar»?"

"No lo sé. Lo leí en alguna parte".

"Bueno, duérmete o te pulverizaré".

"Cállate, Bobby".

Pero se acostó y, como por arte de magia, en cuanto su cabeza tocó la almohada, se quedó profundamente dormida. Apagué su lámpara y me fui a mi propia cama.

---

Estaba bastante tranquilo y apacible cuando salimos en una mañana muy cálida hacia la zona de tiendas. Llevaba tiempo hablando de lo deliciosas que estaban las tartas de melaza de la lechería Express y cuestionando la posibilidad de comer otra muy pronto. Paula había intervenido diciendo que las tartas estaban realmente deliciosas y que eran un auténtico pudin, sea lo que sea que eso signifique. Mamá cedió finalmente, pero no sin antes murmurar sobre el alto costo de las tartas especiales compradas en la tienda.

La tienda del Expreso estaba bastante ocupada con otras personas que se daban el gusto de comer lujos horneados, pero salimos después de diez minutos con nuestra preciada carga y algunas galletas sencillas.

Había que girar a la izquierda para volver a casa, pero teniendo en cuenta las recientes súplicas de mi padre para que mamá saliera a pasear, le sugerí que fuera a la derecha, que caminara hasta la estación de tren y que volviera a casa desde allí.

"Es un largo paseo hasta la estación desde aquí, Bobby", dijo mi madre, con cara de duda.

"Hace un buen día para pasear", le contesté, dedicándole una gran sonrisa.

"Sí, está bien", concedió ella. Paula quería llegar a casa para montar los muebles de su gran casa de muñecas, pero no se dio por vencida y se puso en marcha con la mandíbula desencajada y su habitual frase de "no es justo". Caminamos con bastante rapidez, pero al doblar la esquina en el cruce hacia la estación oímos un extraño sonido en lo alto; una especie de zumbido fuerte.

Todos levantamos la vista con ansiedad, ya que era un sonido escalofriante, que empezaba como si fuera de lejos, pero que se iba acercando poco a poco.

"¿Qué es eso?" dijo mamá, todavía mirando hacia el cielo, y tras una pausa añadió: "¿Qué es eso?"

El insistente zumbido, el sonido cacofónico, continuó, haciendo que me brotaran pequeñas punzadas de sudor en la frente. Entonces lo vimos. Lo que parecía un pequeño avión plateado sin alas era claramente visible con humo saliendo de la parte trasera.

"Ese avión está en llamas", gritó Paula. "Nos va a volar en pedazos".

"Cállate Paula", dijo mamá, pero al ver que estaba angustiada se agachó para abrazarla y tranquilizarla. Entonces vimos un enorme destello de llamas salir de la parte trasera del objeto.

"¿Qué es, mamá?" pregunté, sintiéndome de repente un poco mareado.

"¿Cómo voy a saberlo?" preguntó agitada. "Parece una especie de bomba horrible que vuela".

"No seas ridícula, mamá", dije, y la diversión venció al miedo por el momento, pero la pobre Paula resoplaba con fuerza y mamá tuvo que abrazarla de nuevo y tranquilizarla, y luego sujetarle la mano con fuerza. Ridículo o no, mi madre tenía mucha razón y resultó ser el último horror técnico de Alemania, la bomba voladora autopropulsada.

De repente, el horrible y fuerte ruido de chirrido y zumbido cesó y todo quedó en un siniestro silencio. Instintivamente, mamá llevó a Paula a una tienda y yo la seguí rápidamente. La tienda estaba vacía, los habitantes probablemente habían corrido a la parte de atrás y a un refugio posiblemente, pero no tuvimos tiempo de pensar ya que se escuchó una explosión descomunal, que sonó como si estuviera justo afuera de donde estábamos parados, aterrorizados ahora.

"Era una bomba, tenía razón", dijo mamá con voz aguda y nerviosa y Paula le agarró la mano con más fuerza.

"No quiero ir al cielo todavía, soy demasiado pequeña", dijo Paula llorando. Tomé su otra mano y la sostuve, espero que de forma tranquilizadora. Los tres nos quedamos quietos por un momento y luego mamá dijo que debíamos aventurarnos lentamente afuera y hacer un balance de la situación. Decidí que debía reafirmar mi condición de hombre de familia y me ofrecí a ir primero. Antes de que mamá pudiera protestar, me liberé del agarre de Paula y salí a la acera. Todo estaba tan tranquilo y pacífico como en la caminata. No había nadie, absolutamente nadie, en la calle. Mamá salió con mucha cautela, todavía agarrada a Paula, que parecía aterrorizada. Mi madre miró al cielo, pero éste era de un azul brillante con nubes blancas y esponjosas, y estaba tan tranquilo y silencioso como podía estarlo.

Sacudí la cabeza y dije que la bomba, fuera lo que fuera, debía haber explotado a cierta distancia, a pesar de la proximidad de la explosión que habíamos oído. Mi madre parecía desconcertada y no podía estar de acuerdo; había sonado como si estuviera justo delante de la puerta de la tienda. Pero era la única explicación, me aventuré a sugerir.

Mamá parecía estar temblando y se esforzaba por controlar los espasmos. Paula seguía sollozando, aunque ahora con más suavidad y resignación. Me sentí fatal; mis esfuerzos por animarla a salir más de casa sólo la habían puesto en peligro de muerte y de miedo a lo desconocido; si hubiéramos ido directamente a casa desde la tienda del Express habríamos estado a salvo.

La calle vacía cambió de repente cuando dos hombres y una mujer salieron de otras tiendas de la calle y un hombre se acercó por la carretera por la que habíamos llegado. Entonces oímos el tintineo de las campanas del coche de bomberos y de los vehículos de emergencia a cierta distancia. Cuando el hombre se acercó, mamá le preguntó si sabía lo que estaba pasando.

"No estoy muy seguro", respondió sin aliento. "El policía de la calle cree que es una nueva bomba alemana". Entonces. Mientras se alejaba a toda prisa, evidentemente ansioso por estar en otro lugar, añadió: "No me extraña que se haya autopropulsado".

"Obviamente está muy lejos", dije en voz baja.

"Sí, bueno, será mejor que vayamos directamente a casa", dijo mamá. "Y cuanto más rápido, mejor".

Si era lo que especulábamos, debía ser el arma más mortífera y horrible que se había utilizado hasta el momento y un nuevo indicio de que los alemanes aún no habían terminado. Empezamos a caminar, dando pasos agigantados en nuestra prisa por llegar al relativo refugio de casa. Paula trotaba a la carrera y mamá y yo nunca habíamos caminado tan rápido en nuestras vidas. Miré hacia arriba y vi un gran globo antiaéreo plateado flotando, pero no había logrado detener la bomba de crucero y no había sonado ningún aviso de ataque aéreo. ¿También se nos había escapado del radar?

"Será mejor que salgamos de la calle rápidamente", dijo uno de los tres miembros del grupo cuando nos cruzamos con ellos al otro lado de la carretera, mientras se apresuraban en la otra dirección. No necesitábamos ninguna oferta. Mi madre gritó que estaba de acuerdo y nos pusimos en marcha rápidamente. El camino a casa fue tranquilo, anormalmente tranquilo, pero todos nos sentimos aliviados al ver la casa a la vista.

Nos apresuramos a entrar rápidamente y luego nos sobresaltamos al escuchar un extraño sonido que provenía de la cocina. Nos quedamos inmóviles y las gotas de sudor empezaron a picarme la frente de nuevo. Avancé por el pasillo con cautela cuando oí que mamá me pedía que me detuviera, pero ya era demasiado tarde. Vi que la puerta de la cocina estaba abierta y allí, sentado a la mesa, estaba el tío Edgar con su uniforme militar y tres galones en el brazo, sonriendo ampliamente.

"Espero que no te importe", dijo con calma. "Entré con mi llave de repuesto".

# VEINTICINCO

## JUNIO 1944

ME DETUVE EN SECO EN LA PUERTA DE LA COCINA Y MI MADRE SE precipitó detrás de mí.

"Por el amor de Dios, Edgar", gritó, muy agitada. "Nos has dado un susto de muerte".

"Oh, querida, lo siento", respondió. "Pero al saber que estaban fuera pensé que no les importaría que entrara usando mi llave de repuesto".

Mi madre respiró hondo y trató de calmarse. Paula parecía haber superado su shock inicial y de repente le estaba contando a Edgar todo lo de la bomba que se levanta y vuela hasta Inglaterra para matar a la gente y que todos tuvimos que escondernos en una tienda para evitar que voláramos en pedazos y que mamá y Bobby estaban muertos de miedo y ella misma estaba un poco asustada.

"Vaya, cálmate un poco, Paula", dijo Edgar, que seguía pareciendo muy divertido.

"Necesito una taza de té fuerte", dijo mamá.

"Yo lo haré, tú siéntate", dijo Edgar, notando inmediatamente el estado en el que se encontraba y por una vez, posiblemente la única en su vida, mi madre hizo lo que él sugirió y permitió que otra persona le preparara el té y pusiera la tetera mientras yo le mostraba dónde estaban las tazas y los platillos, la lata de té y la leche. Me senté a su lado y le dije que estaba bien, que ahora todo estaría bien. Me miró y rompió a llorar, sacando rápidamente un pañuelo de su bolso y secándose los ojos furiosamente. Me dijo que era un buen chico, entre sollozos, y que se pondría bien en un minuto. Me suplicó que ignorara su arrebato. Mientras tanto, Edgar preparaba rápidamente el té y, mientras lo hacía, se preguntaba qué estaba pasando.

"¿No has oído la explosión?" preguntó mamá, incrédula.

"Bueno, sí, pero las bombas que explotan no son precisamente raras hoy en día, ¿verdad?"

"Tal vez", respondió mamá, "pero estábamos de pie justo debajo de ella, miramos hacia arriba, oímos el motor apagarse y pensamos que nos caería encima".

"Oh, Sandra, lo siento", dijo él, mortificado. "Debe haber sido una de las nuevas bombas voladoras de Jerrie".

"¿Sabes lo que son?" preguntó mamá. Preguntó mamá, levantando la voz de forma histérica.

"Se lo dije", dijo Paula.

"Cállate, Paula", contestó mamá.

Resultó que, según contó el tío Edgar, los conocimientos sobre las nuevas bombas volantes eran escasos, pero recibían informes confusos de nuestros rompe códigos en Bletchley Park, donde se vigilaba de cerca la actividad del enemigo. La esperanza había sido, errónea como resultó, que las bombas aún no estaban suficientemente desarrolladas para su uso. Mamá asintió con la cabeza, se sirvió una segunda taza de té y pareció momentáneamente afectada antes de dar el primer sorbo. Cuando se hubo calmado un poco, ayudada por el fuerte té del tío, preguntó: "¿A qué debemos el placer de esta visita, Edgar?"

"Bueno, tengo una semana de permiso, la primera en meses, y Edith estará en Norwich todo el día de hoy, así que pensé en hacerle una visita a mi cuñada en la vieja casa y ver cómo están todos. Puedo coger un tren rápido esta tarde".

Mamá se acordó de su reputación de acogedora social y le

dijo que era bienvenido a quedarse a almorzar y a cenar. Él aceptó con una sonrisa y agradecimiento y comentó lo bien que estaba ella, y para el caso, lo bien que estaba cuidando su casa y estaba muy agradecido. Mamá enarcó una ceja y le dijo que era una casa preciosa, pero no le impresionó demasiado su temprana afirmación de que Barnet era un lugar seguro para quedarse. Edgar pensaba que todo era relativo, pero estaba seguro de que ella se había perdido lo peor del bombardeo antiaéreo y los bombardeos esporádicos de Londres que le siguieron. Paula intervino para decir que creía que todos íbamos a ser asesinados pronto en nuestras camas, una frase que había oído pronunciar a mamá más de una vez y, al darse cuenta de ello, nuestra madre pareció repentinamente apenada y luego sugirió que mi hermana subiera a su dormitorio y mirara su nuevo anuario Girl's Own, ya que quería hablar con el tío Edgar. Lo que quería decir era que quería hablar con él sobre la guerra. Paula se marchó con un aspecto ciertamente sombrío.

Mamá había preparado lo que llamaba su "estofado de ternera", en el que se utilizaban todo tipo de restos de carne de comidas anteriores, pero que estaba compuesto principalmente por diversas verduras, hierbas y especias. Siempre tenía un sabor delicioso y, como ella siempre decía, era fácil de hacer como una comida completa en sí misma. Sacó la olla grande, añadió unas tiras de cebolla y patata y otro cubo de Oxo (marca de alimentos procesados) y la puso a calentar en el fogón de gas.

Cuando volvió a la mesa de la cocina, sirvió otra taza de té y otra para Edgar y le dijo que estaba muy contenta por el inicio del desembarco del Día D. Edgar sonrió.

"No antes de tiempo", dijo. "Podría haber sido antes".

"Oh, ¿cómo es eso?"

Lo que Edgar dijo a continuación fue ciertamente una revelación. Resultó que sólo había prestado servicio durante menos de un año en el Cuerpo Remunerado y, tras impresionar con su ritmo de trabajo, fue enviado en comisión de servicio a una unidad de transporte de tareas especiales donde había estado conduciendo y actuando como asistente personal de un general. A esto le siguieron viajes por toda Inglaterra y, más recientemente, había volado a varios teatros de guerra con su oficial de alto rango y había hecho muchos viajes largos tanto aquí como en el extranjero, donde el hombre a menudo había confiado en Edgar y le había contado mucho sobre lo que se estaba planeando y lo que, de hecho, estaba sucediendo. Edgar sonrió con conocimiento de causa y sacudió la cabeza como si apenas pudiera creerse lo que iba a decir.

"Los americanos querían invadir Normandía mucho antes", dijo Edgar. "Desde hace dos años".

"¿Pero no nuestras tropas?"

"Nuestro líder, nuestro Primer Ministro, de hecho. Churchill seguía insistiendo en que la guerra se ganaría o se perdería en el Mediterráneo. Su insistencia era que aseguráramos El Cairo, luego el norte de África e Italia, y acabamos de obtener una victoria considerable en esa zona".

"¿Estás seguro de esto, Edgar?" preguntó mamá, que parecía muy escéptica.

Edgar estaba seguro. El general al que había asistido había estado presente en muchas reuniones de planificación de alto nivel con Churchill y Roosevelt de los Estados Unidos y, en una ocasión reciente, con Stalin, el líder ruso. Los americanos siguieron a Churchill durante un tiempo, quizá les convenía, pero, dijo Edgar con aspecto muy serio, llegó un momento en que ya no les convenía. Un comandante norteamericano había dicho repetidamente que la distancia más corta entre dos puntos es una línea recta y presionaba constantemente para que se invadiera Normandía y las fuerzas aliadas se dirigieran de cabeza a través de Francia hacia Alemania y Berlín.

"Una línea recta hasta Berlín", entonó Edgar en voz baja.

"Pero seguramente el Sr. Churchill lo sabía mejor", dijo mamá, frunciendo el ceño.

"¿Quién puede saberlo?" respondió Edgar, "¿quién puede decirlo?"

"Pero él ha sido nuestra esperanza, nuestra salvación, nuestra inspiración", dijo mamá en voz baja, incrédula.

Edgar estaba de acuerdo en que era un gran líder, especialmente en una guerra debilitante y horrible como ésta. Pero hacía poco tiempo, en una reunión cumbre, Roosevelt y Stalin habían superado su votación y él tuvo que comprometerse plenamente con una invasión inmediata de Normandía. Los preparativos habían durado meses, sino años. Mamá miraba a Edgar con la boca abierta.

"La mayoría de los generales son muy reservados con sus ayudantes", continuó Edgar. "Pero este anciano era muy locuaz y no podía dejar de hablar y expresar sus opiniones".

"Entonces, ¿estaba de acuerdo con los yanquis y los rusos?"

Le había dicho a Edgar que quería atravesar Francia y entrar en Alemania y que creía que esa era la forma más rápida de ganar la guerra. Muchos comandantes lo hicieron, otros no.

Mamá pareció salir de su estupor temporal y me miró. Me pidió que bajara a Paula y pusiera la mesa para el almuerzo en el comedor. Así lo hice, pero la trampilla de servicio de la cocina al comedor estaba abierta, así que pude escuchar lo que decían. Paula no fue de mucha ayuda, deteniéndose cada pocos minutos para trazar figuras en el puente, en los platos laterales.

"Así que la mayoría de la gente estaba de acuerdo en que debería haber sido antes", preguntó mamá. "Este desembarco del Día D".

"Bueno, de nuevo, ¿quién lo sabe?" preguntó Edgar. "Si hubiéramos invadido antes, los alemanes habrían tenido muchas más tropas en Francia y Alemania y nos habrían llevado a otra situación como Dunkirk".

Durante el almuerzo, la conversación derivó hacia temas más mundanos y preguntas sobre la familia. ¿Qué le pareció a Edith en Norwich? ¿Qué está haciendo el viejo Harry en este momento? ¿Sigue envenenando soldados en Colchester? Sin embargo, poco a poco pude ver que los ojos de mi madre empezaban a ponerse vidriosos y que volvía a dejar que su depresión la afectara. Le dijo a Edgar que había pensado que con el desembarco del Día D el fin podría estar a la vista. Pero ahora, con estas horribles bombas cohete, ¿qué sigue? Edgar se quedó pensativo antes de intentar tranquilizarla.

"La ofensiva en Francia va muy bien, te lo aseguro", dijo en voz baja. "Mi general tiene el dedo en el pulso y me ha dicho que los alemanes están perdiendo todas las batallas de resistencia, tan ferozmente como las libran".

"¿En serio?" preguntó mamá, con la duda en los ojos. "Sin embargo, estas bombas voladoras..."

"Creo que su impacto será limitado," dijo Edgar con confianza. "De nuevo, según mi general, todas sus bases de lanzamiento deben estar en Francia debido a su limitado alcance, así que nuestras tropas las destruirán a medida que las encuentren".

"Si las encuentran" murmuró mamá, convirtiéndose ahora en la pesimista permanente.

Edgar sacudió la cabeza. Pensó que mamá debería animarse y no preocuparse tanto. Le iba muy bien aquí, cuidando de su casa, por lo que estaba muy agradecido, y con dos jóvenes brillantes que la apoyaban. Y esa carta que había escrito a Edith indicaba a un joven bastante valiente, sentado en esta mesa. Me guiñó un ojo.

"Es un gran héroe", anunció Paula con orgullo. "Entró en una casa bombardeada en llamas, salpicada de llamas por todas partes y rescató a una anciana atrapada bajo una mesa. Y levantó la mesa él solo".

"Gran exageración, Paula", dije. "Te convertirán en piedra por decir mentiras".

"No, es lo que pasó", contestó ella, con la mandíbula en alto.

El tío Edgar se rio a carcajadas. "Creo que cuando crezca será escritora de ficción", sugirió.

"La escribiré en ficción en un minuto", dijo mamá mirando a su hija. "¿Por qué tienes que dramatizar todo, Paula?"

"Está bien", dijo Edgar con una gran sonrisa. "Está muy orgullosa de su hermano".

"No, no lo estoy", dijo Paula, mirando ferozmente a su tío.

Todo el mundo se rio entonces, excepto Paula, que siguió mirando con el labio inferior sobresaliendo.

# VEINTISÉIS

## AGOSTO 1944

MI MADRE NO PARECIÓ CONSOLARSE EN ABSOLUTO CON LAS alentadoras palabras de Edgar. Esa noche, después de la cena, le enseñó la casa y él quedó impresionado por la forma en que había mantenido el lugar limpio, ordenado y pulcro, e incluso había hecho cortinas nuevas para el dormitorio de Paula, el más pequeño de la casa, utilizando retazos de tela que había comprado y nunca había utilizado. Aquella noche se marchó, bien alimentado y bastante contento con su actual destino en el ejército, pero su cuñada se hundía cada vez más en la depresión.

Empecé a preocuparme por ella en las semanas siguientes, ya que seguía realizando todas sus tareas domésticas habituales, pero se mostraba casi silenciosa y taciturna durante largos períodos de tiempo. Por las tardes, cuando Paula estaba en la cama, se sentaba conmigo en el salón delantero con la radio encendida, pero con la mirada fija en el frente y sin parecer disfrutar de la comedia de Arthur Askey y Tommy Handley o de la tan querida cantante Vera Lynn. Yo me reía de los chistes y la miraba, pero ella ni siquiera parecía darse cuenta de que yo estaba en la habitación con ella. Pensé en la pobre prima Sheila de Watford y me preocupé mucho. No quería que mi madre se convirtiera en algo permanente, pero ¿qué podía hacer?

Paula necesitaba mucha más atención que yo, por supuesto, pero de nuevo mi madre se olvidaba a veces de llevarla a la cama a su hora habitual e incluso se olvidaba, de vez en cuando, de ir a arroparla y leerle un cuento antes de dormir; algo que había hecho regularmente desde que Paula había aprendido a hablar. Una noche subí a por un libro y vi la puerta del baño abierta y a mamá sentada, con la mirada perdida y Paula en la bañera. Entré y le pregunté a Paula cuánto tiempo llevaba en la bañera.

"Casi una hora", contestó, sacando el labio inferior.

"Bueno, será mejor que salgas", le dije, sosteniéndole la toalla.

"¿Por qué no bajas y te sientas en la sala de estar, mamá?" Me miró sin comprender durante un minuto y luego asintió con la cabeza, se levantó y salió lentamente del baño. Paula podía secarse sin ayuda y yo fui a su habitación a buscar su camisón. Era algo que mamá solía hacer automáticamente todas las noches, pero en esta ocasión se había olvidado de hacerlo. Paula terminó de secarse y yo la ayudé a secarse el pelo y a ponerse el camisón.

"¿Por qué parece que mamá tiene tanto sueño?"

"Está muy, muy cansada", respondí. "Tiene mucho trabajo en la casa".

"Debería contratar a una sirvienta", anunció Paula, asintiendo con la cabeza para enfatizar sus palabras. Sonreí y le pregunté quién creía que era su madre, ¿La Señora Mugre?

"Si está muy cansada, debe tener una sirvienta", dijo Paula, dirigiéndome una mirada que sugería que, al menos, debería entenderlo.

"Sí", dije, sonriéndole, "y mientras estamos en ello, deberíamos contratar a un mayordomo para que nos sirva las comidas".

"Sí, uno de esos también".

Negué con la cabeza, guie a Paula a su dormitorio y le dije que los sirvientes eran cosa del pasado hoy en día, excepto para la gente muy rica. Paula parecía preocupada y me preguntó qué podía hacer por mamá si no podía tener un criado. Le dije que en realidad dependía de ella y de mí; debíamos ayudar en lo posible, poniendo la mesa para las comidas y preparando bebidas calientes y encendiendo la caldera por la noche. Asintió con la cabeza y sugirió que hiciéramos la limpieza entre las dos. Una buena idea, acepté aunque nunca estuvo en mi lista personal de cosas útiles que hacer.

Una vez metida en la cama, Paula exigió un cuento para dormir. La miré estupefacto.

"¿Yo?" pregunté incrédulo.

"Sí. Bueno, dijiste que mamá estaba muy cansada".

No iba a arriesgarme a sacar el tema de mi madre otra vez, así que le pregunté a Paula qué quería oír. Me dijo que quería la historia del joven que vive en un pueblo inglés y va a comprar pan y cuando el tendero le pregunta si quiere un molde, nunca ha oído hablar de un pan de molde y pronto es desenmascarado como espía alemán. Paula había escuchado la historia al menos media docena de veces y se la recordé. Recordé que al oírlo por primera vez lo había declarado ridículo, no existía el pan de molde. Al igual que el espía, no entendía los tipos de pan de la panadería. También recordé haber escuchado a mamá leerlo hace dos días.

"Sí, pero es mi favorito", dijo, haciendo un puchero. "Quiero ese cuento".

Así que me pasé unos buenos treinta minutos leyendo The Clue of the Tin Loaf aunque creo que Paula se había ido a dormir antes de que llegara a la última frase. Salí en silencio, bajé las escaleras y encontré a mi madre sentada en el salón. Había cogido su tejido y lo hacía de forma bastante mecánica pero, al menos, estaba haciendo algo y no se quedaba mirando al espacio. Me preguntó si Paula estaba en la cama y le aseguré que sí y que también estaba dormida.

"Está bien", dijo en voz baja. "Lamento haberte dejado, pero acabo de llegar tan cansada..." sus palabras se cortaron antes de terminar la frase, pero aproveché la oportunidad de hablarle mientras estaba lúcida y comunicativa.

"Está bien", le dije. "Le leí un cuento, pero eres tú la que me preocupa, mamá".

"Estoy bien", respondió ella, mecánicamente, con palabras duras.

"Estás siempre tan triste", continué, un poco descuidado en mi elección de palabras. "¿Qué pasa, mamá, qué ocurre?"

Su mirada era penetrante, pero no exenta de calidez y deseo de tranquilizarme. Me di cuenta de lo preocupada que estaba por su expresión.

"Es la guerra, Bobby, todos los horrores, la pérdida de Graham y Bernie, el bombardeo de la abuela y la tía, y ahora estos horribles bichos. A veces me deprime, no me importa admitirlo".

Intenté tranquilizarla, incluso siendo tan joven como era, sabía que su estado iba a empeorar antes de mejorar y que yo no podía hacer mucho al respecto. Le indiqué que los bombardeos habían sido escasos en esta zona y en las circundantes y que, de todos modos, nuestras tropas estaban avanzando en Francia, acabando con la resistencia alemana, y que la guerra terminaría en pocas semanas. Me miró fijamente durante mucho tiempo y me dijo que admiraba mi optimismo juvenil, pero que dudaba de él.

"Seré sincera contigo, Bobby, estás creciendo rápidamente", dijo, abriendo mucho los ojos mientras hablaba. "Esas cosas bestiales zumban y revolotean por encima de nosotros y luego el ruido se corta de repente y caen. No dejo de preocuparme de que un día caiga uno y nos haga volar a todos en pedazos, por usar la colorida descripción de Paula".

Sonreí. Pensé que Paula debía de haber oído a mamá usar esa palabra varias veces para captarla. Pero estaba segura de que sobreviviríamos; lo habíamos hecho hasta ahora y casi todo había terminado. Vi que una lágrima corría por la mejilla de mamá y ella sacó apresuradamente su pañuelo y se secó los ojos.

Reiteró con seguridad que estaría bien y que no me preocupara. Nos cuidaría a todos en esta guerra aunque fuera lo último que hiciera. Paula y yo éramos sus prioridades y nunca nos fallaría.

"Lo sabemos, mamá", le aseguré. "Pero, ¿quieres ir a ver al médico?"

"Es curioso", dijo, "la señora McKenzie lo sugirió el otro día. Pero no es necesario".

"Por favor", respondí. "Creo que deberías hacerlo".

"Lo consultaré con la almohada", dijo, y parecía más optimista.

---

Por supuesto, como era de esperar, mamá dijo que no quería hacer un escándalo ni hacer perder el tiempo al médico; estaba segura de que tenía muchas personas a las que atender cuyas necesidades eran mucho, mucho mayores que las de ella. Resultó que la señora McKenzie resultó ser una aliada. Le dijo a mamá que había ido al médico en dos ocasiones cuando los nervios la agobiaban y que podía señalar personalmente al menos a cinco mujeres sólo en esta calle que habían sufrido agonías de dolor y preocupación por el bombardeo y los recientes bichos. Y como me dijo mamá más tarde, debió de ser terrible para ella, sentada sola en esa gran casa, día tras día, mes tras mes y año tras año, con su marido y su hijo en el mar y en peligro mortal cada vez que se alejaban de una costa británica.

Además, se ofreció a venir y a cuidar a Paula cuando íbamos al médico. Mamá dijo que quería que la acompañara si iba y eso me sorprendió; estaba convencida de que insistiría en ir sola. Sin embargo, me equivoqué por completo, dijo que con papá fuera yo debía sustituir al hombre de la casa y yo sonreí y dije que estaría encantado de ir con ella. Como era de esperar también, supongo, Paula no estaba contenta con el acuerdo.

"Yo también quiero ir", dijo, sacando el siempre flexible labio inferior.

"No, te quedarás aquí con la señora McKenzie", le dijo mamá. "Ella se ha ofrecido muy amablemente a entrar y cuidarte".

"No quiero".

"Harás lo que te diga", dijo mamá irritada. "La consulta del médico no es lugar para las niñas".

"¿Qué sucede con las niñas enfermas?"

"Oh, haga lo que pueda con ella Sra. McKenzie," dijo mamá, exasperada. "No puedo hacer nada con ella".

La Sra. McKenzie sonrió. "Estaremos bien, querida", le dijo a mamá. "Jugaremos a las serpientes y las escaleras y a buscar el paquete, y he traído unas galletas caseras".

La cara de Paula se iluminó considerablemente con esta noticia y me sonrió. Así que mamá y yo salimos por la carretera, pasamos por la zona del bosque y llegamos a la carretera principal. En la valla publicitaria situada junto a la cafetería de transportes había un enorme cartel con la imagen de un anciano de pelo blanco persiguiendo a un torito con su sombrero en el cuerno derecho del animal y la leyenda: "El Bovril te da energía". Mi madre jura que el Bovril es un extracto de carne ideal para cocinar, aunque a mí también me gusta untarlo en una tostada caliente.

Cogimos un trolebús que nos llevó a la colina de Barnet y nos bajamos a una calle de la consulta. Cuando entramos, encontramos la sala de espera llena de soldados uniformados, uno con la cabeza vendada y otro con el brazo en cabestrillo. Otros dos jóvenes vestidos de civil y con evidentes heridas parecían ser también militares. Una anciana y un anciano estaban sentados juntos, fumando cigarrillos y tosiendo con fuerza.

Otras dos mujeres, de mediana edad, estaban sentadas juntas, ambas fumando, y había una niebla azul de humo en la habitación, que era aburrida y lúgubre, con paredes pintadas de marrón y una ventana de aspecto mugriento que daba a la calle.

Mamá fruncía el ceño mientras buscábamos asiento, pero tuvimos que esperar a que la mujer y el hombre mayores entraran a continuación para ver al médico. Dos de los fumadores terminaron sus cigarrillos y enseguida encendieron otros nuevos, contaminando aún más el aire. La espera fue larga y agotadora. Llegaron otras personas y, una tras otra, los demás entraron a ver al médico. Mamá susurraba en voz baja que no debería permitirse todo esto de fumar en un espacio cerrado, ya que siempre ha estado en contra de esta práctica. Pero no fue mucho mejor cuando finalmente nos llamaron a la consulta.

El doctor Henderson era un hombre corpulento, con una melena pelirroja, sentado detrás de un enorme escritorio con papeles y bolígrafos esparcidos por él, con un estetoscopio alrededor del cuello y fumando un cigarrillo. Nos saludó y nos preguntó cuál era el problema. Mamá le dijo que era que se sentía mal y que tenía los nervios destrozados todo el tiempo y se preguntaba qué le pasaba.

"¿Algún dolor físico?" preguntó el médico.

"No mucho", respondió mamá. "Aunque a veces tengo ligeros dolores de pecho y muchos dolores de cabeza".

"Mmm. Será mejor que la examine", dijo. "Puedes ir detrás de ese biombo y quizás tu hijo pequeño pueda esperar fuera".

Volví a salir, de mala gana, a la brumosa sala de espera y me senté de nuevo. Habían entrado dos o tres personas más, una de ellas una mujer muy gorda que hacía ruidos de jadeo y un hombre de aspecto desaliñado que no paraba de sonarse la nariz y toser. Un hombre entró con un Daily Mirror, se sentó y empezó a leer. Me fijé en el titular cuando lo levantó para leer: "Las tropas aliadas avanzan". Eso era bueno entonces, la guerra se estaba ganando, o eso esperábamos todos.

El médico apareció en su puerta y me hizo una seña para que volviera a su consulta. Volví y me senté junto a mi madre, que parecía un poco desconcertada.

"Físicamente, no hay nada malo en usted, señora Cooper", dijo el médico con seriedad. "Está usted tan bien como un violín".

"Entonces, ¿por qué a veces me siento tan enferma?" me miró nerviosamente.

"¿Está durmiendo bien?" preguntó el médico a continuación.

"No, no puedo dormir bien", respondió. "Duermo por momentos, pero estoy constantemente preocupada por la seguridad de los niños y por las bombas que nos harán estallar a todos, o..."

"Debe controlarse, Sra. Cooper, y serenarse", dijo el médico, aunque la miraba con una expresión amable y considerada.

Pedirle a alguien que se reponga es un poco como pedirle a una persona con un forúnculo en el cuello que se opere a sí misma, al menos esa es la conclusión a la que llegamos Paula y yo al hablar de ello recientemente. Habíamos estado pensando en la época en que mamá parecía tan deprimida.

De repente, mamá parecía un poco llorosa y el médico se apresuró a decir que podía darle unas pastillas para ayudarla a dormir.

"Y un poco de Benzedrina que te ayudará".

"Gracias, doctor."

"Y tú, joven", dijo, dirigiendo su atención a mí, "debes asegurarte de que tu madre tome todos sus medicamentos regularmente".

"Sí, doctor."

"¿Es todo lo que necesito?" preguntó mamá con dudas.

El médico sonrió. Dijo que podía recomendar un tratamiento de electrochoque, pero que ella no querría eso, estaba seguro. Mamá aceptó moviendo la cabeza a gritos. Cuando salimos, mamá dijo que quería ir a la tienda de la calle para comprar otro pan, el panadero sólo había dejado uno pequeño esa mañana y podríamos quedarnos sin él. Me preguntó si podía ir a la farmacia a comprar sus medicinas, para ahorrar tiempo. Acepté, pero estaba segura de que era una treta; no necesitábamos pan, pero a mamá le daba vergüenza que el farmacéutico la mirara y supiera lo que necesitaba del médico.

# VEINTISIETE

## SEPTIEMBRE 1944

Lo primero que noté en mi madre después de la visita al médico fue que definitivamente dormía mejor. Bajaba a desayunar por las mañanas, radiante y con los ojos brillantes, y no sólo nos preguntaba qué queríamos desayunar, sino que solía dárnoslo sin hacer ningún comentario. Las pastillas ciertamente estaban ayudando en el departamento del sueño y me alegré de haber conseguido llevarla al médico, con un poco de ayuda de la señora McKenzie.

Una mañana nos sirvió el desayuno y Paula engulló sus hojuelas de maíz más rápido que de costumbre y luego pidió más. Mamá se limitó a enarcar una ceja, pero luego fue a buscar el paquete, sirvió una segunda ración y dijo: "Aquí tienes Oliver Twist". Paula siempre parecía tener hambre, pero en los últimos tiempos sus intentos de conseguir segundas raciones o extras habían fracasado.

En una cálida tarde, teniendo en cuenta que estábamos en otoño, me detuve en el cine Regal de camino a casa y vi que proyectaban una película llamada "Las vidas privadas de Elizabeth y Essex". Decidí que era una de las que quería ver, así que entré directamente, pagué mis 1.9 peniques, sin querer complicar las cosas pidiendo la mitad de precio, y me senté en la oscura sala para ver a Bette Davis como la reina Isabel I y a Errol Flynn como el conde de Essex, todo en glorioso tecnicolor. La película se había rodado en mil novecientos treinta y nueve, así que sólo el propietario del Regal sabía por qué se proyectaba cinco años después. Fue una película bastante larga, pero me involucré tanto en la película y en la animada segunda parte que llegué a casa con quince minutos de retraso.

Entré por la puerta de atrás, pero en esta ocasión mamá y Paula estaban sentadas en la mesa de la cocina comiendo rodajas de carne enlatada y verduras. Esperaba una pelea, pero no fue así; dije que lamentaba llegar tan tarde, pero que no me había dado cuenta de la hora.

"¿Qué había en el Regal?" me preguntó mamá, inexpresiva.

"Elizabeth y Essex", respondí en voz baja.

"¿Tenía un hombre lobo?" preguntó Paula.

Mamá la miró mientras yo la ignoraba y me dijo que sacara la cena del horno con los guantes y que tuviera cuidado de no quemarme.

"¿Tenía Drácula?" insistió Paula.

"No, Paula", dije. "Tampoco el monstruo de Frankenstein o Igor. No habrían quedado bien en el palacio de la reina Isabel".

Paula puso cara de circunstancias y anunció que quería ir al cine, que no podía ir a ningún sitio. Mamá nos dijo entonces que ya era suficiente por parte de las dos, pero mientras yo cenaba nos dijo que pronto nos llevaría de nuevo al cine, un cine de verdad, de tamaño normal, dijo, mirándome directamente, y que ella elegiría la película. Y que nos llevaría de picnic el fin de semana.

Todo esto fue una buena noticia y un alivio, ya que demostraba que se sentía mejor y estaba dispuesta a salir sin necesidad de que se lo pidieran. Más tarde, esa misma noche, me dijo que no le importaba que fuera ocasionalmente al cine en solitario, pero que estaría agradecida si dejaba de lado las películas de terror y, lo que es más importante, si me abstenía de contárselas a Paula.

"Ya tengo bastantes problemas con sus pesadillas, cada vez que hay un ataque aéreo y caen bombas".

Sin embargo, organizó el picnic y nos llevó al parque de Cockfosters con una cesta llena de sándwiches, pasteles y limonada. Lo devoramos todo como si hubiéramos estado hambrientos durante una semana: sándwiches de carne, tomates y, después, pequeñas tartas de queso que mamá había hecho especialmente para el picnic. Cuando casi habíamos vaciado la cesta, mamá sacó algunos dulces, aunque nuestros cupones de racionamiento eran muy bajos y lo más probable es que no tuviéramos más hasta dentro de dos semanas. También tenía algunas mandarinas pequeñas, pero sugirió que las dejáramos para más tarde, cuando hubiéramos gastado algo de energía y pudiéramos volver a tener hambre.

Paula quería subirse a un árbol y sólo tenía permiso si yo la acompañaba y me quedaba lo suficientemente cerca para rescatarla si se ponía en dificultades. Protesté porque si se caía del árbol lo más probable es que me aplastara y se hiciera mucho daño, pero Paula me dijo que no me preocupara, que no se resbalaría ni se caería. Trepó con toda la agilidad de una niña de catorce años, lo que me impresionó, estando debajo pero no me pareció una actividad muy propia de Paula. Cuando volvimos al árbol donde estaba sentada mamá, nos dio tazas de limonada. Sin embargo, mamá frunció el ceño y se dio cuenta de que Paula estaba cubierta de ramitas y hojas y que tenía el pelo anudado. Me pidió que la desenredara y me dio un cepillo para el pelo.

"¿Por qué tienes que revolverlo todo?" le pregunté, mientras la cepillaba. "Parece más un chico que una chica".

"Porque es una varonera", dijo mi madre.

"¿Qué es una varonera?" preguntó Paula.

"Es como un gato", le dije. "Sólo que es hembra".

Mamá me miró y dijo que ya era suficiente y nos invitó a las dos a sentarnos en la alfombra porque tenía algo que contarnos. Edward venía a quedarse mañana y estaría con nosotros tres días. Asentimos y dije que no era raro que nos visitara, pero noté que la cara de mamá se nublaba.

"No", dijo. "Pero esta vez es un poco diferente. Ha sido herido".

Eso llamó nuestra atención y ambos nos llenamos de preguntas sobre el estado de Edward y lo que le había pasado. Al parecer, había entrado en contacto con un grupo de aviones alemanes y en los combates que siguieron tuvo que saltar de su Huracán, que estaba en llamas. Recibió quemaduras muy leves, pero con tratamiento se había recuperado muy bien.

"Pobre tío Edward", dijo Paula, sacando el labio inferior y con lágrimas en los ojos.

"Sí, bueno" comenzó mamá, "ha estado recuperándose con su familia y quiere pasar sus últimos días de permiso con nosotros, pero quiero que tenga un entorno tranquilo y apacible. Nada de ruidos y alborotos ni de peticiones de salir en su pequeño coche deportivo".

Le dije que lo entendía y cuando miró a Paula, mi hermana asintió solemnemente.

"Hay que cuidarlo y atenderlo", dijo mamá enérgicamente. "Y eso es lo que pienso hacer".

Paula y yo teníamos muchas más preguntas sobre Edward, pero nuestra madre nos dijo que ya sabíamos tanto como ella. Aun así, fue un shock cuando lo vimos.

Llegó debidamente al día siguiente, subiendo a su pequeño MG y bajando de la cabina muy lenta y trabajosamente. Todavía podía conducir, por supuesto, y caminar, pero sólo lentamente. Iba vestido de civil con una camisa de manga corta y tenía el brazo izquierdo muy vendado. También tenía una tira de venda alrededor de la frente.

Nos saludó con bastante alegría y se acercó a la puerta principal, donde mamá había aparecido de repente, y ella le hizo un alboroto instantáneo, abrazándolo y luego hablando de su pobre cabeza y su pobre brazo e insistiendo en que entrara rápidamente y se sentara en la sala de estar.

"Jerry me ha agarrado de improviso", dijo él, sonriendo. "No es tan malo como parece y tengo suerte de seguir aquí".

"Oh, no digas eso", dijo mamá, pareciendo alarmada. "Quédate aquí y te traeré una taza de té y un pastel de crema".

"¿Te duele la cabeza?" preguntó Paula, mirándolo con pena.

"No, cariño", respondió él, todavía sonriendo. "Tuve una pequeña quemadura en la frente, pero me la han arreglado con un injerto de piel y se está curando bien".

No pude evitar hacer preguntas, aunque sabía que mamá se volvería loca si me descubría haciéndolo. Quería saber de dónde habían sacado la piel para injertarla en la frente. Se inclinó hacia delante y nos susurró confidencialmente a Paula y a mí.

"De la piel que me sobraba en el trasero".

Paula chilló y yo me quedé mirándolo, pero Edward se echó a reír. Estaba bien, nos dijo, tenía más que suficiente de esa región. Entonces entró mamá con el té y los pasteles y nos advirtió de nuevo que no molestáramos a Edward con preguntas, que necesitaba paz y tranquilidad y que por qué demonios gritaba Paula.

"El tío Edward tiene trozos de su trasero sembrados en la cabeza", dijo Paula, frunciendo el ceño.

Mi madre parecía sorprendida, pero Edward volvió a reírse y le explicó todo lo que había pasado. Había participado en una misión con media docena de aviones de combate, escoltando a un grupo de bombarderos que intentaban acabar con una instalación de cohetes alemana, pero los cazas enemigos le habían superado en número y su avión había sido alcanzado y el fuego había comenzado justo cuando se estaba eyectando del Huracán. Fue recogido por los trabajadores de la Resistencia en Francia y llevado al hospital, y más tarde consiguieron sacarlo del país y llevarlo de vuelta a Gran Bretaña. Ahora estaba recuperado y sólo quería tener la oportunidad de recuperarse, aunque tenía que volver a su unidad dentro de dos días para un examen de seguimiento y tratamiento por parte de los médicos de la RFA y los especialistas civiles.

"Bueno, puedes dejar de bombardearlo con preguntas", dijo mamá, mirando a Paula, pero yo sabía que se refería a mí también.

"Estoy bien", le aseguró Edward, comiendo un pastel de crema y bebiendo su té mientras todos nos sentábamos a escuchar los relatos de su reciente experiencia. Todos escuchamos con atención y cuando terminó de comer y puso su taza en la bandeja, Paula se levantó de un salto.

"¿Quieres una buena manzana silvestre ahora?", preguntó solícita. "Tenemos muchas en la despensa".

"No, gracias, Paula", respondió con una sonrisa. "No podría comer ni un bocado más".

"Bobby, lleva a Paula al jardín, ¿quieres?" Me pidió mamá y salimos dejándoles charlar tranquilamente. Paula quería subir al columpio que mi padre había puesto en su última visita, así que la empujé un par de veces y luego la dejé que se impulsara sola. Volví a entrar en la casa para ir al baño pero al pasar por la puerta de la habitación delantera, que estaba abierta, oí voces y me paré en seco a escuchar. Edward decía que necesitaba un poco de ejercicio suave para que sus piernas volvieran a funcionar correctamente. Se había torcido gravemente el tobillo al aterrizar en paracaídas y su forma de andar acababa de volver a la normalidad.

"Haz exactamente lo que desees", oí decir a mamá. "Estoy aquí para ayudarte y hacer que te diviertas".

"Siempre me lo paso bien cuando estoy cerca de ti", dijo Edward en voz baja.

"Eres un chico muy travieso", dijo mamá con una voz curiosamente sensual que nunca había oído antes.

"Me portaré bien", respondió Edward.

Subí al baño sintiéndome vagamente perturbado pero sin saber por qué.

Mi madre dijo que quería ir a la feria a comprar carne. Había estado ahorrando cupones de carne en las cartillas de racionamiento, pero probablemente tendría que hacer cola durante algún tiempo, así que tal vez sería mejor que Edward se quedara aquí para vigilar a Paula por ella. Edward protestó que realmente necesitaba el ejercicio y que el viejo MO le había ordenado que siguiera haciéndolo con regularidad hasta que pudiera volver a caminar con normalidad.

"Entonces podríamos ir todos juntos", dijo mamá, con cara de duda.

"El problema es que estoy un poco lento en las viejas clavijas", se quejó Edward. "Te retrasaría, Sandra".

"Oh, tonterías", respondió ella. "Iré a la velocidad que te convenga".

Así que nos pusimos en marcha todos juntos: mamá y Edward, con él de la mano de Paula, y yo en la retaguardia con Charlie a la cabeza. Fue extremadamente lento y, mientras observaba desde mi puesto trasero, no pude evitar pensar que parecíamos la típica unidad familiar con dos niños y un perro. El problema era que se parecía mucho a eso y todo el mundo se reía y estaba bastante animado, pero no era mi padre quien compartía anécdotas con mi madre y la animaba. Me parecía mal y, sin embargo, Edward me caía bien y nunca pensé en él como un intruso; era un amigo para todos nosotros.

Sin embargo, avanzaba con mucha lentitud, así que me dije que seguiría corriendo con Charlie para que hiciera un buen ejercicio y luego me reuniría con todos ellos en la tienda de comestibles. Edward se había detenido y tenía una mueca de dolor, así que mamá sugirió que lo lleváramos de vuelta, pero él no quiso. Nos dijo que era esencial que trabajara con el dolor para volver a caminar normalmente. Cuanto antes se pusiera en forma, antes podría volver a volar. Mamá se estremeció y dijo que esperaba que no tuviera que volver a volar.

"No digas eso, Sandra", se quejó él. "Volar es mi vida ahora".

Les dejé en paz, caminando a paso ligero con el perro

trotando alegremente delante de mí. Pasé más allá de la feria y crucé la carretera hasta el puente al pie de la colina de Barnet. Entonces decidí subir a la estación de metro que está cerca de la cima y, aunque había un buen trecho de subida y bajada, Charlie y yo conseguimos llegar a la desfile antes que mamá y su séquito. Mamá tuvo que unirse a una cola bastante larga para comprar carne, así que Paula y yo acompañamos a Charlie en dirección a la estación de tren mientras Edward se sentaba en el asiento del autobús para descansar su pierna cansada y lesionada. Recorrimos un buen trecho de ese camino y volvimos, pero cuando alcanzamos a Edward, la pobre mamá seguía en la cola de la carne.

Paula fue a sentarse junto a Edward y no tardó en charlar con él; alguna que otra tontería, se notaba en la expresión divertida de su cara. Cuando me acerqué un poco más la oí decir: "Bobby se sienta aquí y cuenta el número de autobuses verdes que tienen entradas delanteras". De repente fui más consciente de todo y de todos los que me rodeaban; había tanta paz que por unos momentos no pude creer que estuviéramos en medio de una salvaje guerra mundial. El día era tranquilo, un poco de sol pálido brillaba intermitentemente; sólo había un murmullo de frío en el aire, un indicio de que el invierno estaba en camino. En el cielo, azul con pocas nubes, flotaba un globo de barrera plateado.

En el suelo, sólo los carteles del Sistema de Alerta Temprana, algunos sacos de arena estratégicamente colocados y un cartel en el escaparate de una tienda que advertía de que "Hablar sin pensar cuesta vidas" indicaban que algo era diferente de la ciudad en tiempos de paz. Mi madre salió de la carnicería con el pequeño trozo de carne que tanto había esperado y se dirigió a la parada del autobús. Me uní a ellos, caminando despreocupadamente, Charlie olfateó el asiento del autobús cuando llegamos a él. Edward y Paula se levantaron y por un momento infinitesimal nos quedamos mirándonos unos a otros con expresiones de satisfacción en todos nuestros rostros, cuando de repente se produjo la más horrible y estremecedora de las explosiones, más fuerte con diferencia que cualquier otra que hubiera oído antes, que nos sorprendió y asustó a todos.

Mamá agarró instintivamente a Paula y la abrazó con fuerza; incluso Edward parecía conmocionado y yo me arrodillé para calmar a Charlie, que gemía y temblaba por todas partes. Mamá me agarró la mano y se aferró a la de Paula con la otra y miró con ojos asustados a Edward, que dijo: "¿Qué demonios...?"

"Un bicho", dijo mamá con voz tensa y vibrante, pero Edward negó con la cabeza. Mamá se acercó más a Edward pero no nos soltó las manos mientras la abrazaba y todos quedamos atrapados en un apretado grupo de cuatro.

"¿Qué pasa entonces?" preguntó mamá, con un rostro atormentado.

"Un cohete V2", respondió Edward.

"Oh, Dios", dijo mamá mientras Paula empezaba a lamentarse, con lágrimas que corrían por sus mejillas.

Entonces oímos el sonido de un silbido a gran velocidad en el aire y mamá dijo: "Oh, Dios mío, otro".

"No, no lo es", dijo Edward, aun sosteniéndola. "Es el sonido del que acaba de estrellarse. Esas cosas van más rápido que la velocidad del sonido, así que las oyes después de que hayan explotado, si entiendes lo que quiero decir".

"¿Cómo puede ser eso?" preguntó mamá con incredulidad.

"Así es", continuó Edward. "Nos han dado charlas sobre ellos".

Mamá parecía muy sorprendida y temblaba un poco aunque su prioridad, como siempre, era el bienestar de su hijo y su hija. Nos agarraba de las manos y miraba sombríamente el rostro de Edward, como si éste contuviera todos los secretos de la supervivencia.

Murmuraba en una especie de monólogo cargado que acabábamos de ser asaltados por los bichos de las bombas voladoras, como se les llamaba, y que ahora estábamos siendo atacados por un vicioso cohete volador que no se podía ver ni oír hasta que explotaba, matando a la gente indiscriminadamente y arrasando tres o cuatro edificios de una sola vez.

"Necesitas un trago de whisky", dijo Edward. "podemos ir a ese bar si Bobby puede llevar a Paula a casa. No tardaremos mucho".

"Sí, de acuerdo", dije rápidamente.

"Quiero ir a casa con mamá", dijo Paula con un rápido movimiento del labio hacia afuera.

Edward sonrió y dijo que lo entendía, por supuesto que sí. Nos dijo que podía ir a buscar media botella de whisky en la tienda de allí para calmar los nervios de mamá.

"¿Qué puedo comprar para calmar mis nervios? ¿Un bollo de crema?"

Mamá enarcó las cejas y fue a la tienda por Edward y a la tienda Lácteos Express por el resto. Compró cuatro, uno para cada uno de nosotros. Cuando Edward regresó con su botella, descubrió que mamá había empezado a temblar de nuevo y su expresión era sombría. Murmuraba en voz baja que los nazis nunca nos conquistarían, como había dicho el Sr. Churchill, nunca nos rendiremos, pero ¿cuánto más podemos soportar?

"Esos cohetes nos harán volar a todos en..." Se detuvo antes de decir la palabra.

"En pedazos", dijo Paula en el momento justo. "O nos matarán a todos en nuestras camas".

Mamá sacudió la cabeza y casi sonrió a su hija. "Vamos", dijo Edward. "Voy a llevarlos a todos a casa sanos y salvos", y caminó mucho más rápido que cuando se puso en marcha y casi no pareció darse cuenta de su pierna mala.

# VEINTIOCHO

A LA MAÑANA SIGUIENTE, AL COMIENZO DEL ÚLTIMO DÍA DE PERMISO de Edward, mamá le estaba preparando un buen desayuno, con huevo, una o dos tiras de tocino que había guardado de raciones anteriores y todo el café y las tostadas que podía ofrecerle. No tenía un aspecto muy glamuroso, con el pañuelo en la cabeza y el delantal a la cintura mientras cocinaba, pero me di cuenta de que Edward no podía apartar los ojos de ella. También parecía un poco apurada y estresada, atendiendo a la comida frita y entretanto llenaba el tazón de copos de maíz de Paula y me traía una segunda rebanada de pan tostado. Cuando le sirvió el desayuno a Edward, se puso a hacer otra cosa hasta que Edward la llamó para que se sentara a la mesa con nosotros.

"Tienes que tomar algo tú", le dijo Edward.

"Sólo quiero café", respondió ella, sirviendo un poco. "Cuanto más ocupada esté haciendo cosas, menos tiempo tendré para pensar en garabatos y cohetes".

Edward asintió y dijo que podía entenderlo. Pero parecía que se pasaba la vida cuidando a otras personas, cocinando, limpiando, haciendo la compra, haciendo las tareas del hogar, ¿cuándo se tomaba un descanso y un pequeño capricho?

"Estoy bien", dijo con tristeza.

Edward dijo que necesitaba un capricho especial, algo que no tenía muy a menudo. Le pregunté a mamá qué quería como regalo especial, pero negó con la cabeza y dijo que no quería nada.

"Ya sé lo que quiere mamá como regalo especial", anunció Paula y todos la miramos expectantes.

"Un bollo de crema de gran tamaño con una cereza encima".

"Creo que puedo mejorar eso", dijo Edward, sonriendo. "El hotel en la calle principal para una bebida y un almuerzo gratis".

Mamá protestó diciendo que no debía malgastar su dinero, pero Edward se mantuvo firme en que era allí donde iban a ir, a la hora de comer. También dijo que iba a recoger a Paula del colegio más tarde y que le ahorraría a mamá ese pequeño viaje. En ese momento Paula y yo partimos hacia nuestros respectivos colegios, yo llevé primero a mi hermana antes de ir a mi propio colegio.

Fue toda una sorpresa cuando Edward me llamó al salir del colegio y ya llevaba a Paula. Me explicó, cuando le pregunté, que había dejado a mamá para que se levantara y se echara una siesta. Como estaba recogiendo a Paula, le pareció lógico venir a mi escuela, ya que era su último día de permiso y volvía al campamento mañana a primera hora.

"Pero volverás a visitarme", le dije y se limitó a sonreír, pero no contestó.

Mientras subíamos por la conocida calle hacia casa, nos preguntó si queríamos entrar en la cafetería que había justo delante. Paula asintió enérgicamente y murmuró algo sobre pasteles de crema y yo añadí: "con una cereza encima".

Entramos, pedimos pasteles de crema y bebidas y nos sentamos en un hueco de la ventana que daba a la estación de tren. Mientras nos acomodábamos, Edward empezó a hablar de mamá y del cariño que le había cogido, de hecho, a todos nosotros, y nos aseguró que éramos como una segunda familia para él. Paula le dijo seriamente que era un buen tío aunque no lo fuera de verdad.

"Debes cuidar a tu madre", dijo, dirigiéndose principalmente a mí, pero Paula era toda atención. "Es fuerte y decidida, pero ha sufrido mucho con la pérdida de Graham y su hermano y el atentado contra su madre y su tía".

Asentí con la cabeza y dije que lo entendía. Edward hablaba de los efectos de los bombardeos y de las recientes y horribles bombas de estruendo y cohetes. Nos informó de que todo estaba pasando factura y que ella echaba mucho de menos a nuestro padre.

"A veces se siente sola y como si todo se le viniera encima", añadió.

"¿Ella ha dicho todo eso?" le pregunté.

"No todo, pero puedo leer entre líneas".

Según Edward, nuestra madre había pasado por mucho más que la mayoría de las mujeres, aunque todas en las grandes ciudades habían sufrido terriblemente. No sólo las fuerzas combatientes pasaban por un infierno en tiempos de guerra, también los civiles. Cualquier presión adicional que fuera innecesaria, debía evitarse a toda costa.

"¿Te refieres a mí entrando en esa casa bombardeada?"

"Bueno, no ayudó a Bobbie."

Paula había estado ocupada comiendo un gran pastel de crema, sacando la cereza, comiéndola y masticando el bollo con migas de harina que ahora cubrían su boca y el área circundante. "Bobby fue un héroe", dijo entre bocado y bocado.

"Sí, lo fue, y tu madre está muy orgullosa de ti", dijo Edward con sobriedad. "Pero, ¿te imaginas lo que pasó cuando descubrió que te habías puesto en peligro?"

No había pensado mucho en ello y estuve de acuerdo en que debería haberlo hecho. Le dije que no volvería a hacer una cosa así, pero en mis pensamientos privados estaba seguro de que no sería capaz de detenerme si la vida de alguien estaba en peligro y había alguna posibilidad de ayudar, por pequeña que fuera mi contribución.

"Papá estaba allí ese día", añadí.

"Menos mal que también estaba", dijo Edward.

"Es muy bueno rescatando ancianas", dijo Paula entre los últimos bocados de su bollo. "Pero debería haberme llevado con él y podría haber ayudado a vendarla".

Edward se rio. "Oh, Dios", dijo, "son tan malos como el otro, ustedes dos".

"Sí", aceptó Paula con indiferencia. "¿Me das otro bollo, por favor?" Edward negó con la cabeza y se rio. "Sólo si prometes comerte toda la cena de esta noche y no contarle a tu madre lo de los bollos".

No hubo ningún problema. Volvimos a casa a paso tranquilo y descubrimos que mamá se había quedado dormida y se había despertado más tarde de lo previsto, por lo que la cena llegó media hora más tarde de lo habitual. Sin embargo, como siempre, valió la pena esperar. Había improvisado carne enlatada con tiras de otras carnes sobrantes de comidas anteriores y había preparado un delicioso pastel de carne con masa crujiente y salsa de cebolla para verter por encima. Todos comimos y al final no quedó ni un trozo de comida en ningún plato. Edward aceptó una pequeña segunda ración, pero nos derrotó a Paula y a mí, sin duda debido al consumo anterior de tarta de nata.

"Maravilloso", fue el veredicto de Edward. "Sabes, Sandra, en cuanto termine esta guerra voy a salir a buscar una chica como tú y me casaré con ella inmediatamente".

La expresión de mamá pasó de estar apenada al principio a una especie de placer resignado.

"Será mejor que te des prisa", le aconsejó Paula. "Puede que para entonces ya se hayan acabado".

Todos nos reímos y Edward comentó que tal vez tuviera razón.

Desde luego, se notaba que mi madre quería pasar todo el tiempo que le quedaba de permiso a Edward con él o, al menos, cerca de él. Paula le invitó a salir al jardín antes de que oscureciera y, mientras salíamos, mi madre la seguía y observaba cómo Paula señalaba los árboles frutales y otros puntos de interés.

Normalmente, estaba ocupada en la cocina después de las comidas, pero no en esta ocasión. Cuando volvimos a entrar, incluso me preguntó si podía ayudar a lavar los platos para acelerar el proceso, pero me ofrecí a hacerlo todo con la ayuda de Paula. Mamá aceptó agradecida y llevó a Edward a la sala delantera, donde los encontré más tarde, hablando seriamente.

Incluso me preguntó si me importaría leerle a Paula un cuento para dormir y cuando acepté tuve que empezar, una vez más, con la pista del pan de molde, el único cuento que Paula parecía interesada en escuchar en ese momento. Cuando terminé me preguntó si me gustaba Edward.

"Sí, por supuesto", dije. ¿A ti no?

"Sí", dijo ella, insegura, "pero me gustaría que nos hubiera llevado en su cacharro esta vez".

"Duérmete, Paula", le dije, apagué la luz y salí del dormitorio. Mientras bajaba las escaleras, oí intensas voces procedentes del salón, cuya puerta estaba ligeramente abierta. Estaba a punto de entrar pero algo en la voz de mamá me detuvo y me quedé de pie, culpable pero paralizado, escuchando justo al otro lado de la puerta.

"¿Lo decías en serio?" escuché que preguntaba mamá. "Cuando dijiste que te gustaría casarte con una chica como yo".

"Sí, por supuesto", respondió Edward y le oí reír. "Aunque seas una chica grande con un hijo de catorce años".

"Podría presentarte a un par de amigas solteras, allá en Holloway... Chicas guapas y agradables".

"No, Sandra, no funcionaría".

"¿Por qué no?"

"Lo que quiero decir es que no podría, no podría dejarte. No podré volver a visitarte después de esta noche; cuando salga disparado de vuelta al campamento mañana por la mañana será el final, será la última vez que tú y yo nos veamos de nuevo a menos que el destino intervenga."

"Oh, no digas eso Edward, por favor, no digas eso".

Se oyó un ruido de resoplido y me di cuenta con cierta incomodidad de que mi madre estaba llorando. También pude oír a Edward intentando consolarla y diciéndole que no se alterara y me pregunté por qué se lo tomaba tan a pecho; él era un buen amigo de la familia pero nunca podría ser más que eso. Y si él no tenía ganas de seguir visitando era su decisión y seguramente ella debería aceptarla. Le oí decir que la guerra terminaría muy pronto y que Harry, su marido, volvería a casa y entonces las cosas volverían poco a poco a la normalidad.

"Deberías conocer a Harry", dijo mamá, sonando bastante ansiosa. "Te caerá bien, lo sé, y tú le caerás bien a él".

"No, no funcionaría, Sandra, lo sabes".

Hubo un silencio entonces y un poco más de resoplidos por parte de mamá y luego la escuché decir que ella y Edward habían sido buenos amigos durante algún tiempo y que realmente no veía por qué debía terminar ahora. Dijo que ella sabía por qué y él también. Siempre atesoraría su amistad y nunca la olvidaría pero este era el final. Tenía que ser el final. Luego hubo más lágrimas y resoplidos y de repente me sentí muy culpable por haber escuchado tan descaradamente lo que obviamente era una conversación muy privada. No entendía por qué debía terminar una amistad tan estrecha, pero entonces se me ocurrió, tardíamente, que mi padre no aprobaría que fuera amiga de otro hombre. Mamá ya me lo había dicho. No es que viera ninguna razón por la que tuviera que estar celoso de un amigo de la familia, pero ahí estaba.

Me alejé en silencio, de puntillas para que no me oyeran y fui a la cocina. Encendí la caldera ruidosamente y luego me preparé una bebida y me senté a la mesa para tomarla. No iba a entrometerme en lo que seguramente sería la última conversación cargada de emociones de mamá y Edward; obviamente se habían hecho muy amigos y querrían pasar sus últimas horas juntos, en paz.

Esa noche me acosté muy temprano.

# VEINTINUEVE

## FEBRERO 1945

El problema era que los informes de la guerra en la red inalámbrica sobre el progreso de nuestras tropas cambiaban casi de un día para otro. Un boletín sobre un avance masivo a través de Francia y la captura de muchos prisioneros alemanes era una noticia muy bienvenida. Nos animamos y nos dijimos que todo acabaría pronto, hasta que al día siguiente nos enteramos de un feroz contraataque alemán y de la pérdida de muchos soldados, británicos y estadounidenses.

Hubo muchos altibajos, aunque con el paso del tiempo el número de boletines de victorias aumentó de forma gradual pero constante y todos volvimos a estar contentos. Mi madre, al igual que los primeros boletines, sufría muchos altibajos; un minuto estaba muy animada y relativamente alegre y al siguiente, deprimida. Curiosamente, sus estados de ánimo no coincidían con los informes de la radio y su estado de ánimo parecía funcionar de forma independiente la mayor parte del tiempo.

Vigilaba el correo constantemente y estaba en la puerta principal casi antes de que el cartero hubiera depositado las cartas en el buzón. Papá no escribía mucho y hablaba por teléfono con bastante regularidad, pero todo lo que llevaba el matasellos del campamento de Edward lo abría con avidez. Al parecer, él había prometido mantenerla al corriente de sus actividades y, aunque éstas disminuyeron gradualmente hacia los últimos meses de la guerra, siguió enviando cartas a intervalos de unas cinco semanas.

Nos informaba a Paula y a mí del contenido de sus tareas de escolta, principalmente acompañando a los bombarderos en sus fuertes incursiones en instalaciones petrolíferas y ferroviarias. Nos contaba los puntos más destacados de las cartas y luego, por lo general, se sumía en una leve forma de depresión que podía durar dos o tres días. Creo que estaba convencida de que después de haber perdido a Graham y a su querido hermano Bernie, Edward sería el siguiente en ser derribado, e incluso ese pensamiento la destrozaba.

En enero se libró en Bélgica la gran Batalla de las Ardenas. Una masiva ofensiva alemana había intentado cortar la cadena de suministros de los Aliados capturando Amberes y deteniendo nuestro flujo de transporte a través del Canal de la Mancha. Al principio de la batalla, los alemanes habían infligido grandes pérdidas a las tropas terrestres americanas, ayudados por el mal tiempo y las densas nubes que impedían a la aviación aliada dar apoyo. Pero Eisenhower envió enormes refuerzos y los estadounidenses salieron finalmente victoriosos. Había sido una batalla muy importante de la que se informaba regularmente en los boletines inalámbricos, por lo que la victoria fue un gran estímulo para todos.

El clima en febrero fue suave e inestable, aunque el día 12 llovió mucho. Después de eso, hizo mucho frío y me encontré caminando a casa desde la escuela congelado, especialmente porque el período templado anterior me había animado a no llevar un abrigo.

En ningún momento anterior el interior del cine Regal me había parecido tan atractivo y la película que se proyectaba, "La máscara de Demetrio", era mi tipo de película: oscura, siniestra y llena de misterio; lo que más tarde se denominaría cine negro. Entré, con valentía, y me puse a ver una película de un penique y nueve, y me pasé las dos horas siguientes viendo cómo el amenazante Sydney Greenstreet y el tranquilo pero espeluznante Peter Lorre perseguían al misterioso Demetrious, que al principio se creía muerto, pero que, tras intercambiar papeles con un cadáver, resultaba estar amenazadoramente vivo. Fue el precursor de una película que siguió unos cuatro años más tarde llamada El tercer hombre, con un argumento similar. La disfruté muchísimo y me fui a casa con mucho ánimo.

Entré en la casa por la puerta habitual de la cocina y encontré a mamá en la mesa de la cocina con un aspecto muy malhumorado y a Paula comiendo lo que quedaba de su comida.

"¿Dónde has estado todo este tiempo?" preguntó mamá con voz severa y fría.

"Ha ido al cine", respondió Paula por mí.

Mamá le dijo que podía hablar por mí mismo, muchas gracias, y que era mejor que me sirviera el guiso que se estaba calentando lentamente en el anillo de gas. Recibí la habitual advertencia para no quemarme, lo serví en un plato y comencé a comer vorazmente en la mesa. Les conté lo de la foto y le pregunté a mamá qué le preocupaba.

"Papá va a volver a casa de permiso", dijo Paula alegremente. "Espero que con mucho chocolate y dulces".

"Es una gran noticia, sin duda". Dije, pero mamá seguía con la mirada perdida.

"Es un permiso de embarque", dijo, con voz sombría.

"Ah", dije. Eso significa que lo van a destinar al extranjero. No sólo en el extranjero, me dijo mamá, sino que está recibiendo entrenamiento de paracaidismo y será llevado al frente de las tropas que marchan hacia Alemania. Le pregunté si se había presentado como voluntario, pero mamá me dijo que no; que le habían destinado y que las órdenes le llegaban automáticamente.

"Eso es lo que él dice", añadió.

"Papá va a matar a muchos alemanes", dijo Paula alegremente.

"Cállate, Paula", dijo mamá con enfado, y me di cuenta de

que estaba muy agitada y no estaba de humor para que la tomaran el pelo. Se levantó de repente de la mesa de la cocina y salió de la habitación y no me atreví a seguirla ni a decir nada más. Le pedí a Paula que subiera a bañarse, pero que no le pidiera a mamá que subiera; si quería ayuda para secarse el pelo, debía llamarme. Debió saber que había dicho demasiado porque se fue en silencio y se las arregló sola. Cuando subí, ya se estaba poniendo el camisón sobre la cabeza.

Le leí la inevitable pista del pan de molde y una historia sobre una mujer que hablaba demasiado alto en una tienda y casi hizo que un espía enviara información valiosa a Alemania, pero dos jóvenes brillantes escucharon la conversación, sospecharon del hombre y llamaron a la policía. A Paula le encantaban estas historias.

"Las conversaciones imprudentes cuestan vidas", recitaba.

"Desde luego que sí", coincidí y le di un beso de buenas noches, aunque lo único que dijo fue "horrible" y se limpió la mejilla. Cuando bajé a la sala de estar, mi madre estaba remendando y zurciendo una gruesa camisa mía del colegio y yo hice algún comentario sobre "arreglar y remendar", otro eslogan que veíamos por todas partes en la calle principal y en la feria. Mamá tenía los ojos enrojecidos, así que supe que se había escapado de la cocina para evitar que notáramos sus lágrimas.

"Es una pena, de verdad", dijo con sentimiento. "¿No hemos sufrido ya bastante?"

"Estoy segura de que papá estará bien", dije, con esperanza. "Tengo la sensación de que estará bien. No es que vaya a estar en la lucha, ¿verdad?"

"¿Cómo lo sabes?"

"Bueno, es un cocinero, un cocinero del ejército".

"No me sorprendería que lo hayan metido en la infantería".

"No pueden", dije, pero ciertamente no tenía la menor idea de lo que podían o no podían hacer. Mamá siguió cosiendo mi camisa y tenía una expresión fija en su rostro. Después no habló y yo no sabía qué decir. Así que puse la radio y escuché un programa de variedades.

---

Mi padre llegó con un aspecto alegre y bastante satisfecho de sí mismo y, aunque Paula y yo intentamos llegar primero a la puerta principal para saludarle, mamá se nos adelantó un poco. Le dio un abrazo enorme y un gran beso y luego, cuando por fin le soltó, cogió a Paula y la abrazó con fuerza.

"Vaya, vaya, qué niña tan grande eres ahora", dijo con aprecio.

Al acercarse a mí, me tendió la mano para estrecharla y debo decir que me sentí un poco aliviado. Sonrió y me informó de que ahora yo era el hombre de la casa, al menos cuando él no estaba, así que debía ser tratado como tal. Le estreché la mano con entusiasmo, complacido de que no se produjera ningún abrazo de tipo femenino.

Mi madre seguía teniendo una expresión sombría en el rostro, de la que mi padre era obviamente consciente, pero no dijo nada y permitió que ella lo guiara hasta la sala de estar y lo acomodara, para luego ir a buscarle el inevitable té y las galletas. Todos nos apiñamos a su alrededor para escuchar las últimas aventuras de su ejército y nos dijo que había surgido en las órdenes permanentes de forma bastante repentina y, en el caso, inesperada, un destino en el frente de Europa.

"¿Solicitaste el puesto?" preguntó mamá con ironía.

Papá dudó y luego contestó que ya se lo había dicho, que un día apareció en las órdenes. ¿Y a qué viene tanto alboroto?

"Te pone en grave peligro, eso es lo que pasa", dijo mamá, levantando la voz. Entonces Paula empezó a llorar de repente y papá desvió su atención hacia ella inmediatamente.

"¿Qué sucede, cariño?" le preguntó.

"No quiero que te vuelen la estúpida cabeza", respondió Paula con un sollozo.

Todos nos reímos; incluso mamá tenía una sonrisa en la cara cuando Paula recordó su arrebato de hace algún tiempo. Papá levantó a Paula y la animó y le dijo que tenía la intención de acabar esta guerra, pasara lo que pasara, y volver a casa de una pieza al final.

"Puedes entender que Paula esté molesta", dijo mamá en voz baja.

Papá suspiró. "Mira, voy a salir a supervisar y repartir paquetes de raciones de veinticuatro horas para los soldados que luchan y, donde sea práctico, montar cocinas de campaña del ejército. Todo en un día normal de trabajo, excepto que será en condiciones de combate. Pero yo no lucharé, ni siquiera tendré un rifle".

Mamá resopló, pero parecía un poco más cómoda. Luego estaba el salto en paracaídas en Francia o dondequiera que fuera y seguramente no podía hacer de eso algo superficial. El pobre Edward, amigo de Graham, se había torcido la pierna al aterrizar y estaba luchando por volver a caminar con normalidad. Papá señaló que Edward se había visto envuelto en una pelea de perros y había tenido que saltar; era una emergencia y probablemente estaba mal preparado para ello.

"El entrenamiento que estamos recibiendo es intenso pero todo es bastante sencillo y si haces todo lo correcto, como se muestra, un salto es tan fácil como caerse de un tronco".

Mamá se calló entonces, pero su expresión nunca se suavizó. Papá nos dijo que quería aprovechar al máximo sus pocos días en casa y que nos llevaría a todos de paseo, que volvería a visitar el restaurante al que habíamos ido en High Barnet y a cualquier sitio que quisiéramos ir.

"¿Puedo comer un sapo en el agujero?" preguntó Paula, con los ojos ya secos y empezando a pensar en los días venideros.

"Sí, Paula, sapo en el agujero para ti, será".

"¿Y la Reina de los Pudines?"

"Por supuesto que sí. Rey de los budines también, si quieres".

"O tal vez me gustaría comer un Pastel de Manchas y Natillas".

"¿Por qué no?"

Mamá levantó las cejas y le dijo que estaba muy bien adoptar un enfoque desenfadado de todo, pero que la vida no era tan sencilla. En cualquier caso, tenía que ir a preparar la cena, así que salió de la habitación. Paula se dirigió a su dormitorio y papá siguió a mamá hasta la cocina, donde estaba ocupada con los fogones. Le vi acercarse a ella y empezar a mordisquearle el cuello y las orejas, y aunque ella le dijo que se apartara y se rio un poco, él siguió haciéndolo. No paró hasta que ella se dio la vuelta y le preguntó qué tenía que hacer para que no la dejara. Le pidió que le dijera qué le gustaría hacer mientras estaba de permiso. Ella le dijo que él podía decidir, pero él insistió en que tomara algún tipo de decisión. Ella negó con la cabeza y luego la ladeó, con aspecto pensativo.

"Bueno, he estado bastante preocupada por la abuela y la tía Rose, especialmente desde que Bernie fue asesinado. Creo que es hora de visitarlas".

"Entonces ese es nuestro primer puerto de escala", respondió papá alegremente. "A primera hora de la mañana y haremos un día de eso".

"¿No te importa?"

"¿Importar? Aprovecharé hasta el último minuto".

Mamá le golpeó juguetonamente con su guante de cocina y le dijo que no tenía remedio.

# TREINTA

## FEBRERO 1945

MAMÁ EMPACÓ SÓLO UNOS CUANTOS BOCADILLOS, PAPAS FRITAS Y demás, y expresó la opinión de que la abuela y la tía nos apretarían con comida sin importar lo que pasara, así que el plan de contingencia era sólo para unas cuantas cosas. El trolebús zumbaba y hacía un ruido extraño por debajo y pensamos que podría romperse. Nos sentamos en el piso superior, papá y yo a la derecha, en la parte delantera, y mamá y Paula enfrente. Papá no dejaba de comentar todas las casas clausuradas que había por el camino y mamá le dijo que no había visto ni la mitad. Parecía estar tomando un inesperado interés en todo el tráfico que pasaba; al menos lo que podíamos ver a través de un pequeño rombo de ventana en el cristal cubierto de verde.

"Creo que nos compraré un cochecito cuando acabe la guerra", reflexionó en voz baja.

Pero no lo bastante para Paula, que sonrió y dijo: "Mago".

"¿Un Morris 10, papá?" pregunté "¿como el del tío Edgar?"

"Más bien un Morris ocho, o un Austin siete", respondió. "No soy el Señor Dinero".

Mamá le dijo que lo creería cuando lo viera, pero él sólo le guiñó un ojo y le sugirió que esperara a ver qué pasaba.

El nuevo piso en el que el ayuntamiento había alojado a la

abuela y a la tía estaba un poco más lejos que el anterior y tuvimos que bajar andando por Drayton Park, pasando por la estación de metro y luego por la panadería Lácteos Express. Paula se detuvo frente a este edificio y se quedó mirando desconcertada y olfateando. Nos dijo que podía oler los bollos de crema que se estaban cocinando y preguntó si podía comer uno. Se llevó una gran decepción cuando mamá le indicó que no los vendían en la panadería, sino que sólo abastecían a las tiendas. La niña hizo un puchero y dijo que sólo quería un panecillo.

"En un momento tendrás una pequeña pinza alrededor de la oreja", le advirtió mamá.

Cuando llegamos a la casa, llamé a la puerta con impaciencia y la abuela respondió rápidamente, ya que estaba en la planta baja. Entramos todos y mamá dijo inmediatamente que esto era mucho mejor, no había que subir escaleras. La abuela le dijo que el cuarto de baño y el aseo estaban en el pasillo, pero que sólo había unos pocos escalones y que ambas podían subir fácilmente. Tenían que compartir el baño, pero ya se estaban acostumbrando, así que no debían quejarse.

En el salón, el mantel de terciopelo rojo oscuro, el reloj de sobremesa que sonaba con fuerza y la aspidistra estaban en su sitio; estos objetos los habían seguido desde su casa al nuevo piso y ahora a éste. Sobre la mesa se encontraban la habitual tetera y las tazas vacías que esperaban. Todos nos sentamos y nos dieron té, Paula se conformó con una limonada de una gran botella que la abuela tenía junto a la puerta. La tía entró, ahora con un bastón, según noté, y comenzó otra ronda de saludos, besos y abrazos. Ambas parecían estar bien y razonablemente contentas. Cuando mamá les preguntó si se estaban instalando bien, la tía asintió con vehemencia y la abuela sonrió y dijo que todo estaba bien. El lugar era fácil de mantener limpio, dejaba entrar mucha luz y, de todos modos, los mendigos no podían elegir.

La abuela hizo un gran alboroto con papá diciéndole que hacía años que no lo veían y que era bueno tenernos a todos juntos. Papá le dijo que era bueno verlas a las dos instaladas y con un aspecto tan alegre.

"No muy alegre", dijo la abuela. "No ahora, no desde que perdimos a Bernie".

Papá y mamá hicieron ruidos de compasión y mi padre le dijo que era terrible y lo mucho que sentíamos por ella y que entendíamos por lo que estaba pasando.

"No lo entiendes, no digas que lo entiendes", respondió la abuela, repentinamente enfadada y animada. "No puedes entender a menos que hayas perdido un hijo. Piensa cómo estarías si perdieras a Bobbie o a la pequeña Paula".

Papá permaneció callado, pero mamá se animó de repente, puso cara de mala leche y le dijo a la abuela que lo sentíamos por ella, por supuesto que sí, pero que no había necesidad de decir cosas así. Al menos no delante de los niños. Ambas se agitaron de repente; de tal palo tal astilla.

Tras un breve e incómodo silencio, la abuela nos dijo que seguía viendo a Bernie en sueños.

"No como era", continuó, con los ojos húmedos. "El aspecto que tenía cuando tenía la edad de Paula, todo pelo rubio y ojos azules brillantes".

"Deberías conservar esos recuerdos felices de él", le dijo mamá. "Es todo lo que puedes hacer, pero trata de pensar en todos los buenos momentos que pasaron".

"Es fácil para ti hablar", dijo la abuela, muy venenosa, con los ojos brillando.

"Yo también le echo de menos, ¿sabes?" le respondió mamá. "Era mi hermano".

Siguió un silencio incómodo en el que mamá y la abuela parecían irritadas y evitaban la mirada de la otra, y papá estaba callado y no sabía qué decir. Así que no dijo nada. Al final fue la abuela la que rompió el incómodo silencio diciendo lo agradable que era vernos a Paula y a mí; nos hizo acercarnos a la puerta donde la última visita nos había medido la altura, así que nos volvió a plantar allí y cogió su cinta métrica. Juró que yo había crecido cinco centímetros y Paula uno y medio.

Entonces la abuela nos dijo que debíamos quedarnos y comer algo y anuló todas las protestas. Tenía un buen guiso en la cocina y había suficiente para todos nosotros. El guiso estaba caliente y sano cuando llegó y mi principal impresión fue que estaba compuesto en gran parte por patatas, cebollas y zanahorias, pero había algunos trozos de carne de origen indeterminado. Papá elogió mucho el guiso y la abuela estaba obviamente satisfecha.

"Ahora sé de dónde saca Sandra sus habilidades para cocinar guisos", dijo sonriendo.

"Preparé todas las verduras y las sazoné", dijo la tía, con una expresión desafiante.

"Y además estaban deliciosas", le aseguró mamá.

Nos quedamos una hora más después de un almuerzo temprano y mamá y papá se esforzaron por mantener una conversación ligera y sin controversias. Mamá quería dar un largo paseo antes de que volviéramos y, en particular, quería ver nuestra casa y comprobar que seguía estando limpia y ordenada. Así que caminamos a paso ligero y nos quedamos fuera contemplando nuestra casa. Todo estaba igual, excepto que faltaba algo en la parte delantera.

"La barandilla ha desaparecido", dijo mamá con cara de disgusto. "Se han llevado todas las barandillas".

"Se las han llevado y fundido para hacer pistolas y armas", dijo papá en voz baja.

Mirando hacia arriba y hacia abajo de la calle, obviamente tenía razón, no había una barandilla de metal a la vista en ninguna parte.

"Deberían habernos avisado", se quejó mamá.

"Supongo que sí", respondió papá con ligereza. "Probablemente enviaron la notificación a la gente que alquila el lugar".

"Bueno, de verdad", dijo mamá y luego añadió, "honestamente".

"¿Qué quieres hacer al respecto?" le preguntó papá, sonriendo. "¿Golpear la puerta y preguntarles?"

"No seas tonto, Harry."

Papá sugirió que diéramos un paseo hasta Finsbury Park, pasando por el Empire Music Hall, y que nos metiéramos en el parque durante un rato. Mamá se opuso, pero él consiguió convencerla diciendo que podíamos coger fácilmente un autobús desde allí hasta Holloway Road para coger el trolebús. Una vez en el parque, tuvo lo que mamá llamó la loca idea de alquilar un par de botes en el lago... Mamá dijo que hacía demasiado frío, pero de nuevo él fue persuasivo, señalando que hacía un tiempo fresco pero seco y que todos llevábamos puestos nuestros abrigos de invierno.

"Sí, vamos a dar un paseo en barco, por favor, papá, por favor", gritó Paula, con los ojos iluminados ante la perspectiva. Mamá accedió al fin diciéndole primero que estaba bastante loco y que podía cuidarnos a Paula y a mí si nos moríamos de catarro o de neumonía. Así que alquiló dos pequeñas barcas de remos, mamá y Paula fueron en una, mamá protestando diciendo que no sabía remar ni de broma, y otra con papá y conmigo. En realidad, mamá era bastante competente y ágil con los remos, para mi sorpresa. Papá tardó diez minutos en alcanzar su barco, pero al final lo consiguió. Cuando llegamos al centro del lago y él descansó los remos durante unos minutos, de repente tuve el impulso de preguntarle algo.

"Papá, ¿te gusta aprender a usar el paracaídas?" pregunté.

"De hecho, sí", respondió sonriendo. "Y todos lo hacemos bien".

"¿Y la orden de envío al frente surgió de la nada?" Me miró intensamente durante mucho tiempo antes de responder.

"No, me ofrecí como voluntario", dijo en voz baja. "Pero ni una palabra a tu madre y a tu hermana".

Sacudí la cabeza. No diría ni una palabra.

"Lo digo en serio. ¿Lo prometes solemnemente?"

"Lo prometo solemnemente".

De repente me di cuenta del frío que hacía en medio del lago. Me subí el cuello del abrigo por la nuca y eso supuso una gran mejora; el fuerte viento era vigorizante y fresco y podría haberme quedado allí fuera una hora más.

"Verás, en lo que respecta a tu madre" decía papá, "mi seguridad representa la seguridad de todos vosotros y, para mantenerme a salvo, la mejor opción, de hecho la única, en lo que a ella respecta, es quedarme en el sencillo trabajo de camarero que tengo desde que empezó la guerra".

Hizo una pausa, miró hacia el lago y, al notar los saludos de mamá y Paula, ahora a cierta distancia, les devolvió el saludo frenéticamente.

"No podría hacerlo", continuó papá. "Luché durante años, pero al final supe que tenía que ponerme en la línea de fuego, por así decirlo". Frunció el ceño de repente y me miró detenidamente a la cara. "No sé si eres lo suficientemente mayor para entender todo esto, Bobby".

"Sí, papá", le aseguré con entusiasmo. "Las mujeres ven las cosas de manera diferente, ¿no es así? Y un hombre tiene que hacer lo que tiene que hacer".

"Has visto demasiadas películas del oeste, Bobby", me reprendió, pero con una sonrisa.

Cuando llegamos al embarcadero íbamos sólo un minuto por delante de mamá y Paula. Se bajaron y, aunque Paula estaba muy animada, mi madre murmuraba que era una locura hacer esto en un día helado. Paula dijo que se sentía como un témpano de hielo y que no podía sentir los dedos de los pies y de las manos porque tenía mucho frío. Mamá sugirió bebidas calientes para todos, así que encontramos un pequeño café cerca del cine Rink y pedimos té y leche caliente para mi hermana. Eso nos descongeló un poco, así que nos pusimos en marcha, cogiendo un autobús por la calle Seven Sisters hasta llegar a la calle Holloway y luego cambiamos al conocido trolebús de vuelta a Barnet.

Cuando nos dirigimos a nuestros familiares asientos del piso superior, papá se quedó pensativo.

"Tu madre se puso bastante agresiva por un momento", dijo. "Nunca la había visto así; siempre ha parecido tan tranquila y pacífica".

"Nunca había perdido un hijo", dijo mamá de forma reveladora.

"No, es cierto", respondió él inmediatamente.

Mamá decía que era lo peor del mundo, con diferencia, perder a un hijo y papá asentía con la cabeza. "Y no importa la edad que tengan, siguen siendo tus hijos. Cuando Bobby tenga cuarenta años seguirá siendo mi hijo pequeño".

"Cállate mamá", dije.

"¿Seguiré siendo tu niña cuando sea mayor?" preguntó Paula.

"Por supuesto que lo serás, pequeña".

"¿Incluso cuando tenga noventa y nueve años?"

"Incluso cuando tengas ciento nueve", dijo mamá alegremente. "Salvo que no estaré para obligarte a comportarte".

Parecía que hacía aún más frío cuando bajamos del autobús en Barnet y entrar en la fría casa sin fuego fue aún peor. Nos acurrucamos todos alrededor de la caldera de la cocina, que yo avivé con combustible hasta que mamá tuvo que levantarse y empezar a cocinar la cena.

# TREINTE Y UNO

## MARZO 1945

El ataque aéreo de los aliados en Dresden en febrero dejó una estela de devastación en varios kilómetros a la redonda. Solo fue uno de los muchos ataques de la RFA en la noche y de la FAEU durante el día que redujo muchas ciudades alemanas a pilas de escombros. Los reportes en la radio sobre la Guerra eran casi todos optimistas y el tema más común eran los contraataques alemanes que eran destrozados completamente.

Antes de volver a su campamento, mi padre nos llevó de paseo a la Torre de Londres y también a la Casa Hatfield y fuimos al Cinema Odeon un par de veces. Mi madre parecía casi resignada al nuevo puesto de él para cuando ya había terminado su permiso y no se quejó ni le dio más sermones. Cuando él se fue, gradualmente volvimos a nuestra Antigua rutina y casi todo estaba tranquilo en el frente.

El 3er regimiento Americano invadió Coblenz en Alemania el 18 de marzo y hubo reportes detallados de la masacre en la radio. Después de eso, todo volvió a una relativa calma por los próximos once días y después los Alemanes enviaron lo que sería su ultimo cohete V1 que explotó en Datchworth, Hertfordshire, como a unos treinta y dos kilómetros de Barnet. Escuchamos una explosión terrible que sonó como si las bases de la tierra se movieron, realmente fue muy fuerte.

Habíamos ido de compras cerca de la estación del tren para comprarme una nueva chaqueta para la escuela; la antigua chaqueta había sido remendada tantas veces que parecía una colcha de pedazos con botones. Mi mama me compró la mejor que pudo pagar aunque Paula decía a gritos que la anterior que me había probado me hacía ver más inteligente. El problema era que costaba casi el doble. Mi mama dijo que podía comprarla pero eso significaría que a Paula no le iban a comprar nada de ropa nueva en los próximos dos años. Después de una inspección, Paula decidió que la que mama iba a comprar me quedaba mejor, después de todo; ella no se había fijado bien, eso era todo.

Acabábamos de salir de la tienda y habíamos caminado unos pasos cuando oímos la lejana y apagada explosión. Mamá se paró de repente en seco y se quedó allí, inmóvil. Le pregunté qué le pasaba y Paula le tiró del brazo, pero no se movió.

La miré a la cara y noté que sus ojos parecían vidriosos y sin expresión, así que empecé a sentir un poco de pánico. Un joven soldado y su amiga se acercaron, miraron de cerca a mamá y se detuvieron.

"¿Está bien, señora?" dijo el soldado.

"Odia las explosiones", le expliqué.

"Caramba, todos lo odiamos", respondió.

"Tal vez la señora necesite sentarse", dijo su novia.

El soldado asintió y, con mi ayuda, la guiamos hacia el quiosco de tabaco que estaba enfrente de donde nos encontrábamos. Sus piernas parecían funcionar bien, pero su expresión inexpresiva no cambió. El propietario de la tienda se acercó y debió darse cuenta de que mamá estaba sufriendo un shock y la ayudó a entrar y le pidió a su ayudante que trajera una silla. Mamá estaba sentada sin moverse y apenas parecía respirar, con esos ojos vidriosos de aspecto aterrador que miraban a lo lejos. Me arrodillé y traté de hablarle para calmarla, pero no hubo respuesta alguna. "Tráele un vaso de agua", dijo la chica del soldado, y el vendedor de tabaco asintió a su ayudante, que trajo un poco.

Sin embargo, no pude conseguir que bebiera y sólo conseguí ponerle el vaso en los labios y que el agua le cayera por la barbilla y el abrigo. "Mamá, despierta, por favor, despierta", le suplicó Paula, y yo estaba cada vez más alarmado. El vendedor de tabaco, su ayudante y la chica del soldado me preguntaban qué había pasado, pero lo único que podía decir, y repetir, era que se había alarmado por la explosión lejana. Añadí que ni siquiera estaba cerca de nosotros.

"No, lo sé", dijo el soldado con conocimiento de causa. "Es que esas explosiones lejanas pueden asustar mucho, como en el campo de batalla".

"Bueno, tú sabrás muchacho", dijo el vendedor de tabaco. "Será mejor que llevemos a esta señora al hospital".

"Llamaré a una ambulancia", dijo su ayudante, pero la palabra "ambulancia" pareció desencadenar una reacción inmediata en mamá y sus ojos se abrieron más y miró a su alrededor, alarmada y confusa. Preguntó dónde se encontraba y el vendedor de tabaco le dijo que acababa de tener un mal rato y que estaban a punto de llamar a una ambulancia.

"No, no, estoy bien", dijo mi madre y se levantó despacio y dijo que tenía que llevar a su hijo y a su hija a casa, enseguida. Hubo protestas y todo el mundo empezó a hablar a la vez antes de que mamá anunciara de nuevo que ya se sentía mucho mejor y que les daba las gracias a todos, pero que tenía que ponerse en marcha y llegar a casa por si había más ataques aéreos. El tendero y su ayudante seguían diciendo que había que llamar a la ambulancia cuando mamá se dirigió a la puerta y nos sacó a los dos.

"Te acompañaremos a casa, por si tienes una recaída", dijo la chica del soldado, aunque mamá le dijo que no era necesario. Ya estaba bien. Sin embargo, ambas insistieron y formamos un pequeño grupo de cinco personas hasta llegar a nuestra casa. Mamá les dio las gracias a las dos y se marcharon, y vi a la señora McKenzie rondando la puerta de su casa mientras nos acercábamos a la nuestra. Me separé y le expliqué que mamá se había sentido un poco mareada antes de que pudiera detenerme y se apresuró a acercarse y mamá le dijo que sólo había tenido un pequeño mareo y que ya estaría bien.

"Déjame entrar y prepararte un té, querida", dijo la Sra. McKenzie, y su expresión transmitía que no aceptaría un no por respuesta. Mamá suspiró y le dijo que no era necesario, pero cedió y todos entramos y nos sentamos en la cocina.

"Todos son muy amables", dijo mamá en voz baja. "Aunque realmente no hay necesidad de que se alboroten".

"Debemos cuidarnos unos a otros en tiempos de guerra", respondió la señora McKenzie mientras ponía la tetera y sacaba tazas y cucharas con mi ayuda. Añadió que mamá también debería tomar un poco de brandy o whisky para el shock. Con fines medicinales. ¿Había algo?

"Hay una gota de whisky de las Navidades pasadas en ese armario", le dijo mamá, señalando.

"Papá Noel siempre deja un poco cada año", dije, sonriendo.

Mamá dio un sorbo de té y luego bebió un poco de whisky y pareció animarse un poco. Mamá hizo una mueca y dijo que realmente no le gustaba el whisky, pero que lo tomaría sólo por la medicina que representaba. "¿Puedo tomar un trago de algo con fines medicinales?" preguntó Paula, tropezando un poco con las últimas palabras. La señora McKenzie se rio, pero se levantó y salió diciendo que volvería en dos minutos, y volvió con dos botellas de cerveza de jengibre que nos entregó a Paula y a mí.

Mamá se negó a subir a la cama y acostarse aunque su vecina la presionó para que lo hiciera. Nos permitió acompañarla lentamente hasta la sala de estar, donde se acomodó lujosamente en su sillón favorito. La señora McKenzie se sentó frente a ella y le preguntó cómo se sentía ahora.

"Estoy bien, de verdad", le dijo mamá. "Sólo una pequeña y tonta perturbación cuando oí aquella explosión lejana", continuó diciendo distraídamente.

"Son cosas horribles", dijo su vecina. "Pueden tener ese efecto en cualquiera de nosotros".

"Ya debería estar acostumbrada, Dios lo sabe".

"¿Qué pasó?" me preguntó.

Le hice un rápido repaso de todo lo ocurrido y ella asintió y nos dijo que era muy común. La señora Phelps, más arriba, se había asustado tanto por un bicho que había observado en el cielo hasta que se detuvo y cayó y explotó ruidosamente en la calle de al lado, que el médico la había enviado al hospital y luego había dispuesto que visitara a su hermano en Gales durante unas semanas. Añadió alegremente que la señora Phelps ya estaba bien. Mi madre asintió, pareciendo más la misma de siempre.

"Pero debes ver al médico, querida", añadió la señora McKenzie con su voz severa.

"No, no lo molestaré, no es necesario", dijo mamá rápidamente.

"Oh, debes, realmente debes. Voy a llamar al doctor Robinson y pedirle que nos visite".

Más vale prevenir que curar, decía la señora McKenzie, y cada vez que mamá protestaba tenía un argumento en contra. Al final, a mi madre le entró sueño y la vi dormirse lentamente en su silla. Nuestra vecina insistió en prepararnos la comida y servírnosla; afortunadamente era uno de los exóticos guisos de mamá y sólo había que calentarlo. Más tarde, mamá dijo que se sentía muy culpable por irse a dormir así y dejar a la señora M. para que se las arreglara, pero llegué a creer que nuestra vecina estaba encantada y feliz de ayudar, ya que le permitía salir de su casa donde, sola y sin su marido y su hijo, se sentía crónicamente sola.

Ayudé a la Sra. McKenzie a preparar el baño y la ropa de noche para Paula y, una vez que mi hermana estuvo en la cama y se durmió, le dije a nuestra vecina que podía cuidar a mamá ahora, si quería irse a casa. Ella pareció dudar, pero luego dijo que debía ir a buscar su propia cena. Me sentí culpable porque mientras nos había estado ayudando no había pensado en sí misma; la gente era realmente muy buena y todos estábamos juntos en ese momento. Unidos en tiempos de guerra y decididos a no dejarnos vencer. Le dije a la señora McKenzie que estaría bien y que podría arreglármelas y ocuparme de que mamá estuviera bien.

"Buen chico", dijo ella, sonriendo. "Mira, el doctor Henderson llamará más tarde. No se lo digas; no puede negarse a verlo cuando aparezca".

Sonreí y le prometí que guardaría su secreto. La acompañé a la salida y me dirigí a la habitación delantera, donde mamá había estado durmiendo la siesta, pero ella volvió en sí cuando entré y trató de sacudirse de su letargo.

"¿Se ha ido?" preguntó, y yo asentí con la cabeza.

"Es una buena vecina".

Le dije a mamá que todo estaba bien, que todos habíamos comido, que Paula se había bañado y que ahora estaba en la cama y que lo único que tenía que hacer era descansar y acostarse temprano. Ella negó con la cabeza y me dijo que todo estaba mal; que ella debía hacerlo todo y no depender de mí y de una vecina. Entonces oímos que llamaban a la puerta principal y mamá levantó la vista, alarmada. Fui a contestar y volví con el doctor Henderson. El doctor sonrió y le preguntó cómo se sentía ahora.

"Estoy bien, doctor", respondió ella rápidamente. "Mi vecina le llamó; no le habría molestado".

Quería saber todo lo que había sucedido y, entre nosotros, mamá y yo le dimos un resumen completo de los acontecimientos de las últimas tres horas. Se sentó frente a ella y le tomó la temperatura. Luego agitó el termómetro, lo miró y asintió.

"Parece que has vuelto a la normalidad", le dijo.

"Pero, ¿qué me pasa, doctor?" preguntó mamá con el ceño fruncido. Parecía que por fin se había dado cuenta de que no estaba "bien".

"Físicamente estás bien", le dijo él con seguridad. "Fue el

impacto de la explosión del cohete lo que te provocó una especie de parálisis temporal. ¿Cómo puedo explicarlo?"

Miró al techo y suspiró antes de continuar.

"Durante la última guerra, la del catorce, la del dieciocho, muchos soldados sufrieron lo que llamaban «conmoción por proyectiles» en el campo de batalla. En aquella época se pensaba que eran cobardes y se les trataba como tales, pero el pensamiento más moderno, sobre todo el de los Estados Unidos, considera estas alteraciones como cansancio o fatiga de la batalla. Es sólo el impacto y el estrés de los constantes disparos y los proyectiles que pasan silbando por sus cabezas lo que les incapacita temporalmente."

"Pero no estoy en un campo de batalla", protestó mamá.

"Bueno, en cierto modo lo está, señora Cooper", dijo el médico, sonriendo. "En su caso, es una cosa acumulativa. ¿Estuvo aquí durante el bombardeo?"

"No, en el norte de Londres, en Highbury."

"Bueno, pues ahí lo tiene, ¿lo ve? Constantes bombardeos y explosiones por todas partes; preocupándose por la seguridad de sus hijos. Ahora los bichos y los cohetes".

"Pero, ¿cuál es la cura?"

El médico volvió a sonreír. Le dijo que era lo mismo que para los soldados. Retirada del lugar de los combates, mucho descanso en la cama y mucha tranquilidad. No podía ofrecerle alejarse de la escena de la batalla, pero sí recomendar un descanso completo, muchas noches de descanso y que este joven le ayudara con las tareas domésticas, para aliviar un poco la tensión. Le dije que le ayudaría en todo lo que pudiera.

"Esas píldoras que le receté la última vez", dijo, "¿le están ayudando?"

"Bueno, sí, ahora duermo mucho mejor".

"Eso es bueno", dijo. "Ahora le recomiendo que se acueste temprano y que su hijo le traiga una taza de Horlicks y una de esas pastillas. Eso debería hacer maravillas".

Le dedicó una sonrisa tranquilizadora y se marchó, dejando

el umbral de la puerta con un último ruego para que cuidara de mi madre. Le aseguré que lo haría. Cuando volví a la sala de estar, mamá parecía cansada, pero al menos había algo de brillo en sus ojos que había desaparecido antes.

"Será mejor que te vayas a la cama, mamá", le dije, intentando, pero sin conseguirlo, parecer controlada.

Ella me miró y dijo: "Esas son mis palabras, joven Bobby. Yo digo cuándo hay que ir a la cama".

Me miró fijamente, pero yo le devolví la mirada. Pareció pasar mucho tiempo sin que ninguno de los dos estuviera dispuesto a dejar de mirarnos. Entonces repetí la palabra "cama".

"Sí, está bien", dijo ella, capitulando por fin. "Pero las reglas normales de la casa y la disciplina comienzan de nuevo mañana a primera hora". Asentí con la cabeza.

Se marchó de buena gana, finalmente, y fui a prepararle Horlicks. Se lo llevé y la encontré ya en la cama, con la píldora en la mano y una expresión inquisitiva en la cara. Le di un beso de buenas noches pensando, sólo por un instante, que yo era el adulto y ella la niña.

Me sentí extraño al bajar las escaleras poco antes de las diez y tener la casa para mí solo. Me preparé unos Horlicks, fui al salón y encendí la radio. El boletín de noticias era bastante tranquilizador, con informes de que la guerra estaba llegando a una conclusión irrevocable y que la rendición alemana era inevitable. Luego me bebí los Horlicks, estiré las piernas y hundí los pies en la gruesa alfombra.

# TREINTA DOS

## ABRIL 1945

A LA MAÑANA SIGUIENTE, MI MADRE RETOMÓ EL CONTROL Y EL mando, mostrándose muy estricta y diciéndonos a Paula y a mí que había dormido muy bien y que se sentía en la cima del mundo. Al mirarla, parecía menos que eso; tenía el pelo revuelto y la cara algo demacrada, pero detecté un brillo en los ojos. Durante las tres semanas siguientes y hasta abril, sin embargo, pareció acercarse a su antiguo yo y, afortunadamente, no hubo ataques aéreos ni explosiones. Las noticias en la radio eran siempre optimistas, incluso cuando no eran buenas, porque los numerosos contraataques de los alemanes, en su lucha por detener el ataque de los aliados, eran feroces y a veces muy eficaces.

Hice todo lo que pude para ayudar en la casa y fui a varias expediciones de compras en las que pude comprar cosas que se me permitieron. Mamá seguía desafiando las largas colas para comprar carne y huevos y, por supuesto, compraba cigarrillos. No le gustaba fumar y lo calificaba de hábito asqueroso, pero como todos los hombres de su vida siempre habían fumado, guardaba una caja de cigarrillos que colocaba en la mesa del comedor. Papá y Edward la vaciaban rápidamente en sus visitas y ella solía echar los cigarrillos al contador y, en una ocasión en que sorprendió al lechero en la puerta una mañana.

Lo más cerca que estuvimos de un desastre en miniatura fue cuando fui a la feria con Paula a por unos artículos menores que le habían faltado. Dejé a Paula fuera, junto a la parada del autobús, sujetando a Charlie con ambas manos y me uní a la inevitable cola. Cuando salí, volvimos a casa por otro camino para ejercitar al perro y pasamos por delante de una casa bombardeada que había sido dañada pero que no parecía irreparable. Paula sugirió mirarla y entrar si había una puerta sin cerrar.

"No", dije, "definitivamente no".

"Por favor, Bobby", dijo con los ojos muy abiertos. "Podría haber cuerpos enterrados bajo las mesas".

"Nos vamos a casa, ahora", dije con mi voz más severa.

Sin embargo, no contaba con Charlie. De repente dio un tremendo tirón y se precipitó hacia delante, distraído sin duda por un gato u otra criatura pequeña, arrastrando a Paula con él hacia la parte trasera de la casa. La seguí rápidamente mientras mi hermana se esforzaba por sujetar a un Charlie desbocado, tirando y resoplando con avidez. Paula se agarró con fuerza y sacudió la cabeza, diciéndome que no podía detenerlo. Le pedí que me diera la correa y tiré de él con fuerza y le dije que se sentara.

La casa no se veía tan mal desde el frente, pero en la parte de atrás era una vista lamentable. Todas las ventanas se habían desprendido de sus cristales y el tejado presentaba daños considerables. Algunos materiales de construcción estaban apilados junto a la puerta trasera, cerca de una pila de escombros, y la puerta se había dejado abierta sin querer. Paula se quedó mirando y sus ojos se abrieron de par en par.

"Esa puerta está abierta", dijo.

"Ya lo veo".

"¿Podemos ver el interior?" preguntó con tono de apelación. "Nunca he visto el interior de una casa bombardeada".

"Mejor no", dije en voz baja. "Mamá se volvería loca si supiera que estamos aquí".

"Podría haber cuerpos apilados dentro", dijo con su voz seria. "O ancianas atrapadas".

Sonreí y le dije que probablemente habrían sacado a todo el mundo, vivo o muerto, hace semanas. Paula sacó el labio inferior y dijo: "Por favor, Bobby, echa un vistazo rápido al interior".

Me lo pensé durante un largo rato, pero incluso yo empezaba a sentir curiosidad. Finalmente le hice jurar que nunca se lo diría a mamá o a papá si echábamos un vistazo rápido dentro. Aceptó de buen grado, asintiendo con la cabeza para enfatizar. Así que avanzamos con cautela y yo tomé la delantera y entré por la puerta abierta con Paula justo detrás de mí. El interior era una escena desoladora; la mayor parte del techo se había derrumbado o colgaba obscenamente, sobre la gran mesa en el centro de lo que debía ser una cocina de buen tamaño. Sobre la mesa había platos desechados con trozos de pan, una lata de melocotones abierta con polvo de yeso blanco nadando en el almíbar y tazas medio llenas de té o café.

Miré a mi alrededor. En el suelo vi una muñeca con una pierna rota que yacía como un niño herido y un solitario zapato de mujer. Los ocupantes debieron correr literalmente por sus vidas cuando la bomba cayó en la casa, pensé, y eso suponiendo que salieran vivos.

"No se terminaron el té", dijo Paula con cara de tristeza.

"No, si es que salieron vivos", respondí.

"Tal vez fueron volados en...", comenzó Paula.

"Por Dios, sí", terminé en voz baja.

"Iba a decir «pedacitos»" dijo Paula.

Aquí no hay trozos, Paula, pensé, y entonces se me ocurrió que lo que todavía estaba allí realmente no debería haber estado. Tal vez había una bomba sin explotar en alguna parte y aún no había sido eliminada. Rápidamente di la vuelta a Paula y la saqué a toda prisa por la puerta abierta y arrastré a Charlie lejos de lo que había estado oliendo.

"Bestia", se quejó Paula. "Quería echar un vistazo a las otras habitaciones para ver si había algún cadáver".

Volví a advertirle que no dijera ni una palabra a mamá, nunca, bajo cualquier interrogatorio o provocación que pudiera enfrentar en el futuro. Ella lo prometió fielmente, haciendo una cruz como se le había ordenado. De camino a casa le dije que en la radio se había informado de que la guerra estaba avanzando irremediablemente hacia una conclusión victoriosa y que todos estaríamos en paz muy pronto. Así que, pase lo que pase, la aventura de hoy debía ser un secreto para siempre entre ella y yo, incluso mucho después de que la guerra hubiera terminado, porque si ella decía una sola palabra, yo sería el que sufriría.

"No digas ni una palabra, nunca", repitió y me pidió que le dejara llevar a Charlie ahora que se había calmado.

Mamá levantó la vista cuando entramos y comentó que habíamos tardado mucho en ir a las tiendas y volver. Paula dijo que habíamos recorrido las calles secundarias para que Charlie diera un buen paseo. Mamá asintió, satisfecha. Nos dio a las dos un vaso de cerveza de jengibre y una galleta y, en cuanto Paula se hubo comido su galleta, se dirigió a la puerta de la cocina.

"¿Y a dónde va usted, señorita?" preguntó mamá.

Paula se detuvo, levantó la vista y dijo: "Me dirijo irremediablemente a mi dormitorio".

Mamá la miró fijamente y negó con la cabeza. "¿Dónde ha aprendido una palabra como esa?"

Sonreí y contesté que no tenía ni idea.

---

Las calles habían estado tranquilas durante casi un mes entero. No había ataques diurnos, ni sustos nocturnos, ni avisos de ataques aéreos. Aunque ella siempre pedía precaución y nos recordaba con frecuencia que nunca se sabía lo que estaba a la vuelta de la esquina, mamá parecía estar volviendo poco a poco a su antiguo ser. Estaba más animada y menos irritable a la hora de comer, incluso si Paula o yo llegábamos un poco tarde, como solíamos hacer.

La hora del desayuno volvía a ser un comienzo de día casi alegre. Mamá estaba en la cocina, con el delantal en la cintura y el pañuelo en la cabeza, sirviendo hojuelas de maíz en grandes tazones, leche caliente para Paula y café, que acababa de empezar a tomar regularmente, para mí. Los sábados eran los mejores porque no teníamos que ir corriendo a la escuela y podíamos tomarnos nuestro tiempo y comer lo suficiente como para satisfacer a un caballo, como decía crudamente mamá.

"Quiero ir al cine", anunció Paula mientras mamá retiraba los platos y yo aceptaba la oferta de una tostada con sirope dorado.

"Bueno, no puedes, eres demasiado joven", le dije.

"No soy demasiado joven para los dibujos infantiles de los sábados por la mañana", respondió Paula, sacando el labio inferior.

Fruncí el ceño y empecé a comerme la tostada, pero sabía lo que iba a ocurrir a continuación. ¿Puedo llevarla, por favor? Le dije que no soportaba los programas de cine de los sábados por la mañana, no eran el tipo de películas que quería ver. Mi madre nos miraba a las dos y escuchaba la conversación, pero no hacía ningún comentario ni contribución.

"Por favor, Bobbie, por favor, por favor, por favor".

"No", dije. "Retírate irremediablemente a tu dormitorio".

Mamá se acercó a recoger mi plato y me preguntó si había desayunado lo suficiente, pero no de forma sarcástica. Le di las gracias y le dije que sí y Paula, todavía con el ceño fruncido, se levantó y salió de la cocina. Murmuré algo acerca de que no era mi idea de un buen espectáculo cinematográfico aunque fuera barato y alegre. Mamá se acercó y se sentó a mi lado.

"Sería útil si pudieras llevarla, Bobbie", dijo. "Tengo mucho que hacer esta mañana y tener la casa para mí me ayudaría".

La fulminé con la mirada. Le dije que las películas que proyectaban eran infantiles, horribles. Asintió con la cabeza y dijo que sabía que yo tenía razón, pero que podía aguantar por una vez para ayudarla.

"Les daré a ti y a Paula un chelín más", continuó y, tras una larga pausa, añadió: "por las molestias".

"De acuerdo, mamá", dije. "Tú ganas".

Subimos por la calle hasta el Odeon, Paula radiante y yo con el ceño fruncido esta vez, y pronto nos unimos a un gran contingente de niños pequeños, que iban todos en la misma dirección y sonreían anticipándose a las alegrías que les esperaba. La mayoría eran de la edad de Paula o más jóvenes, pero había algunos pequeños con una madre o, muy raro pero no desconocido, un padre que los llevaba.

En el gran vestíbulo del Odeon había un montón de niños alrededor de la taquilla, pero los enviaban hacia la sala con bastante rapidez, así que me adelanté y dejé mis dos seis peniques para la entrada.

Paula se estaba emocionando bastante cuando entramos en el gran cine con niños de todos los tamaños y edades sentados o de pie junto a los asientos o de pie charlando ruidosamente con sus amigos en los pasillos. Había un constante e irritante murmullo mientras elegíamos asientos en una posición bastante central y esperábamos a que comenzara el programa. Sin embargo, primero salió el director, se puso delante de la pantalla y gritó por el micrófono con voz potente. Todos debíamos acomodarnos en nuestros asientos y no movernos una vez iniciado el programa, o tendríamos que irnos antes del final. Se permitía aplaudir, pero no chillar ni gritar a pleno pulmón. Se exigía un buen comportamiento durante todo el tiempo y ahora nos dejaría disfrutar del espectáculo. Las luces se atenuaron hasta la penumbra.

Primero se proyectó un dibujo animado con el Pato Donald graznando alegremente. Tenía una voz chillona cuando hablaba que producía aullidos de risa. A continuación, un noticiario con imágenes del desembarco de los soldados en Francia y de las batallas que siguieron y que aún continúan. A pesar de las advertencias del director, el personal del ejército aliado fue muy aplaudido. Luego llegamos a la película principal. Se trata de una película sobre dos jóvenes que llegan a sospechar de un hombre en la biblioteca local que tiene cierto acento. Les dicen que es polaco, pero sospechan que su acento es realmente alemán y le siguen un día y le encuentran escondiendo unos papeles en un agujero de un árbol. Permanecen escondidos hasta que él desaparece y entonces recuperan los papeles y los llevan a la comisaría local, donde efectivamente es desenmascarado como espía y finalmente capturado. A Paula le encantaba cada minuto; era igual que las historias que leía con tanta avidez en sus anuarios para niñas y que le tenían que leer por la noche.

"Esos chicos son héroes, Bobby", dijo animadamente. "Casi tan valientes como tú con tu rescate de la casa bombardeada".

"Sólo mira las películas y quédate callada Paula", dije irritado.

"Cállate, bestia", respondió, pero pronto se involucró con la serie, un vaquero; siempre había que terminar con un vaquero, y éste era una epopeya de vaqueros de Hoppalong Cassidy. Un montón de persecuciones en diligencia, pistolas disparando y el público gritando durante todo el tiempo; el ruido era ensordecedor, haciendo caso omiso de los comentarios introductorios del director. Terminó con Cassidy, con su gran sombrero de vaquero, siendo atraído a una trampa en un barranco alto, con tres hombres apuntándole con sus armas y sin poder escapar.

Los gritos y los chillidos se fueron apagando mientras las palabras en la pantalla anunciaban que la película continuaría la semana que viene.

"¿Qué sucede después?" preguntó Paula, con cara de dolor.

Yo sonreí. "Salta de su caballo, saca su pistola y les dispara a los tres bang, bang, bang, antes de que puedan ver dónde está".

"No lo sabes", dijo con desprecio.

"Puedo adivinarlo".

"¿Me traerás la semana que viene para ver la siguiente entrega?"

"No".

"Por favor, Bobby, por favor. Te daré mi ración de huevos y tocino de esta semana".

Le dije que me lo pensaría para que se quedara tranquila y que podía quedarse con su ración de huevos y tocino. Me sacó el labio inferior, pero yo estaba más preocupado por sacarla del cine antes de que se produjera la gran carrera hacia las puertas y el atasco que sabía que se produciría pronto.

Volvimos a casa rápidamente después de que la guiara cuidadosamente por la carretera principal durante una breve pausa en el tráfico y tuviera que aguantar que intentara imitar la voz del Pato Donald durante todo el camino de vuelta.

Mamá había preparado una tortilla bastante sabrosa hecha con huevos en polvo y esa escasa ración de tocino. También había hecho patatas fritas caseras y un poco de coliflor, ya que los fines de semana comíamos la comida principal. Estaba deliciosa y se comía con dos de nosotras en silencio y con Paula aun intentando cogerle el tranquillo a la voz del Pato Donald hasta que mamá la reprendió por hablar con la boca llena y le dijo que se pusiera a comer en silencio o que se levantara de la mesa. Había más huevo seco en el budín de pan de mamá que, con jarabe, manteca, mermelada, canela y frutas secas, estaba realmente delicioso.

Después de la comida, Paula pidió que la disculparan y se fue a su habitación a releer sus historias de espías en medio de nosotros. Mamá parecía tranquila pero apagada y tenía una expresión más bien pálida que se veía acentuada por el colorido pañuelo que no se había quitado. Le pregunté si estaba bien.

"Estaré bien en un minuto, Bobby", me dijo. "Sólo me ha molestado una noticia inquietante que han puesto antes en la radio".

"¿Oh?"

"Sobre un contraataque alemán que fue bastante feroz", continuó. "Estaba preocupada por tu padre".

"Estará bien", dije alegremente.

"¿Cómo lo sabes?" preguntó, frunciendo el ceño.

"Tengo un buen presentimiento", le dije. "Estoy seguro de que volverá a casa sano y salvo".

Sacudió la cabeza y dijo que ojalá tuviera mi sentido del optimismo.

Luego le hablé del programa de cine y de que Paula me rogaba que volviera a ir la semana que viene, pero esperaba que para entonces se hubiera olvidado del asunto. Mamá me dijo que necesitaba mucho más optimismo si pensaba eso, pero me limité a sonreír y le dije que me gustaría llevar a Charlie a dar un paseo.

# TREINTA Y TRES

## ABRIL 1945

MAMÁ ESTABA ESCUCHANDO UNA SINFONÍA DE MAHLER EN EL Tercer Programa y, como de costumbre, estaba totalmente absorta en su música y no oyó sonar el teléfono. Lo cogí y oí la familiar voz de la tía Betty preguntándome cómo estaba y si podía hablar con mamá. Fui a sacudir a mamá por el hombro porque cuando escucha buena música, realmente escucha; quiero decir que estaba en otro mundo.

"Tía Betty, al teléfono", dije, con urgencia en mi voz.

"Muy bien", dijo mamá, volviendo a este mundo. "¿Por qué, qué pasa?"

"No lo sé. Me pareció que sonaba muy perturbada".

Mamá se dirigió con entusiasmo al vestíbulo y cogió el auricular. Observé que sus expresiones cambiaban gradualmente a medida que avanzaba la conversación, pero noté que mamá decía muy poco; en general, se limitaba a escuchar. Cuando mi madre colgó el teléfono, vi que parecía desconcertada y le pregunté de qué se trataba. Me dijo que no lo sabía, pero que ese era el problema. Era evidente que algo iba mal, pero mi madre no sabía qué era. Quería ver a mamá urgentemente y le había pedido que fuera a Watford.

Así que el sábado por la tarde cogimos el autobús 306, como

habíamos acordado, y nos dirigimos a la casita de Watford. El tío Jack nos recibió y nos hizo pasar a la pequeña sala de estar, donde la tía estaba sentada y parecía muy preocupada. Sin embargo, pareció salir de su extraño ensueño cuando nos vio y se apresuró a sentarnos y a prometer que tendríamos tazas de té y galletas en un momento y un poco de Tizer para Paula.

Me di cuenta de que era el tío Jack quien se encargaba de preparar y traer el té y las galletas, mientras la tía se dedicaba a preguntar si había conseguido esto o aquello y, si no, por qué no. Cuando todos estábamos acomodados y bebiendo, la tía levantó la vista y le preguntó a Paula si le gustaría ir a ver el arroyo al final del jardín. Ella asintió. La tía miró fijamente a Jack, que captó la indirecta, se levantó del sillón y se ofreció a llevar a Paula al jardín. Anunció que ese año habían visto algunos renacuajos y ranas.

"¡Caramba!" exclamó Paula dando una palmada.

"Disculpa, Paula", dijo mamá enfadada. "No usamos ese tipo de lenguaje, muchas gracias".

El tío Jack condujo a una Paula reprimida al jardín después de haberse disculpado y mamá miró a Betty y luego a mí. No podía imaginarse de dónde aprendía la niña todas las palabras y frases disparatadas que le salían, realmente no podía. Betty sonrió. En su opinión era una niña brillante, vivaz y con una imaginación que le serviría en el futuro. Mamá hizo una mueca y sugirió que era más probable que Paula creciera editando diccionarios o compilando palabras para crucigramas. Entonces la tía se puso muy seria y le dijo a mamá que tenía que decirle algo importante. Mamá me miró significativamente, pero mi tía le dijo que estaba bien que me quedara. Sonrió. "Está creciendo muy rápido", observó. Mamá asintió y murmuró algo sobre que a veces crecía demasiado rápido para su gusto.

"Ahora que casi has crecido, Bobby", continuó la tía, "me recuerdas a Graham, como era a tu edad".

"Sí que se parece", estuvo de acuerdo mamá y añadió, "oh, querida, lo siento si te angustia Betty".

"No, no", dijo ella. "Lo encuentro reconfortante".

Mamá pareció inmediatamente aliviada, pero se abstuvo de volver a hablar, esperando a que la tía dijera lo que pensaba. La tía Betty bebió un poco más de té y se recompuso. Finalmente comenzó a hablar.

"Como te escribí, Sandra, Sheila ha tenido que volver a ingresar en el sanatorio. No saldrá, al menos no para volver aquí. Los especialistas y los médicos coinciden en que no va a mejorar y que necesita unos cuidados especiales que nosotros no podemos darle".

Mi madre puso cara de asombro y expresó su simpatía y tristeza. Yo murmuré algo avergonzado sobre que la echaba de menos y que esperaba que la cuidaran. La tía asintió y me dijo que yo era la única persona que había despertado en ella el recuerdo de las castañas y que si podía encontrar en mi corazón la posibilidad de visitarla de vez en cuando en los próximos meses y posiblemente años, estaría muy agradecida. Acepté al instante y le dije que estaría encantado de hacerlo. Mamá asintió con la cabeza como para expresar su aprobación de lo que había dicho y la tía pareció momentáneamente complacida. Luego frunció el ceño antes de volver a hablar.

"El hecho es", continuó, "que Jack y yo estamos planeando emigrar a Australia tan pronto como termine esta guerra. Hemos perdido a nuestros dos hijos y ya no hay nada que nos retenga aquí. Puede que sea la única manera de mantenernos juntos".

Mi madre negó con la cabeza y dijo que lamentaría mucho la partida de ambos. ¿Estaban absolutamente decididos?

"Oh, definitivamente. Jack tiene un primo, Walter, que puede alojarnos temporalmente e incluso cree que puede indicarle a Jack un trabajo".

"Bueno, si crees que es lo mejor", dijo mamá en voz baja. "Todos te echaremos de menos, pero si eso te permite tener una nueva vida, bueno..." Su voz se apagó, su incomodidad era evidente.

"Es nuestra única oportunidad", continuó la tía. "También

me gustaría que mi hermano visitara a Sheila, si no le importa, y a ti, por supuesto, y, en ese sentido…" (se detuvo de repente y miró incómodamente en mi dirección).

"Voy a ir al jardín" dije levantándome "para ver cómo les va a Paula y al tío Jack".

Mamá pareció aliviada, me miró y asintió con la cabeza. En el jardín, Paula y el tío Jack habían terminado sus exploraciones y mi hermana se divertía en el columpio. Cuando me acerqué, el tío Jack me invitó a empujar el columpio, ya que las exigencias de Paula lo estaban agotando. Empecé a empujar su columpio. "Más alto", me dijo.

La empujé más alto pero cada vez que lo intentaba ella exigía un empujón más alto.

"Te voy a mandar a girar sobre los tejados en un minuto", le advertí.

"Más vale que no", me dijo, "no tengo alas".

El tío Jack volvió a aparecer y dijo que era hora de entrar a tomar el té y los pasteles. Nos gustaban los pasteles de limón y los bollos helados, ¿verdad?

"Me encantan los bollos helados", dijo Paula. "incluso sin una cereza encima".

Hay cosas que nunca cambian. Puede que mis tíos hayan llegado a un punto bajo en sus vidas, una tragedia de una escala que la mayoría de nosotros, afortunadamente, nunca experimentamos, pero pase lo que pase, sea el infierno o el agua, siempre se ofrecía una gran cantidad de té y pasteles caseros a los visitantes en la casa de Watford. Entramos y tomamos asiento en la mesa. La tía sirvió el té y luego repartió los pasteles. Mamá parecía tranquila pero melancólica y hablaba muy poco. La tía le preguntó a mamá si debía cortar el bollo helado por la mitad para Paula, ya que eran muy grandes.

"Oh, no, tía", dijo Paula, alarmada. "Puedo comerme un bollo entero. Mis ojos y mi barriga son del mismo tamaño".

Jack y Betty se rieron, pero mamá le advirtió a Paula que no fuera tan descarada y que aceptara lo que le ofrecían. Hubo una charla desenfadada sobre los niños a los que se les decía que sus ojos eran más grandes que su barriga y luego se habló del tiempo, pero a través de todo ello percibí una sensación de malestar entre todos los adultos. Sin embargo, todos se esforzaban por comportarse con normalidad. La tía repartió pasteles a todos y le dio a Paula un enorme bollo helado.

"Ahora asegúrate de comer hasta el último bocado", le advirtió mamá.

"Podría comerme dos fácilmente", respondió Paula, pero bajó la mirada a su plato cuando mamá la miró con recelo.

Mientras nos preparábamos para salir y nos poníamos los abrigos en el vestíbulo, oí que la tía le decía a mamá que le agradecería que se asegurara de que su hermano Harry viniera a casa y mamá le contestó que lo haría, siempre y cuando él llegara a casa de una pieza. En cuanto dijo las palabras, mamá se dio cuenta de su error; lo vi en su expresión de asombro, pero tras un breve e incómodo silencio se reanudaron los buenos deseos de partida y seguimos nuestro camino.

De vuelta a casa en el autobús, mientras Paula se sentaba pegada al triángulo de la ventanilla de red, intentando mirar hacia las calles que se oscurecían, le pregunté a mamá por qué había tanto ambiente en casa de los tíos mientras estábamos allí. La melancolía flotaba en el aire.

"Están sufriendo, Bobby", dijo con tristeza. "Seguirá durante mucho tiempo, casi todo el resto de sus vidas".

Asentí con la cabeza y no respondí.

"Su hijo está muerto y su hija está perdida para ellos, casi como si estuviera muerta también. Esa es su tragedia".

Me quedé sentado en el autobús reflexionando sobre lo que había dicho y, al cabo de un rato, añadió que, aunque habíamos pasado por algunas tragedias terribles, como la pérdida de Bernie y Graham y el bombardeo de la casa de la Abuela en Holloway, valía la pena recordar que muchas otras personas estaban mucho peor que nosotros. Fue algo que recordé durante mucho tiempo después.

Al llegar a casa, el ambiente de pesadumbre y desánimo parecía persistir. Entramos en la fría casa, encendimos las luces y mamá me envió arriba a buscar la chimenea eléctrica para calentarnos. Preparó tazas de Ovaltine y todos nos dirigimos al salón para sentarnos cerca del fuego y beber; incluso a Paula se le permitió quedarse despierta aunque ya había pasado su hora habitual de acostarse. Ninguno de nosotros habló durante algún tiempo hasta que mamá dijo que le parecería extraño que el tío Jack y la tía Betty se fueran a Australia; ella los echaría mucho de menos y papá aún más, ya que era su única hermana.

"No más rodajas de limón y bollos helados", se quejó Paula.

"Mamá puede hacerlos", le dije a Paula. "O comprarlos en la lechería Express".

"¿Es eso todo lo que se les ocurre a ustedes dos?" preguntó mamá irritada. "Estamos hablando de la ruptura de una familia, de nuestras relaciones".

"Lo siento", murmuré.

Entonces Paula empezó a llorar y mamá le dijo que estaba demasiado cansada y que era mejor que subiera a su habitación de inmediato. Se quejó de que no había terminado su Ovaltine, así que mamá le dijo que se lo llevara, pero que se fuera ya. Paula se marchó, todavía sollozando.

Mamá y yo nos sentamos en silencio. Era uno de esos días.

# TREINTA Y CUATRO

## MAYO 1945

El final de la guerra, cuando finalmente llegó, fue repentino y, aunque esperado, casi un anticlímax. La radio informaba de una inminente rendición alemana el 7 de mayo y ya habíamos recibido noticias de que Adolf Hitler había muerto; se decía que se había suicidado en su búnker de Berlín antes de que las tropas rusas pudieran llegar hasta él. Al parecer, sus amigos y funcionarios cercanos habían obedecido las órdenes hasta el final y le habían disparado y luego quemado los cuerpos de él y de su mujer, Eva Braun, hasta dejarlos irreconocibles.

Al quedarse sin su líder, le correspondió al Gran Almirante Donitz, que había sido presidente del Tercer Reich durante sólo una semana, rendirse ante los altos cargos aliados de Gran Bretaña, Estados Unidos, Rusia y Francia. Lo hizo en el cuartel general de Eisenhower en Reims, Francia, el día 7.

La Sra. McKenzie llamó el lunes por la noche e hizo un pequeño baile y una danza con mamá tan pronto como entró por la puerta principal. Mamá, cautelosa como siempre, le dijo que aún no se había hecho ningún anuncio oficial del fin de la guerra, así que tal vez habría que esperar y ver. Su amiga no se dejó intimidar; volvió a agarrar a mamá y la llevó a la cocina, donde Paula y yo estábamos sentadas comiendo los restos de la cena. Le dijo a mamá en términos inequívocos que no fuera una vieja pesada y que entendiera que todo había terminado, de una vez por todas. ¿Por qué, si no, el día siguiente era festivo, nadie iba a trabajar y no se abría la escuela?

Finalmente, entonces, sucedió. Mi madre sonrió de verdad, una sonrisa grande, cálida y expansiva como no habíamos visto desde justo antes de que empezara el bombardeo.

"Está bien", dijo. "Me rindo. Tienes razón".

"Por supuesto que tengo razón, todo ha terminado", respondió la señora McKenzie.

Mamá se apresuró a servirle un vaso de oporto de las siempre presentes reservas navideñas y se tomó uno muy pequeño. Luego fueron a la sala de estar para escuchar los últimos informes en la radio y Paula y yo terminamos nuestro té. Mamá debía de tener alguna idea de que todo había terminado realmente, ya que nos había proporcionado bollos helados para nuestros postres, algo que nunca solíamos tomar en las comidas principales. Entonces oímos risas y bromas en la habitación delantera y nos dimos cuenta de que mamá y nuestra vecina habían cambiado al programa Light de la BBC y estaban escuchando música de baile.

Paula se preguntaba si habría más bollos, pero yo le dije que no fuera codiciosa; que esperara a mañana, cuando empezarían las verdaderas celebraciones y recibiría regalos como no podría creer. Paula dijo que se conformaría con un gran bollo helado, una rodaja de limón y una enorme barra de chocolate con leche. Le sonreí, me levanté de la mesa y me dirigí al salón. Paula me siguió y las dos nos sentamos, sin que los adultos se dieran cuenta de que ya estaban bastante contentos.

"¿Sabes qué es lo que más me va a gustar ahora que ha terminado?" preguntó mamá.

"No, cariño, ¿qué? ¿Toda la carne asada y el cerdo que puedas comer?"

"No", respondió mamá en voz baja. "Sentarse y remojarse

tranquilamente en un baño completo de agua y no sólo en cinco miserables centímetros de agua".

La Sra. McKenzie se rio y estuvo de acuerdo en que eso sería un lujo. Y también lo sería poder comprar algunas bananas, que no se veían desde mil novecientos treinta y nueve. Ya no habría que arreglar y remendar, y sería un lujo poder comprar ropa nueva y con estilo que no estuviera estampada. Entonces, mientras la señora McKenzie seguía riendo y asintiendo, mi madre introdujo una nota sombría en sus reflexiones. No debemos olvidar los grandes sacrificios realizados, nos dijo, y las pérdidas de seres cercanos y queridos. "Mi hermano Bernie", dijo en voz baja. "Y Graham y todos los valientes pilotos". La Sra. McKenzie estuvo de acuerdo, pero instó a mamá a no insistir en los malos tiempos, sino a mirar hacia un futuro brillante y feliz. Era lo que todos merecíamos después de todo el sufrimiento.

"Y toda la pobre gente que murió en los bombardeos", continuó mamá con tristeza.

La Sra. McKenzie asintió, incapaz de animar el ambiente, y mamá continuó recordándonos a todos los cientos de miles de soldados, marineros y aviadores que habían muerto luchando por nosotros. Luego volvió a cambiar de rumbo y cogió el vaso de la señora McKenzie y fue a llenarlo, para celebrar la victoria en Europa, como ella decía.

"¿Puedo tomar una copa especial?" preguntó Paula en voz baja. "¿Para celebrar la victoria en Europa?"

Mamá me indicó con la cabeza que la siguiera y, mientras llenaba vasos con oporto, me hizo llenar dos vasos de limonada especial, hecha en casa, que había preparado para el final de la guerra. Sabía muy bien y Paula se terminó el suyo en un tiempo récord y pidió más. Y un bollo.

"No tientes tu suerte, señorita", le advirtió mamá.

"Oh, déjala" aconsejó la Sra. McKenzie. "Que lo celebre ella también".

Mamá frunció el ceño, pero de repente cedió y me envió a

llenar nuestros vasos y a traer más bollos de crema de la despensa. Así que Paula y yo nos sentamos a beber y a atiborrarnos de bollos mientras mamá y la señora McKenzie se emborrachaban tranquilamente y todos dormimos muy bien esa noche.

A la mañana siguiente ya era oficial, tanto si se había anunciado oficialmente como si no. Las campanas de la iglesia sonaron temprano y pronto se oyeron sonidos de alegría en la calle.

La señora McKenzie volvió a llamar al timbre antes de que hubiéramos terminado nuestro desayuno de trigo rallado. Nos entregó a cada uno una pequeña bandera de la Unión y nos dijo que todo el mundo había conseguido una y que la mayoría de la gente las estaba colocando en las ventanas de sus salones. Mamá volvió a reírse, un sonido muy bienvenido, y quiso pagar las banderas, pero nuestra vecina no quiso escuchar nada. Mamá quería poner una bandera en la ventana del salón y otra en un dormitorio del piso de arriba que diera a la calle, pero cuando le pidió a Paula su bandera no quiso desprenderse de ella y dijo que la llevaba a todas partes. Así que le di a mamá la mía.

Después de lavar y ordenar, nos fuimos a las tiendas. Mamá dijo que esa noche íbamos a cenar pollo, aunque tuviera que hacer cola durante horas y renunciar a todos sus cupones de carne por ello. Caminamos a paso ligero por la calle principal pasando entre gente que agitaba banderas y gritaba sobre la victoria en Europa. Un grupo de dos marineros de uniforme, una chica y un anciano se acercaban a nosotros, cogidos del brazo y cantando "Roll out the barrel". Un marinero, un joven apuesto, se separó del grupo y le pidió a mamá un beso. Ella lo apartó, sonriendo, pero él fue muy insistente y la agarró por los hombros y la besó en la boca. Mamá se soltó y se alejó mientras el marinero se reía y se reunía con su cuarteto.

Había más gente de la habitual en la puerta de las tiendas y las colas en la carnicería y la tienda de comestibles eran más largas que nunca. Mamá reiteró que estaba decidida a cenar un pollo aunque tuviera que hacer cola durante más de dos horas. Al mirar a nuestro alrededor nos dimos cuenta de que había una tercera tienda con cola, la de los dulces. Entonces me di cuenta de que en esa cola estaban casi todos los niños o las madres y los niños y me pregunté de qué se trataba hasta que salió un niño pequeño con un cucurucho con una gran sustancia blanca encima.

"Helado, tienen helado", gritó de repente un niño pequeño que estaba cerca de mí.

"Oh, helado", gritó Paula de repente. "Licioso, quiero un helado".

"Y tendrás uno", dijo mamá y me dio un chelín. "Será mejor que te pongas en la cola rápidamente antes de que aumente. Y yo me uniré a la mía".

No necesitábamos más ofertas y nos pusimos al final de un grupo ruidoso y agitado de jóvenes de todas las edades y uno que otro padre que acompañaba a un pequeño. La espera fue larga y frustrante, ya que la cola avanzaba con una lentitud penosa. No ayudó el hecho de que Paula no dejara de agitar su bandera y de cantar en voz baja "Roll out the barrel" y que sólo se supiera las dos primeras líneas, que repetía una y otra vez. En un momento dado, el chico que estaba delante de nosotros se giró y le dijo "cállate" con brusquedad, pero ella siguió cantando más fuerte.

"Está muy emocionada", le expliqué.

"Sí", dijo el chico. "Sí".

Tal vez cualquier otro día se habría vuelto violento o desagradablemente beligerante, pero ese día todo el mundo estaba jubiloso. Y la idea de tomar nuestros primeros helados en cinco años nos hizo emocionarnos y se nos hizo la boca agua. Sin embargo, la cola era terriblemente lenta y Paula seguía cantando, lo que me ponía de los nervios, por no hablar de los niños que teníamos delante. Miré al otro lado y vi que la cola de mamá iba aún más lenta, así que apreté los dientes y pensé en ese delicioso helado que recordaba de antes de que empezara la guerra.

Por fin llegamos al principio de la cola y tuvimos que decidirnos por el cucurucho o el barquillo. Los dos optamos por los barquillos, ya que tenían lo que parecía un bloque de helado más grande entre ellos. Pedí dos barquillos.

"Sólo uno por niño", respondió el fornido tendero con la cara roja.

"Uno para mí y otro para mi hermana", dije y Paula le sonrió.

Su sabor era maravilloso. Rico y cremoso, frío y dulce. Hacía mucho tiempo, cinco años en total, que no podíamos comprar nada. Nos deslizamos hasta la parada del autobús y nos sentamos junto a una anciana, que nos miró y nos dijo que nuestros helados tenían buena pinta. Luego dijo que tenía ganas de ir a hacer cola ella misma; hacía tanto tiempo que no probaba un helado. "Vale la pena esperar", dijo Paula entre bocado y bocado, pero la anciana sólo sonrió y no se movió.

Las dos nos tomamos nuestro tiempo para saborear ese manjar, pero ni siquiera yo pude hacer que el mío durara tanto como Paula, que lamía lentamente el suyo y apenas daba un bocado completo. Finalmente, la anciana cogió su autobús 107 y mamá apareció, por fin, con una bolsa de papel marrón que contenía carne de pollo y salchichas. "No hay más carne después de esto hasta la semana que viene", dijo con pesar.

Paula seguía lamiendo lenta y deliciosamente, así que mamá se sentó con nosotros en la parada del autobús y esperamos pacientemente. Paula se comió el último trozo de barquillo y se lamió los labios cubiertos de helado.

"¿Puedo comer otro, mamá?" preguntó poniendo su expresión de atracción.

"No, no puedes", le dijo mamá. "No seas tan golosa".

"De todos modos, no le servirían", le dije. "Hoy es uno por niño".

"Pero tengo que acumular todo el helado que le hace falta a mi barriga", se quejó Paula.

Cuando nos levantamos para irnos, vimos a un grupo de niños desconsolados mirando la tienda de golosinas que ahora tenía un cartel escrito a toda prisa en el escaparate que decía "Lo siento, los helados están agotados". Empezamos a caminar de vuelta a nuestra casa y había más gente que nunca en las calles, algunos agitando banderas, otros del brazo en pequeños grupos cantando. En una casa por la que pasamos, las ventanas estaban abiertas de par en par y el sonido de Land of Hope and Glory se escuchaba desde un gramófono. Otro grupo de personas con los brazos enlazados pasó junto a nosotros, incluyendo un soldado y un aviador en uniforme. Hicieron señales de V de Victoria y un soldado llamó a mamá para que le diera un beso. Ella aumentó rápidamente el ritmo de la marcha y pasamos rápidamente junto a ellos, con sus risas resonando tras nosotros. La euforia se extendía por todas partes, las banderas ondeaban, la gente cantaba; no se parecía en nada a lo que habíamos conocido.

En nuestra calle, la señora McKenzie y un vecino de su izquierda habían puesto una mesa en la acera y ofrecían cerveza en jarras y vasos a los transeúntes. Un grupo de personas estaba de pie bebiendo, charlando y riendo, y había varios niños bebiendo limonada. Nuestro vecino llenó un vaso apresuradamente y se lo puso a mamá en la mano y luego empezó a servirnos limonada a Paula y a mí. Mamá había empezado a protestar, pero la instaron a sonreír y a beber, era el día de la victoria.

"Todo el mundo se ha vuelto loco", dijo mamá, frunciendo el ceño.

"Sí", dijo la señora McKenzie entregándonos la limonada. "Hoy, todo vale".

Mamá se quejó con la señora McKenzie de que dos veces había sido abordada por desconocidos que le pedían besos y uno había sido demasiado rápido para ella y recibió uno. La señora McKenzie se echó a reír.

"Ninguna mujer bonita está a salvo hoy, querida", le aconsejó.

Mamá se limitó a negar con la cabeza y se bebió rápidamente la cerveza de su jarra. Luego nos instó a que nos diéramos prisa, ya que obviamente quería escaparse a nuestra casa. Le dio las gracias a la Sra. McKenzie, pero dijo que ahora debía preparar la merienda para los niños.

"No te olvides de la emisión en la radio a las tres de la tarde", dijo la señora McKenzie mientras nos acercábamos a la puerta de casa.

"No temas", respondió mamá, metiendo la llave en la cerradura a toda prisa. "Estaremos pendientes del programa".

Mientras mi madre iba a prepararnos alubias con tostadas, con la estricta advertencia de que no comiéramos mucho, ya que esa noche iba a preparar una comida muy especial, yo fui al salón y encendí la radio. Pronto nos dimos cuenta de que ya había grandes multitudes convergiendo en Trafalgar Square y que un pequeño número de personas estaba fuera del Palacio de Buckingham esperando ver a los Reyes. Las banderas y los banderines ondeaban por todas partes, la gente cantaba y los bares hacían furor.

Cuando nos sentamos a comer en la mesa de la cocina, se nos racionó una gran rebanada de pan tostado y frijoles horneados y una galleta para seguir. Mamá mordisqueaba lentamente un sándwich de queso. Paula dijo que se moriría de hambre si no podía comer media rebanada más y algunas alubias extra, pero mamá se limitó a lanzarle una mirada fulminante y luego me guiñó un ojo.

"¿Podríamos ir al West End esta tarde? Para ver las celebraciones".

"No, desde luego que no podemos", respondió mamá. "Ya estoy harta de que la gente celebre el desfile de ida y vuelta, muchas gracias".

"Quiero ir", dijo Paula, sacando el labio inferior. "Quiero ver al Sr. Churchill haciendo su señal de victoria".

"Ya he dicho que no", dijo mamá, levantando la voz. "Si sigues así, Paula, recibirás una paliza de victoria en el trasero".

Paula se sentó enfurruñada durante un rato y se terminó su galleta y luego me siguió al jardín. Podíamos oír ruidos de alegría y actividad desde la calle, así que fuimos allí a través de la puerta del jardín trasero. Al otro lado de la calle, dos vecinos se afanaban en extender banderas de colores a lo largo de una línea que iba de una casa a otra. A las tres menos cinco, mamá nos llamó a la sala de estar y encendió el aparato de radio.

Los tres estábamos sentados, expectantes, escuchando los sonidos del Big Ben y luego, tras un breve silencio, oímos la voz familiar de Winston Churchill, el Primer Ministro que durante los cinco años de la guerra nos había inspirado y animado a todos a creer que sólo era posible la victoria de los Aliados. Comenzó de forma controlada pero dramática, diciendo que ayer por la mañana, a las 2:45, en el Cuartel General de Eisenhower, los jefes del Estado alemán firmaron las actas de rendición incondicional a las Fuerzas Expedicionarias Aliadas y, simultáneamente, al Alto Mando ruso. "Hoy es el Día de la Victoria en Europa", declaró con brusquedad. "Y mañana es el Día de la Victoria en Europa".

Una vez que todo fue oficial y anunciado por el hombre mismo, todos pudimos respirar libremente de nuevo y no tener ninguna duda persistente después de escuchar tantos rumores e informes de boca en boca de amigos y vecinos. Mientras Churchill hablaba, observé la cara de mamá y me pareció que cambiaba visiblemente de expresión cuando las palabras salían del aparato de radio. Mientras que antes tenía un rostro severo y un aspecto cansado, ahora parecía fresca y brillante, con los ojos claros y sintiéndose feliz de nuevo. Esta era la vieja madre que yo recordaba de antes de la guerra en Highbury.

Churchill decía que no debíamos olvidar las dificultades y los esfuerzos que nos esperan. Japón, con toda su traición y crueldad sigue sin ser sometido. Nos dijo que Japón debe ser sometido y que nos vengaremos. Ahora debemos dedicar todos nuestros recursos a completar la tarea, tanto en casa como en el extranjero. "Adelante Britania", concluyó. "Larga vida a la causa de la libertad. Que Dios salve al Rey". A su discurso le siguió la interpretación del himno nacional.

Mamá sonreía ampliamente. Era una imagen que no me cansaba de ver después de los terribles últimos cinco años. Me miró y sugirió que saliéramos a ver lo que pasaba en la calle. Paula sonrió y ambas la seguimos. La Sra. McKenzie todavía tenía su mesa fuera, pero sólo había un hombre de pie bebiendo cerveza. Entonces las puertas comenzaron a abrirse y cinco personas salieron seguidas por la señora McKenzie y ella comenzó a repartir jarras de cerveza. Entonces aparecieron los niños como de la nada y llegó el momento de repartir limonada. Inmediatamente todo el mundo empezó a hablar del discurso de Churchill y de lo maravilloso que había sido su líder durante los años de la guerra.

"Y ahora se acabó", dijo la señora Phipps desde el otro lado de la calle. "Gracias a Dios. Ahora podemos volver a la normalidad".

"Espero que sí", respondió mamá con cara de duda. "Pero primero tendremos que reconstruir prácticamente Londres y las grandes ciudades".

"Bueno, no pensemos en eso hoy, querida", dijo la señora McKenzie, sonriendo con determinación. "Todo se hará, pero hoy es un día de celebración y de agradecimiento".

"Oigan, oigan", gritaron los demás adultos y mamá sonrió, se dio cuenta de que corría el riesgo de ser tachada de agorera y bebió un trago de cerveza después de chocar su jarra con la de la señora Phipps. En ese momento llegaron un hombre y una mujer de la parte superior de la calle y nos dijeron que acababan de regresar del West End, donde había miles de personas congregadas. Estaban llenando las calles alrededor de las casas del Parlamento esperando otro discurso más largo de Churchill y antes habían visto a la gente trepando a la estatua de Eros en Piccadilly Circus y a mucha gente borracha saliendo de los bares.

"¿Alguien quiere subir al autobús esta noche?" preguntó un joven, del brazo de su novia.

"No, gracias", dijo la Sra. McKenzie, "eso es para los jóvenes. Yo me quedo aquí".

"Y nosotros también", añadió mamá. "Tengo que cocinar un gran pollo con salchichas y tocino y todas nuestras celebraciones serán en la mesa del comedor".

"Y la tarta de melaza a continuación", añadí.

"¿Tienes sitio para uno más?" preguntó la señora McKenzie sonriendo.

Mamá sonrió y luego se quedó pensativa. Cuando la señora McKenzie se apartó de los demás para recoger un papel que se le había caído, se acercó a ella. De hecho, le dijo, sí teníamos espacio para una más y era ella. La Sra. McKenzie protestó, no, no, había estado bromeando, no se le ocurriría entrometerse.

"Tonterías", dijo mamá. "Has sido una vecina maravillosa, ayudando con los niños en numerosas ocasiones. Nos encantaría que te unieras a nosotros, ¿verdad?"

"Sí", dije inmediatamente.

"Tenemos muchas cosas", le dijo mamá. "Un gran pollo y todos los adornos. Tienes que venir, a las siete en punto. No aceptaré un no por respuesta".

"¿Qué queda por decir después de eso?" preguntó la Sra. McKenzie.

"Adelante Britania", gritó Paula con toda su voz.

Todos se detuvieron en seco y miraron a Paula. Luego se echaron a reír.

# TREINTA Y CINCO

## JUNIO 1945

CON LA GUERRA TERMINADA Y LA SEGURIDAD EN LAS CALLES asegurada, mi madre tenía una última pero muy grande preocupación, el regreso a casa sano y salvo de mi padre. Ciertamente, se había preocupado e inquietado desde que él terminó su permiso de embarque y lo peor de todo era saber que estaba fuera, en la zona de peligro y no saber nada.

Al final llegó una carta y era una carta gruesa con varias páginas de papel. La interrogué detenidamente sobre el contenido, pero al principio sólo me dio los detalles básicos, aunque me aseguró que estaba a salvo y bien. Estaba en Alemania, adscrito a un batallón que tenía varias tareas que realizar antes de poder regresar a Gran Bretaña. También me contó que, cuando llegaron a Berlín, papá la describió como una inmensa ciudad rota, llena de escombros y destrucción; un páramo de edificios en ruinas hasta donde alcanzaba la vista.

Paula recibió aún menos información que yo, siendo tan joven como era entonces, pero más tarde, cuando pasó el tiempo y empezamos a acercarnos a algo parecido a la normalidad, mamá me dijo que él había sido asignado a un regimiento de tanques y enviado a lo que al principio pensaron que era un campo de prisioneros de guerra. Sin embargo, Belsen resultó ser un horrible campo de concentración en el que miles de personas estaban muertas o agonizando a la llegada del ejército.

Papá había descrito cómo él y otros soldados habían tratado de dar comida a la gente hambrienta, pero estaban tan terriblemente demacrados que no podían digerirla y algunos de ellos murieron. A mi padre le disgustaba no haber podido ayudar o salvar a algunas personas, y el recuerdo le acompañó el resto de su vida.

Todo lo que supe sobre las actividades de mi padre en Francia y Alemania hacia el final de la guerra provino de esa carta y, más tarde, de las llamadas telefónicas a mi madre y ella, finalmente, nos lo transmitió. Nunca, nunca, habló de ello y pronto dejamos de intentar que participara en ese tipo de conversaciones. Al parecer, más tarde se supo que ni siquiera hablaba con su madre sobre el campo de concentración, pero que se las había arreglado para ponerlo por escrito, una vez y por fin, en lo que a él respecta.

Entonces, un día, se las arregló para hacer una llamada telefónica. Mamá preguntó: "Harry, ¿eres tú?" mientras respondía a la llamada, y Paula y yo nos apresuramos a salir al vestíbulo y nos pusimos a su lado para intentar escuchar la conversación. Pude escuchar a papá diciéndole a mamá que estaban pasando todo tipo de cosas con la ciudad de Berlín dividida en varias zonas, o al menos eso había escuchado: americana, británica, francesa y rusa. No podía decir cuándo lo enviarían de vuelta a casa, pero esperaba desesperadamente que no pasara mucho tiempo.

"Todos te echamos de menos", dijo mamá. "Te necesitamos aquí".

"Bueno, no puede ser demasiado pronto para mí, te lo aseguro", le oí decir, alzando la voz.

Entonces mi madre bajó la voz a un susurro y nos hizo un gesto a Paula y a mí para que nos alejáramos mientras iniciaba una conversación más íntima con él. Entramos en la cocina.

"Vendrá pronto a casa, ¿no?" preguntó Paula, con el conocido labio que empezaba a sobresalir.

"Oh, sí", dije, con más confianza de la que sentía. "La guerra ha terminado, así que no hay necesidad de mantenerlo en Alemania".

"Es un héroe, ¿verdad, nuestro padre?"

"Sin duda lo es", acepté de buena gana.

"Estoy muy contenta de que no le hayan volado la estúpida cabeza", añadió Paula con un aspecto muy serio e intencionado.

Le sonreí. "Sí, todos nos alegramos de ello".

"Supongo que habrá matado a cientos de alemanes antes de que terminara la guerra", dijo Paula, pensativa.

"Cientos", coincidí, pensando que era más fácil seguirle la corriente que discutir los detalles de sus especulaciones.

"Pero, ¿tendrá que ir a luchar contra los japoneses ahora?"

"No, no", dije rápidamente. "¿De dónde sacas esas ideas, Paula?"

"Lo dijo el Sr. Churchill", respondió ella. "Dijo que debíamos terminar el trabajo"

Intenté explicarle que los japoneses estaban en otro escenario de guerra, a muchos kilómetros de distancia, y que eran principalmente las tropas estadounidenses las que luchaban contra ellos. Me acerqué a la puerta y vi que mamá nos hacía señales con la mano, así que ambos corrimos hacia el teléfono del vestíbulo. Papá habló primero con Paula y le oí decir que era una chica muy buena y que nunca, nunca había sido mala. Mamá sonrió y se fue a la cocina.

Cuando llegó mi turno, él charló alegremente durante un rato, no dio muchas pistas cuando le pregunté qué había pasado y finalmente me preguntó cómo estaba mamá.

"Ella está bien ahora, papá", le dije. "Desde que pararon las bombas".

"Sí, esperaba que fuera así", dijo.

Le dije que ella había estado muy preocupada por su seguridad, pero papá se rio y me dijo que era duro como unas botas viejas y que no se podía deshacer de él fácilmente.

"Siempre vuelvo", me dijo. "Como una mala hierba".

"Bueno, vuelve aquí pronto, papá", le dije. "Por favor".

---

Un caluroso sábado por la mañana, mamá estaba preparando bollos caseros en la cocina y Paula y yo estábamos jugando en el jardín. El sol brillaba, el cielo era azul y todo estaba en silencio; era sorprendente cómo llegué a pensar en las sirenas de los ataques aéreos y en las bombas que caían y en las armas que se disparaban; también se extrañan los sonidos desagradables si se está muy acostumbrado a ellos. Paula estaba sentada en medio del césped haciendo cadenas de margaritas con Charlie olfateando los macizos de flores y acercándose de vez en cuando para irritar a Paula y hacer que ella le gritara: "vete, perro".

Habíamos abierto las ventanas francesas y mamá había sugerido poner una mesita y algunas sillas de la cocina, ya que hacía un buen día, y me había ayudado a sacar la mesa. Me dio una limonada casera, así que me senté al sol y bebí el líquido en mi vaso. Con las ventanas francesas abiertas de par en par, fui el primero en oír sonar el teléfono y corrí a contestarlo. Era el tío Edgar, que quería hablar con mamá, así que fui a buscarla.

"¿Edgar?" dijo ella, frunciendo el ceño. "¿Qué querrá?" dijo, frunciendo el ceño.

La oí hablar y preguntarle a Edgar si quería quedarse a comer si iba a venir, pero él debió decir que no, porque ella le dijo que no había problema, que en todo caso tendría preparada una tetera. Cuando colgó el auricular, le pregunté qué quería.

"Tiene muchas ganas de hablar conmigo", dijo, con cara de desconcierto.

"¿Sobre qué?"

"¿Cómo voy a saber Bobby? Lo único que sé es que lo han desmovilizado muy pronto y lo han llamado a filas muy tarde. Está bien para algunas personas".

Sabía a qué se refería. El pobre papá seguía en Alemania y aún no sabíamos cuándo volvería a casa. Paula se acercó desde el césped y se unió a nosotros en la mesa del patio. Cuando le dijeron que su tío iba a llegar pronto, preguntó si iba a traer chocolate para ella y para mí.

"¿Sólo piensas en chocolate, Paula?" preguntó mamá irritada.

"No, a menudo pienso también en pasteles de nata y bollos helados", dijo Paula de forma muy adulta. Mamá la miró con dureza y ella se sentó a la mesa con nosotros y empezó a chuparse el dedo. Luego se cansó de ese ejercicio y dio un sorbo a su vaso de limonada. La llamada a la puerta se produjo unos treinta minutos después, lo que sorprendió a mi madre, que comentó que debía de haber llamado desde algún lugar muy cercano para llegar tan pronto.

Abrí la puerta principal y mamá se adelantó para recibirlo. Él llevaba un traje marrón a cuadros que parecía sentarle mal a su ya pesada complexión. Con su pelo oscuro y su nariz ligeramente aguileña, me recordaba a un chivato que había visto vendiendo medias en la feria una mañana. Mamá saludó a Edgar con una sonrisa, pero él se limitó a asentir con la cabeza y la siguió hasta donde estábamos todos reunidos, en el patio. Le ofreció un té y, cuando él dijo que estaría bien, ella fue a prepararlo y el tío se acomodó.

Hubo un silencio y luego, mientras me preguntaba por qué el habitualmente parlanchín tío Edgar hablaba poco o nada, Paula le preguntó si había matado a muchos alemanes. Cuando dijo que no lo había hecho y que había estado ocupado cuidando a un general, Paula le preguntó si había matado a muchos. Afortunadamente, mamá volvió con el té y él no tuvo que responder, ya que comenzó la ronda de lo que había que poner en el té y las preguntas sobre quién quería una galleta.

"Entonces, ¿de qué se trata, Edgar?" preguntó mamá, yendo directamente al grano.

Él pareció muy incómodo durante unos instantes antes de responder. "Bueno, Sandra, nosotros, es decir, Edith y yo, estamos ansiosos por volver a casa ahora que la guerra ha terminado".

Mamá frunció el ceño. "Sí, entiendo a Edgar y tan pronto como Harry esté en casa y demos aviso a los inquilinos de nuestra casa, nos mudaremos".

"La cuestión es que Edith está muy interesada en volver a casa rápidamente. Le gustaría mudarse a finales de la semana que viene".

La cara de mamá se puso roja. Miró a Paula, que en ese momento se alejaba en dirección a los árboles frutales. "Me temo que eso no será posible", dijo.

"Bueno, muy poco después", dijo Edgar, pareciendo ganar fuerzas para seguir con su causa, pero mi madre lo fulminó con la mirada hasta que bajó la vista a la mesa.

"No, Edgar, no. Harry aún no está en casa y, en cualquier caso, cuando lo esté estamos obligados a avisar a nuestros inquilinos con un mes de antelación".

Hubo entonces un silencio cargado mientras Edgar miraba a mamá y luego volvía a bajar la mirada. Mi madre continuó mirándolo, con los ojos brillantes, y luego pasó a recordarle que él la había convencido para que se mudara aquí y que, si no recordaba mal, le había dicho que no habría prisa por volver cuando terminara la guerra.

"Tómate el tiempo que quieras", dijo. "Meses si es necesario, creo que fueron tus palabras".

"Bueno, lo dije en ese momento", contestó Edgar torpemente. "Mira, no quiero pelearme contigo, Sandra, ni con Harry, pero, bueno, es Edith, y está haciendo un gran alboroto para volver de inmediato".

"¿De verdad?"

Primero hubo un silencio incómodo y luego mamá comenzó sus recriminaciones hacia Edgar, señalando que no todo se reducía a lo que Edith quería; había otras personas implicadas y había que tenerlas en cuenta. Edith no podía pasar por encima de todo el mundo y conseguir lo que quería, inmediatamente lo quería y Edgar haría bien en entenderlo. Él respondió diciendo que era su casa, la suya y la de Edith, y mamá estuvo de acuerdo, señalando que volvería a ella dentro de poco, pero que tendría que ser mucho más paciente de lo que estaba siendo en ese momento. Entonces Edgar dijo que creía que sería mejor que se fuera ahora y mamá le contestó que probablemente debería hacerlo.

Tras otro incómodo silencio, Edgar indicó que le gustaría ir al garaje a cargar la batería de su coche.

"Por supuesto, Edgar", respondió mamá con frialdad. "Es tu casa, no se me ocurriría intentar impedírtelo".

"¿Y si Bobby pudiera ayudarme?" preguntó tímidamente.

"De acuerdo, tío Edgar", dije en voz baja.

Salimos al garaje y me mostró su dispositivo de carga portátil y fijó los cables a los terminales de la batería de su coche. Me dijo que probablemente necesitaría todo el día de hoy y toda la noche después de todo el tiempo que el coche había estado parado y después de quitar los cables de carga.

"¿Podrías quitarlos en ese momento, Bobby?" me preguntó. "Y luego pulsar el botón de arranque. Si no arranca inmediatamente, deja los cables para otro día".

Asentí y accedí a hacerlo y me mostró cómo girar la llave y pulsar el botón de arranque del coche y asegurarse de que el coche no estaba en marcha. Me mostró que ahora estaba en punto muerto y que debía permanecer así.

"Gracias Bobby, es una gran ayuda".

"Está bien", dije torpemente. "Encantado de ayudar".

Se quedó sonriendo, con cara de malestar, y luego dijo: "Creo que ahora me iré. ¿Me podrías despedir de tu madre?"

Le dije que lo haría y le vi salir por la puerta del garaje y caminar hacia la puerta principal y salir a la calle.

# TREINTA Y SEIS

## JULIO 1945

JULIO FUE UN MES DE FEBRIL ACTIVIDAD PARA EL PAÍS Y PARA nosotros, en una escala mucho menor, como familia. El día 5 del mes se convocaron elecciones generales. Nos bombardearon con información en los periódicos y con maravillosas promesas en los folletos que nos llegaban al buzón día tras día. Winston Churchill y su partido conservador ofrecieron construir un montón de casas nuevas, introducir tribunales de alquiler y conceder el estatus de Dominio a la India. También prometieron un "servicio de salud integral", pero sin ningún detalle.

El partido laborista, bajo la dirección del Sr. Atlee, nos ofreció pleno empleo en todo el país, un servicio de bienestar de la cuna a la tumba y un Servicio Nacional de Salud completo, financiado con impuestos, que proporcionaría atención médica y citas con el médico a todo el mundo.

La Sra. McKenzie, emocionada por la inminente llegada de su joven hijo teniente de la Marina Real, pero aun esperando noticias de la llegada de su marido, que se encontraba en un hospital naval de Portsmouth, entró a hablar con mamá sobre las próximas elecciones. Todo el mundo hablaba de ellas, le dijo a mamá, en las tiendas, en la calle e incluso en la oficina de correos. Se preguntaba si mamá iba a votar.

"No lo sé", dijo mamá. "Es una conclusión un poco predecible, ¿no?"

"¿Tú crees?"

"Bueno, no puedo ver a mucha gente que no quiera mantener al Sr. Churchill como Primer Ministro, ¿o sí?"

"No, supongo que no", respondió la Sra. McKenzie. "Pero el Sr. Atlee es muy respetado".

Nuestra vecina continuó diciendo que había recogido muchos más folletos del partido laborista que de cualquier otro y eso le hacía dudar. Mamá le dijo que no creía que Atlee tuviera una mínima esperanza y que seguramente nadie podría olvidar lo maravilloso que había sido Churchill como líder de guerra. La Sra. McKenzie dijo que se daba cuenta de qué iba a votar mamá y lo dejó así.

Dos días antes de que todo el mundo acudiera a las urnas, el tío Edgar llamó para recoger su coche. Lo había comprobado por él, tal y como había pedido, y el motor había arrancado a la primera. Mamá le invitó a pasar y le ofreció una taza de té de forma superficial pero no especialmente amistosa, pero él la rechazó, dándole las gracias y diciendo que tenía un largo viaje hasta Norfolk.

"¿Has pensado en volver a Highbury?" le preguntó amablemente, aunque algo nervioso.

"No hay ningún cambio, Edgar", le dijo mamá de forma tajante. "He escrito a Harry y dice que no podemos mudarnos hasta que esté en casa y hayamos avisado a nuestros inquilinos".

"¿Y cuándo será eso?"

"Harry debería estar en casa dentro de una semana", respondió ella.

"Bueno, tienes que ponerte en marcha, Sandra", dijo agitado. "Avisa ahora. No soy yo, pero Edith está amenazando con ir a nuestro abogado".

"Oh, por el amor de Dios", gritó mamá con rabia. "Deberías controlar a esa descarriada esposa tuya. Comportarse así cuando se trata de tu propio hermano. Deberías estar avergonzado".

"Esto no nos lleva a ninguna parte", dijo él y mamá le dio la razón de corazón. "Edith dice que está decidida a volver a casa el próximo fin de semana".

"Dile que se vaya y se tire al lago", dijo madre con fiereza. Nunca la había visto tan enfadada. "No tiene ni la más mínima esperanza".

Edgar sacudió la cabeza con rabia y anunció que ya se iba; era inútil hablar. Volvió a darme las gracias por ayudarle a cargar la batería, salió, arrancó el coche y se marchó dejando las dos puertas del garaje abiertas de par en par. Mi madre estaba tan acalorada y molesta por esta última visita que tardó un tiempo considerable en calmarse. Se dirigió a la cocina, buscó una botella de la reserva de Navidad y se sirvió un gran vaso de whisky. Luego la vi ir al comedor y coger un cigarrillo de la caja que había sobre la mesa; lo mantuvo delante de ella durante unos instantes con expresión decidida y luego lo devolvió rápidamente y volvió a la cocina.

Me acerqué a ella en la mesa. "¿Estás bien, mamá?"

"No, no lo estoy Bobby", dijo con astringencia. "Ese tío tuyo es demasiado. Sabes que antes de hoy podría haber considerado avisar a nuestros inquilinos antes de que tu padre llegara a casa, pero ya no".

"No creo que el problema sea el tío", dije con cautela. "Creo que es la tía Edith".

"No, tienes razón, Bobby", me dijo, asintiendo con la cabeza. "Bueno, ella puede simplemente aguantar. No volverá a entrar en esta casa hasta que yo esté bien preparada".

Mi madre no estuvo de mucho mejor humor durante los dos días siguientes, pero se animó el día de la votación. La señora McKenzie llamó a la puerta principal a las diez y cuarto y le dijo a mamá que iba a votar junto con la señora Rogers, del número nueve. Preguntó si mamá quería acompañarlas.

"Oh, no lo sé", dijo mamá. "Hoy tengo a los niños fuera de la escuela. Creo que no iré".

Pensó que sería un largo paseo y que tendría que llevarnos a

Paula y a mí, así que decidió no ir. Preparó un almuerzo muy sabroso con restos de carne enlatada, spam y varias verduras y preparó una salsa especial a base de cebolla y Bisto. Paula se comió tres raciones y apenas tuvo espacio para su tarta de mermelada.

Por la tarde me senté con Paula en el salón escuchando a Vera Lynn cantar sobre los pájaros azules de Dover por lo que parecía la décima milésima vez y nuestra madre se afanaba en quitar el polvo y usar la aspiradora. Cuando llamaron a la puerta principal, salí para ver cómo mamá abría a dos jóvenes elegantemente vestidos con trajes grises a rayas.

"¿Sra. Cooper?" dijo uno de ellos, amablemente.

"¿Sí?"

"¿Ha ido ya a votar a las urnas?"

"No", les dijo mamá con el ceño ligeramente fruncido.

"Nos gustaría llevarla al colegio electoral", dijo el segundo hombre. "Y de vuelta a casa, por supuesto".

Mi madre negó con la cabeza. Hoy tenía a los niños en casa, pero el primer hombre se apresuró a decir que ellos también podían venir, que tenían un coche bastante grande. Finalmente, aceptó y todos salimos a ver una Riley enorme, negra y brillante, aparcada en el bordillo. Había mucho espacio para los tres en el asiento trasero y los dos hombres nos explicaron quiénes eran una vez que nos tuvieron en su vehículo. "Somos parte del equipo que apoya a Stephen Taylor, el candidato laborista", dijo el número dos.

"Bueno, yo suelo votar por el Partido Liberal", le dijo mamá.

"Está bien", le dijo el hombre número uno. "No podemos decirte como votar, es tu elección".

"Pero nos encantaría tener tu voto", añadió su compañero. "Sabes, por supuesto, que el partido laborista va a poner en marcha un servicio de salud completo, con atención médica y visitas a los médicos gratuitas en el punto de necesidad para todas las personas en este país".

"¿De verdad? preguntó mamá, sonriendo. Pero, ¿se pagará con fuertes impuestos?"

"No, señora, sólo una pequeña contribución de los salarios de todos".

Fue Paula, como era de esperar, quien interrumpió la conversación sobre las elecciones. Quería saber si había muchos postes en el colegio electoral. Eso aligeró los ánimos de inmediato y continuamos el viaje, pasando por la estación de tren y aparcando frente al edificio donde se emitían los votos. Nos dijeron que podíamos quedarnos en el coche o entrar con mamá, pero optamos por acompañarla y nos quedamos mirando la sala mientras ella emitía su voto.

"No hay ningún poste aquí", se quejó Paula, con el labio levantado.

"No, todos han vuelto a Polonia", le dije, sonriendo. "Ahora que la guerra ha terminado".

"No me refería a los polacos", se quejó.

En el viaje de vuelta, todos estábamos bastante callados. Cuando llegamos a la puerta de casa, mamá dio las gracias a los dos hombres por el viaje y uno de ellos dijo que estaba encantado de poder ayudar.

"Y yo voté por su Sr. Taylor", dijo mamá, guiñándome un ojo. Los hombres sonrieron, contentos ahora, y uno de ellos salió y abrió la puerta del coche para mamá y para nosotros.

Cuando volvimos a la casa, mamá puso la tetera y preparó té y puso limonada, tarta y galletas para deleite de Paula. Salimos a sentarnos frente a la ventana francesa, ya que era un día agradable y caluroso, y mientras bebíamos nuestras diversas bebidas, no dejaba de mirar la cara de mi madre.

"¿Por qué me miras así, Bobby?"

"Has votado por los laboristas sólo porque te han llevado en su coche de lujo", dije, un poco acusadoramente.

Mamá dio un sorbo de té y sus ojos no se apartaron de mi cara. "Bueno, sentí que debía hacerlo. Pero no, no del todo. Me gustaban sus planes para un nuevo servicio de salud gratuito".

Levanté la ceja y en algún lugar, en lo alto, un pájaro emitió un chillido en el claro cielo azul, como si le estuviera dando un argumento.

## TREINTA Y SIETE

### AGOSTO 1945

Fue una victoria aplastante para el Sr. Atlee y su partido laborista, la mayor de la historia política británica. El partido laborista terminó con 395 escaños en la Cámara de los Comunes y tuvimos un nuevo gobierno y un nuevo Primer Ministro. En todo el país, los diputados conservadores perdieron sus escaños, aunque en Barnet el Sr. Taylor sólo tenía una escasa mayoría de 682. Sin embargo, había sido un bastión de Tory en la zona, así que supongo que no le molestó demasiado.

La votación fue el 12 de julio, pero los resultados no se declararon hasta el 26. Los retrasos se debieron a la recogida de votos de los muchos militares que seguían en el extranjero, incluido mi padre, aunque en realidad ya estaba de vuelta en casa con nosotros cuando conocimos los resultados.

Nadie sabía por qué había sucedido esto. El Sr. Churchill era ciertamente el líder más popular que habíamos tenido, aunque un discurso transmitido en el que declaró que el partido laborista necesitaría un enfoque de la Gestapo para hacer funcionar todas sus políticas probablemente no ayudó a su caso. Se dijo que mucha gente pensaba que aunque los laboristas ganaran Churchill seguiría siendo Primer Ministro, pero no tengo ni idea de dónde sacaron esa idea. Tal vez fue una confusión por el hecho de que el gobierno de coalición durante la guerra había contado con el Sr. Churchill como primer ministro y el Sr. Atlee como suplente. ¿Quién sabe? El Sr. Atlee formó un nuevo gobierno con la aprobación y sanción del Rey.

Mi padre estaba de humor conciliador en su primer fin de semana en casa. Como señaló, era estupendo estar de vuelta en casa, pero, de nuevo, no era nuestra casa realmente, ¿verdad? Teníamos que empezar a pensar en volver a nuestra propia casa en Highbury y, en lo que a él respecta, cuanto antes mejor.

"Estoy de acuerdo, Harry", le dijo mamá, "pero me niego a precipitarme, teniendo en cuenta cómo se han comportado tu hermano y esa zorra de su mujer".

Ella tenía mucha razón, concedió él, y tal vez habría que darles una lección.

"Zorra, ¿qué es una zorra?" preguntó Paula. "¿La tía Edith es una?"

"Una zorra es un zorro hembra", le dije, sonriendo. "Pero también se utiliza para describir a una mujer mala".

"Sube a jugar a tu habitación", le dijo mamá a Paula. "No deberías estar aquí escuchando conversaciones de adultos todo el tiempo".

"Quizá deberíamos tener más cuidado con lo que decimos delante de ella", añadió papá.

Mamá le dirigió una mirada fulminante y le indicó a Paula que se fuera.

Paula salió de la habitación murmurando lentamente que creía que una de sus muñecas podía ser descrita como un poco zorra. Papá se reía pero mamá le lanzó otra de sus miradas. Las visitas llegaron una hora más tarde, apareciendo en el umbral de la puerta de forma totalmente inesperada y sin previo aviso. Abrí la puerta y mamá avanzó hacia el frente y estuvo a punto de soltar un improperio, estaba tan sorprendida; oí un pequeño sonido en su garganta pero logró controlar cualquier otra expresión.

"Edgar, Edith; ciertamente no esperábamos una visita".

"Queríamos hablar con ustedes urgentemente", dijo Edith con frialdad, "y tratar de asegurarnos de que no nos hicieran esperar".

Mamá respondió que era mejor que entraran y se puso a un lado. Edgar entró con su traje marrón a rayas y con aspecto incómodo. Sería más exacto decir de Edith que entró marchando. Sin duda, sus movimientos tenían un aire de decisión y determinación. Era una mujer pequeña y enérgica, con el pelo oscuro y rizado y unos ojos marrones bastante sombríos y penetrantes. Vi a Paula de pie en el pasillo y me preocupó por un momento que pudiera preguntarle a Edith si era la mujer zorra y evidentemente mi madre pensó lo mismo, ya que me pidió que llevara a mi hermana arriba y que se quedara allí.

Paula se quejó, pero la llevé arriba y le expliqué que era probable que los mayores tuvieran algunas palabras duras y que sería mejor que se quedara en su habitación.

"Recuerdo a la tía Edith de hace mucho tiempo", dijo Paula. "No me parece una zorra".

"Tiene una lengua afilada, Paula".

"Sí", contestó pensativa. "Parece pequeña e inofensiva".

"Quizá", dije, y conseguí convencer a mi hermana pequeña de que se entretuviera y no bajara hasta que la llamaran. Bajé yo mismo y la primera voz que oí antes de llegar al comedor, donde les habían hecho entrar, fue la de Edith diciendo que no quería pelearse pero que, en realidad, esto ya había durado demasiado. No lo toleraría más.

"Lo único que quiero es volver a mi casa, por el amor de Dios".

"Y lo harás", respondió mamá. "Lo único que decimos es que debes tener paciencia. Nuestros inquilinos tienen un mes de plazo para irse y cuando lo hagan, nos iremos a casa".

"Los quiero a todos fuera en cuatro días a partir de ahora", respondió Edith con estridencia. "He pedido a mi abogado que se asegure de que se vayan para entonces o los echarán".

"No seas tonta, Edith", dijo mamá con calma. "No tienes ningún contrato firmado. Aceptamos venir aquí como un favor para ti y cuidar el lugar."

"Y también habéis hecho un buen lío en la casa".

"Tranquila, querida", dijo Edgar, sorprendido si su voz era un buen indicador.

Papá dijo entonces que seguramente era hora de que todos se calmaran y pensaran y hablaran racionalmente. Decidí entrar en la habitación en ese momento, pero al entrar Edith me miró y me dijo que no hacía falta que entrara, que era una discusión de adultos. Mamá se puso muy roja y le dijo que yo podía ir y venir a cualquier parte de la casa mientras ella fuera la dueña en ella. Papá parecía un poco incómodo, pero mamá me indicó un asiento, así que me senté. Fue el turno de Edith de sonrojarse de vergüenza. Entonces se enfadó mucho y nos dijo que se las arreglaría para llegar aquí dentro de cuatro días y que si sabíamos lo que nos convenía nos iríamos a un hotel o asumiríamos las consecuencias en los tribunales.

"Cómo te atreves a amenazarme, mujer arrogante", dijo mamá. "No iremos a ninguna parte hasta que nuestros inquilinos se muden dentro de cinco semanas".

"Tranquila", dijo Edgar de nuevo, fuera de sí.

"Se irán", gritó Edith, "Se irán, yo me encargaré".

"Decídete, no nos moveremos hasta la hora que Sandra indique", dijo papá. "Decídete a ello Edith. Tú también Edgar. Y legalmente no tienes nada que hacer".

Edith le miró fijamente y le tembló el labio. Hubo un silencio momentáneo y luego ocurrió lo inesperado. Edith dijo: "Nunca quise esto" y de repente se echó a llorar.

Mi madre cambió casi inmediatamente de oponente antagónico a cuñada compasiva. "Te prepararé una taza de té", dijo, y se levantó para ir a buscarla, diciendo "no te preocupes". Edith se secó los ojos con un pañuelo, levantó la vista, me vio y se levantó diciendo que le gustaría ir al jardín. Salió y se sentó en un asiento justo al lado de la ventana francesa del comedor.

"Está muy nerviosa", dijo Edgar en voz baja. "Ha sido un gran esfuerzo para ella no poder venir a casa".

Al otro lado de la ventana francesa pudimos ver a mamá inclinándose sobre Edith y sosteniendo la taza de té frente a ella. Edgar estaba diciendo que todo era muy desafortunado y papá dijo que Edgar había iniciado todo al invitar a Sandra a mudarse a su casa. Fue, después de todo, su idea.

"En realidad fue de Edith", respondió. "Pensó que sacaría a Sandra y a los chicos de la zona de peligro". Papá pareció entonces preocupado y le dijo a Edgar que no se preocupara; resolveríamos este asunto de alguna manera. No sabía cómo, pero pensaría en ello. Entonces mamá volvió a la habitación llevando a Edith del brazo. Mi tía tenía los ojos un poco enrojecidos, pero su expresión era serena, aunque bastante sombría. Se sentó, se secó los ojos y nos dijo que había querido decir todo lo que había dicho antes, pero que debía disculparse por su terrible arrebato. Ahora estaba tranquila y serena. Papá murmuró algo acerca de que no se había hecho ningún daño real, así que tal vez deberíamos olvidarlo.

"Creo que deberíamos irnos", dijo Edith mirando a Edgar.

"No, no hasta que hayas tomado tu té y descansado" dijo mamá con suavidad y le entregó a Edith su taza y su plato.

Edith empezó a tomar el té en silencio y no habló durante un rato. Entonces miró el reloj de la chimenea y preguntó si seguía haciendo un ligero ruido antes de dar la hora.

"Sí", respondió mamá, sonriendo. "Me di cuenta en cuanto llegamos".

En ese momento, Edith pensó que ya era hora de irse; levantó la vista, le indicó a Edgar que estaba lista y ambos se levantaron y partieron. Mi padre y yo nos dirigimos al salón delantero y mamá preparó más té y trajo tazas para mi padre y para ella.

"Bueno, hoy ha mostrado su verdadera cara", dijo papá.

"No, no lo creo", respondió mamá, negando con la cabeza. "Lo siento por ella. No puede evitarlo, está tan acostumbrada a salirse con la suya en todo que cuando se enfrenta a una situación en la que no puede, se frustra y pierde el control".

Mi madre era un poco psicóloga en aquellos días.

# TREINTA Y OCHO

## AGOSTO 1945

El sol de agosto, brillante y bastante caluroso, nos había atraído a todos al jardín. Mamá y papá estaban sentados en sillas frente a la ventana francesa y yo estaba cerca. Paula buscaba pequeñas criaturas en la tierra alrededor de los arbustos y las flores, pero no tuvo mucha suerte. Encontró un pequeño ratón de campo en un momento dado, pero me llamó y se quejó de que se había escapado cuando intentó cogerlo. Le dije que tenía prisa por llegar a casa con su mamá y ella lo aceptó más o menos.

Mamá hablaba sobre el hecho de que todavía había largas colas para comprar carne y artículos de alimentación casi tres meses después de que la guerra terminara, pero luego concluyó que era probable que continuara durante mucho tiempo. Papá guardaba un curioso silencio, pero, conociéndolo de antaño, pensé que estaba sumido en sus pensamientos y que probablemente daría con una de sus grandes ideas en poco tiempo.

De repente anunció que había estado pensando y mamá respondió, como solía hacer en tales circunstancias, diciendo que debía ser muy doloroso.

"Todavía tenemos cinco semanas antes de volver a Highbury", dijo lentamente.

Mamá estuvo de acuerdo y él repitió que había estado pensando. En aras de la paz y la buena voluntad, ¿qué tal si visita a los inquilinos de nuestra casa y ve si hay alguna posibilidad de que se muden antes? Mamá frunció el ceño y le preguntó si se estaba ablandando.

"No, pero no es necesario que seamos vengativos, ¿verdad? Queremos volver a casa ahora y no vale la pena pelearse con Edgar y Edith".

"Eres un viejo blandengue", dijo mamá, sonriéndole. "Quieres ayudarles".

"Es una posibilidad remota", dijo papá. "Es muy poco probable que acepten o puedan ayudar".

Mamá negaba con la cabeza y le sonreía. Me sorprendió que no pareciera enfadada o dispuesta a condenar esa idea, pero nunca guardaba rencor. Una discusión podía ser todo lo fuerte que se quisiera, pero diez minutos después de que terminara, ella lo había olvidado y no había vuelto a referirse a ello.

"Bueno, puedes intentarlo", dijo. "Supongo".

Ella lo miró extrañada durante un rato y luego, finalmente, le preguntó cuándo pensaba ir. Papá era partidario de ir esa misma tarde y atacar mientras el hierro estaba caliente, como él decía.

"¿Quieres que te acompañe?"

"No, pensé que sólo Bobby y Paula. Demostrarles que somos un grupo familiar que espera volver. Ese tipo de cosas".

"Ve entonces". Dijo mamá. "Tengo muchas cosas que hacer en la casa y así ustedes no me atrasan".

Así que los tres emprendimos el familiar viaje en trolebús de vuelta a Holloway Road.

Caminamos a paso ligero por Drayton Park y, cuando llegamos a nuestra casa, papá la miró, como si la inspeccionara en busca de daños, y luego llamó a la puerta principal. Nos abrió un hombre alto con el pelo blanco. Tendría más de sesenta años, creo, pero era una persona de buena presencia, con un aspecto robusto y el pelo bastante corto. Papá dudó un instante y luego se presentó, y el hombre sonrió inmediatamente.

"Bueno, bienvenido propietario", dijo. "Por favor, entre".

Resultaba extraño entrar en nuestro salón delantero cuando otra persona vivía allí. Todo el mobiliario me resultaba familiar, excepto un pequeño reposapiés y unas fotografías enmarcadas del hombre y de una mujer que supuse que era su esposa. El hombre tenía un marcado acento americano, nos invitó a tomar asiento y le dijo a papá que imaginaba que éramos sus hijos y cómo nos llamábamos. Papá se lo dijo, pero escuchó mal.

"Bueno, hola Bobby, hola Pauline, encantado de conocerlos".

"No, soy Paula", dijo mi hermana, con la mandíbula empezando a sobresalir. "Sin ninguna inclinación".

"Perdóname, Paula, me equivoqué", dijo, sonriendo y sentándose frente a nosotros.

Papá le explicó cuidadosamente el motivo por el que había venido. Explicó la situación en la que nos encontrábamos e indicó la urgencia de la situación de su hermano. Mencionó su reciente regreso de Alemania y su desmovilización. Y se preguntó si había alguna posibilidad de que el Sr. Graham, nuestro inquilino, se mudara un poco antes.

"Bueno, sí, si eso le ayuda, señor, creo que hay muchas posibilidades".

"¿De verdad?" dijo papá, sorprendido y complacido.

Bill Graham explicó que era un trabajador civil, demasiado viejo para el servicio activo, adscrito a la Embajada de Estados Unidos aquí en Londres y que se limitaba a pasar los días con poco o ningún trabajo real que hacer. Era libre de regresar a los Estados Unidos en cualquier momento y estaba bastante seguro de que podría conseguir un avión de transporte con poca antelación.

"Sería un gran alivio", dijo papá.

Paula decidió en ese momento que necesitaba hacer pipí y lo anunció en voz alta. Graham sonrió y le dijo que fuera entonces, que ya sabía a dónde ir... Paula sonrió, asintió y se marchó.

"Bueno, de nada, señor", dijo Graham. "Yo ya he pasado la edad, pero admiro a todos los chicos del ejército británico que salieron con los nuestros y detuvieron a esos nazis en su camino".

"Yo sólo era...," comenzó papá. "Quiero decir que no hice mucho en absoluto".

"Eres demasiado modesto", dijo Graham sonriendo. "Creo que tenías muchos motivos para estar orgulloso en Alemania".

Papá lo miró y luego, decidiendo a corto plazo, al parecer, comenzó a hablar con una voz muy suave. "Bueno, hacia el final estuve adscrito a un regimiento de tanques. Y formé parte de un grupo que hacía que los oficiales de las SS, a punta de pistola, cavaran tumbas para sus víctimas y enterraran a los muertos en ellas."

"Bien por ti", dijo Graham, de forma animada.

"Y eso no es para publicarlo a tu madre", añadió papá, mirándome directamente.

"No papá, no diré ni una palabra".

Mi padre no volvería a hablar de ello y no lo habría hecho en aquella ocasión si no hubiera pensado que debía contarle al señor Graham su único momento de orgullo en la guerra. Cuando le pregunté más tarde, me explicó que su adscripción activa al regimiento de tanques fue muy breve y casi sin incidentes. Quise saber si el trabajo de enterramiento forzoso de los oficiales de las SS era cierto y me dijo que por supuesto lo era pero que no quería hablar de ello y que no debía mencionarlo nunca más. Nunca. Mi padre, que no suele ser reticente a hablar de sus logros o actividades en general, creo que estaba tan traumatizado por lo que presenció en ese campo de concentración que simplemente tuvo que apartarlo de su mente durante el resto de su vida. No se lo dijo a mi madre porque sentía que tenía que protegerla para que no supiera nada de esos horrores; era así de anticuado, como lo eran muchos hombres en aquella época. Y nunca me correspondió decir nada.

"Mire," el señor Graham le preguntó. "¿Cuándo le gustaría estar de vuelta aquí?"

"Cuando pueda, Sr. Graham".

"¿Qué le parecen siete días?"

"Eso sería maravilloso".

No era un problema, aseguró Graham. Podía reservarse un viaje en un avión de transporte a Nueva York en veinticuatro horas y, como su trabajo en la guerra había terminado hacía tiempo, estaría encantado de volver a los Estados Unidos más pronto que tarde. Sólo se había quedado para ayudar en las operaciones de limpieza y en los trámites burocráticos. Su jefe inmediato se alegraría de verlo de regreso. Paula regresó, mirando alrededor de la habitación como si recordara cada rincón y no hubiera sido una niña de tres años cuando se fue.

Papá estrechó la mano del señor Graham y le dijo que era un placer ayudar a un valiente luchador. Papá se sonrojó ante eso y murmuró algo acerca de que sólo había hecho tareas de poca importancia durante la mayor parte de los años de guerra, pero Graham no quiso oírlo; él sabía que no era así y papá sólo estaba siendo modesto.

"Creo que se llama reserva inglesa", dijo Graham, estrechando aún la mano de papá con fuerza.

"Bueno, le estoy muy agradecido", dijo papá. "Ha ayudado a curar una ruptura familiar que podría haberse agravado durante años".

Nos saludó alegremente mientras nos alejábamos y mi padre estuvo de muy buen humor durante todo el camino de vuelta. En el trolebús comentó que no eran exactamente los cuatro días que Edith había exigido, pero tampoco era mucho más. Ella estaría de vuelta en su casa en poco tiempo.

"¿Te refieres a la zorra de papá?" preguntó Paula.

"No la llames así, Paula", dijo papá bruscamente. "No debes volver a usar esa palabra para referirte a la tía Edith. ¿Entiendes?"

"Sí, papá."

"Es como la llamaba mamá", me susurró Paula, con los ojos muy abiertos mientras me miraba en busca de solidaridad. Le expliqué que era una palabra que los adultos utilizaban en momentos de gran agitación y que en realidad no era esa la intención. Papá se preguntó qué estábamos susurrando.

No respondimos. Paula sonrió y yo también. Luego dije "nada en realidad. Sólo es una charla ociosa".

"Hay demasiado de eso", respondió papá, mirando por la ventana.

Mi madre estaba en el salón cuando llegamos a casa, escuchando un programa de humor en la radio con Arthur Askey. Se levantó inmediatamente y dijo que había una tarta Cottshep en el horno; era su variación de las tartas Cottage y Shepherd's, hechas con restos de ternera, cordero, carne enlatada y otros trozos que había cortado de comidas anteriores. Siempre lo condimentaba y le añadía una sabrosa salsa a base de Oxo, por lo que solía ser un plato muy especial. Papá, Paula y yo nos sentamos en la mesa de la cocina y no tardamos en comer con gratitud. Mamá quería saber cómo le había ido y se alegró de saber que la expedición de papá había sido un éxito.

"Entonces, ¿podemos volver a casa?" Preguntó mamá, alegre.

"Sí, en siete días, ni más ni menos".

Mi madre asintió y le dijo que lo había hecho bien y que se alegraría de volver a su propia casa, por supuesto que sí, pero lo que se había conseguido había sido para Edgar y Edith realmente y, desde luego, no creía que se lo merecieran, después de todo el jaleo y aquel arrebato del otro día.

"Bueno, seamos magnánimos", dijo papá en voz baja. "También nos interesa a nosotros y no queremos una ruptura familiar que se prolongue".

"Supongo que sí", concedió mamá. "Ese hermano tuyo tiene suerte de que seas tan fácil de llevar".

"¿Qué significa «magnánimo»?" preguntó Paula, frunciendo el ceño.

Papá miró a mamá y ambos sonrieron. "Significa, más o menos, ser generoso, perdonar", le dijo papá.

"Entonces, si Bobby me quita un caramelo, ¿debo ser magnánima y no darle una patada?" preguntó Paula.

"Así es", respondió papá, todavía sonriendo.

Dijo que era hora de darle a Edgar la buena noticia y salió al pasillo, dejando la puerta de la cocina abierta de par en par. Le oímos dar la noticia a Edgar y adornarla bastante.

"Conseguí convencerlo de que se fuera en una semana en lugar de cinco", dijo papá. "Aunque tuve que usar mucha presión persuasiva".

"Está exagerando", le dije a mamá. "El Sr. Graham se ofreció a irse antes de tiempo".

"Tu padre está usando la ironía", dijo mamá alegremente.

Paula, por supuesto, quería saber qué era la ironía. Mamá trató de explicarle que significaba una especie de burla o sarcasmo. Incluso sardónico. Paula, fiel a su estilo, preguntó qué significaba sardónico. Mamá sonrió y dijo sarcástico.

"Oh, para, mamá, por favor, para ahora", le rogué. "Querrá saber qué significa sarcástico y estaremos aquí toda la noche".

Sin embargo, papá llegó de hacer su llamada telefónica, así que nos ahorramos el interrogatorio de Paula mientras nos explicaba su llamada. Nos dijo que Edgar estaba muy contento y agradecido y que Edith también había expresado su agradecimiento desde el fondo mientras los dos hombres hablaban. "Luego sugirió que nos reuniéramos para comer dentro de un mes".

Mamá miró a mi padre con curiosidad. "Un poco pronto, dentro de un mes", continuó papá. "Creo que lo dejaremos para que germine lentamente".

"¿Qué significa «germine», papá?"

# TREINTA Y NUEVE

## AGOSTO1945

La rendición japonesa se produjo el catorce de agosto, justo dos días antes de que dejáramos la casa de Barnet. Los emisarios japoneses firmaron el documento a bordo del acorazado estadounidense USS Missouri. Era la última pieza del rompecabezas; el fin de las hostilidades en todo el mundo.

La confusión, el horror y la condena que se produjeron en todo el mundo después de que el uso de la bomba atómica pusiera fin a la lucha de Japón, pero en aquel momento pensamos que se trataba de otra bomba desarrollada tardíamente, similar en cierto modo a la que utilizaron los alemanes con sus cohetes V1 y V2 en un intento tardío de ganar la guerra en Europa.

Mi madre, que servía limonada y cerveza en vasos en el jardín, mientras todos estábamos sentados disfrutando del sol, comentó de repente que no echaría de menos la casa de Barnet, ya que siempre la asociaría con los acontecimientos más salvajes de la guerra y las veces que casi le cayó encima. Sacudió la cabeza y se estremeció. "Esos horribles y viles bichos", dijo.

Papá preguntó si había habido alguno cerca de nosotros en esta zona y mamá le dio un relato mejorado y bien decorado del que se había detenido justo encima de nuestras cabezas, junto a la estación. Se sorprendió bastante y se preguntó por qué mamá no se lo había contado después del suceso.

"No te cuento todo Harry", dijo mamá y me guiñó un ojo.

"Deberías haberlo hecho", se quejó él.

"¿Por qué preocuparte?" respondió ella. "No había nada que pudieras haber hecho para ayudar".

Él murmuró que le gustaba estar informado y que siempre le había contado lo que le ocurría durante los años de la guerra. Mamá resopló y le dijo que había tenido suerte, que no le había pasado nada durante la guerra; que había disfrutado de un tiempo fácil cocinando y repartiendo comidas y cenas. Lo único que había contado era lo mucho que disfrutaba de la vida en la cocina. Y de todos modos no tenía nada que decir.

Papá esperó hasta que la atención de mamá se dirigió a llenar la taza de Paula con limonada y entonces me guiñó un ojo.

## OCTUBRE 1945

Caminé a través de la mezcla más sucia y espesa de niebla y humo que jamás había encontrado. Había estado bastante tranquilo en la escuela, pero cuando la luz se desvaneció y cayó la tarde, también lo hizo la niebla tóxica, como una manta asquerosa. Los autobuses y los coches se desplazaban por Holloway Road a paso de tortuga, sin arriesgarse a chocar con el vehículo de delante, por muy impacientes que estuvieran los pasajeros del autobús y, vaya si estaban impacientes por llegar a sus cálidas casas.

También hacía un frío terrible, el clima gélido te mordía los poros de la piel y, con él, depositaba una capa de humo y niebla sucia. También se metía en la garganta y dejaba un sabor horrible que me obligaba a ponerme un pañuelo en la boca para no respirarlo todo. Después de veinte minutos sin apenas moverme, me bajé del autobús y seguí caminando a paso ligero por la calle

Holloway, pero mantuve el pañuelo en su sitio. Ya me dolía la garganta.

Tendría que haberme rendido y volver a casa tan rápido como me había propuesto, pero quería ver la película que había seleccionado. Estaba en uno de esos cines pequeños, no muy diferente del viejo Regal de Barnet; vestíbulo diminuto, auditorio pequeño con viejos asientos de felpa roja que habían visto días mejores y pilares de estilo victoriano y paredes con pintura verde antigua. Probablemente, al haber comenzado su vida como teatros musicales, ahora buscaban una segunda oportunidad para proyectar películas antiguas que habían desaparecido de los circuitos principales.

La película se llamaba "La novia de Frankenstein" y pensé que era lo suficientemente alto y parecía lo suficientemente mayor como para pasar por los dieciséis años y entrar a ver una película de categoría H de terror. Pagué mi dinero en la pequeña taquilla redonda y una acomodadora con una linterna me hizo pasar a la sala. Incluso a través del haz de la linterna se podían distinguir partículas de niebla infestadas de humo.

Ver esa película fue una experiencia extraña y no del todo agradable. Observé con interés a Boris Karloff y Elsa Lanchester en sus extraños papeles, pero la pantalla se volvía más y más oscura a cada minuto que pasaba. Podía ver la niebla tóxica que flotaba y se extendía alrededor del teatro y se cernía frente a la pantalla. Aguanté porque quería ver el final de la película, pero cuando llegó, la pantalla era poco más que un borrón delante de mis ojos, con extrañas figuras sin cuerpo que pasaban flotando y las voces de la pantalla parecían no tener dueño.

El ambiente era tan denso como siempre fuera del cine y no parecía tener sentido intentar coger un autobús, así que emprendí el largo camino de vuelta a casa. De vez en cuando me encontraba con una figura encapuchada con la boca tapada que caminaba hacia mí y pasaba rápidamente, pero la mayoría de las veces eran calles vacías con un tráfico lento que se arrastraba a mi lado. Cuando llegué a Drayton Park era como caminar a través de un espeso y asfixiante manto de niebla, sin que se vieran ni la carretera ni el cielo.

No era mucho mejor en casa, al menos no en el frío pasillo. Primero miré hacia el comedor, ya que la puerta estaba abierta y papá estaba sentado a la mesa con una pila de sus libros de restaurante y una taza de café a su lado. Un fuego eléctrico ardía en la parrilla, enviando calor sólo a la zona inmediata. Papá levantó la vista, sonrió y me preguntó si me había gustado la película.

"No vi mucho a través de la niebla", le dije. "Pero la banda sonora era buena".

Sonrió. Me dijo que no se acercaría al cine en una noche como ésta. Se quedaría con la vieja radio para entretenerse.

"Está mal, papá", dije. "Los autobuses se mueven a cero kilómetros por hora".

Le dejé con su trabajo y fui al salón delantero. Mi madre estaba tumbada en el gran sillón que solía ocupar mi padre, frente a la chimenea. Tenía la radio encendida, pero se levantó y la apagó cuando entré. Mi madre pensó que yo debía tener frío y me invitó a acercarme al fuego, invitación que acepté de inmediato.

"¿No habrás salido sin tu abrigo en una noche como esta?" preguntó frunciendo el ceño.

"No, mamá". Respondí sonriendo. "Ni siquiera yo soy tan tonto como para hacer eso".

"Me alegro de oírlo", dijo, con cara de duda. Luego, cuando me había calentado de espaldas al gran fuego durante unos minutos, me ofreció ir a prepararme una taza de Ovaltine caliente. Le dije que la ayudaría y la seguí, sacando la jarra de Ovaltine del fregadero mientras ella calentaba agua y leche. Me froté las manos enérgicamente para evitar el frío de la cocina y pronto tuve en mis manos una bebida caliente que me ayudó a descongelarme.

"Puedo soportar el frío glacial y la niebla", le dije. "Pero la niebla helada, o el humo, es demasiado. Se te mete en la boca".

"Se mete en todo, sobre todo en las casas viejas como ésta", respondió, frunciendo el ceño. "En todos los rincones. Impregna todo el edificio y no puedo mantenerlo limpio".

Le aseguré que mantenía la casa muy limpia, pero negó con la cabeza, sin estar convencida.

"No, Bobby, la madera vieja y los techos altos me derrotan. No se puede hacer".

Nos sentamos en el salón delantero, yo con mi bebida y mamá acercándose al fuego todo lo que podía. Le pregunté si echaba de menos vivir en la nueva y moderna casa de Barnet y me confesó que sí. Sin embargo, me aseguró que había estado trabajando con papá desde que volvimos a casa y pensó que ya lo había convencido.

"Es hora de irse pronto", dijo. "Es hora de ir a Hertfordshire".

¿Dónde había oído eso antes?

# CUARENTA

## NOVIEMBRE 1945

ESTÁBAMOS SENTADOS EN LA CASA HACIENDO DIFERENTES COSAS, esperando a papá. Estaba afuera, pero aunque era un sábado y normalmente trabajaba entonces, no estaba en el restaurante. Paula estaba sentada en la mesa del comedor con papel y lápices de colores intentando hacer dibujos de ranas y renacuajos y yo estaba leyendo un libro en el salón delantero. Podía oír a mamá pidiendo a Paula que ordenara rápidamente, ya que estaba esperando para poner la mesa para la cena. Entré en la otra habitación y pregunté dónde se había metido papá.

"Bueno, no tengo la menor idea, Bobby", me dijo ella. "Se está comportando de forma muy misteriosa".

La ayudé a recoger la mesa y a poner un paño nuevo y Paula se las arregló para traer un salero y un pimentero mientras poníamos todos los platos y los cubiertos y colocábamos también los vasos. Por fin estaba todo listo y mamá murmuraba que su pastel de carne y riñones se arruinaría si el estúpido no llegaba pronto. Eso hizo que Paula preguntara dónde se había metido el estúpido y mamá la miró pero sólo le dijo que no tenía ni idea pero que estaba tramando algo. Ella lo sabía muy bien. Normalmente siempre le decía exactamente a dónde iba pero en esta ocasión sólo le había dicho que esperara y viera.

Entonces oímos abrirse y cerrarse la puerta principal y él entró con una amplia sonrisa en la cara y mamá exigió saber a qué estaba jugando. Sabía a qué hora era la comida y ya habían pasado casi diez minutos. Entonces, ella quiso saber dónde había estado todo este tiempo en una mañana de sábado.

"Ven a ver", dijo él, sonriendo ahora.

"¿Para qué?" preguntó mamá.

Papá se llevó un dedo a la nariz y volvió a caminar hacia la puerta principal y todos salimos a la calle. Junto a la acera había un pequeño Morris 8 negro y brillante.

"Acabo de comprarlo", anunció.

"Hurra", gritó Paula. "Papá se ha comprado un cacharro".

Mamá la miró fijamente pero no reprendió a su hija. Se limitó a mirar a papá y a preguntarle si era realmente nuestro, y él asintió satisfecho y le dijo que sí lo era.

"¿Nos lo podemos costear?" preguntó ella. "Sí. Lo conseguí a muy buen precio. Tiene siete años, es uno de los últimos fabricados antes de la guerra y está en muy buen estado. Hice que un amigo mecánico del restaurante la revisara".

"¿Ocho caballos de fuerza?" pregunté.

"Así es, Bob. También es un buen corredor".

Mientras volvíamos a la casa, le oí decirle a mamá que ahora tenía un puesto directivo en el restaurante y que le habían prometido un buen aumento de sueldo a partir de una semana. Las cosas iban a ser diferentes a partir de ahora. Nos sentamos todos a la mesa y mamá trajo la tarta y las verduras, y al poco tiempo ya estábamos todos comiendo satisfechos, con papá con cara de gato que acaba de recibir la crema. Entonces vi la expresión de mamá y no era brillante y alegre. Apuñaló un trozo de riñón con el tenedor y le dijo a papá que todo estaba muy bien, pero que qué pasaba con la situación de la casa que había estado discutiendo con él. Él puso cara de inocente y preguntó: "¿Qué situación?"

"Supongo que esto significa que estamos atrapados aquí en esta casa durante años", preguntó mamá con tristeza.

Papá hizo una pausa y le sugirió que esperara y viera. Después de la comida, anunció, íbamos a dar un pequeño paseo en el coche nuevo. Paula dio una palmada y derramó salsa sobre el mantel. Mamá se levantó irritada, fue a buscar un paño y se frotó furiosamente mientras amonestaba a Paula por no comer correctamente en la mesa y luego se quejó con papá de que le estaba dando un mal ejemplo con sus tontas travesuras. Y de todos modos, ¿a dónde pensaba llevarnos en el coche? Papá se llevó el dedo a la nariz y volvió a sonreír.

"Oh, no", se quejó mamá. "Eres peor que un niño, Harry".

Él estuvo de acuerdo en que lo era, decidido a no dejarse desviar de su buen humor y terminó su pastel, dejando el plato más limpio que había visto, aparte de los recién lavados.

Mientras servía el pastel de manchas y las natillas, mamá murmuraba sombríamente que se negaba a salir de casa hasta que supiera exactamente a dónde pensaba llevarnos. Papá le dijo que sus labios estaban sellados, pero le prometió que no se sentiría decepcionada cuando llegaran a su destino. Mamá se quejó de que era demasiado, de verdad, ahora tenía que soportar a tres niños en la casa, pero pude ver en su expresión que se estaba suavizando, lenta pero seguramente. Sacudió la cabeza negativamente y anunció que él podía salir y ayudar a lavar los platos o nadie iría a ninguna parte hoy.

Todos nos dirigimos a la cocina y lavamos los platos en un tiempo récord; mamá lavó mientras papá secaba y yo guardé todo con la dudosa ayuda de Paula. Cuando terminamos y puse la carne de perro en el cuenco de Charlie, mamá subió a ponerse su mejor vestido azul, el lápiz de labios y las medias de nylon, y los demás nos metimos en el baño para refrescarnos, listos para la gran salida. Mamá se veía muy bien y elegante y le dijo a papá que se había esforzado mucho, así que más le valía no decepcionarse después.

Salimos todos con optimismo hacia el pequeño coche negro y papá abrió las puertas para que entráramos a toda prisa. Mamá en la parte delantera, Paula y yo en la trasera. Papá entró y nos preguntó si nos habíamos dado cuenta de lo fresco y limpio que estaba el interior; había sido propiedad de una señora que apenas lo usaba, nos dijo. Incluso se podían oler los asientos de cuero, estaban como nuevos.

"Tal vez podrías llevarnos a tu destino", dijo mamá con tono de protesta. "¿En lugar de soltar tonterías sobre los asientos del coche?"

Papá puso en marcha el motor, empujando el motor de arranque y llamando nuestra atención para que arrancara por primera vez, y se alejó colina abajo. Giró en Drayton Park y cinco minutos más tarde estábamos recorriendo esa ruta de trolebús tan familiar, atravesando Highgate y llegando a North Finchley, Whetstone y Barnet. Atravesamos Barnet y subimos la colina, lo que sorprendió a mamá, que había estado jugando a las adivinanzas la mayor parte del camino y se preguntaba, mientras nos acercábamos, si nos llevaría a la conocida casa del tío Edgar.

A continuación, tomó la carretera hacia Arkley, pero se desvió muy rápidamente hacia una calle ordenada y arbolada con filas de edificios de apartamentos y casas dúplex. Finalmente se detuvo frente a una vivienda moderna de aspecto elegante, pequeña pero con un moderno ventanal arriba y abajo. Sin embargo, era bastante más pequeña que la de Edgar, un edificio moderno similar en una serie de cuatro.

"¿Qué te parece?" le preguntó a mamá.

"Bastante bonito", respondió ella, frunciendo el ceño. "¿Por qué?"

"Vamos", dijo él, saliendo del coche. Mientras subíamos por el camino, nos explicó que tenía las llaves del agente inmobiliario y que los propietarios ya se habían marchado. La casa estaba en venta. Abrió la puerta principal con su llave y nos hizo pasar. Luego nos enseñó el pequeño y ordenado salón, un pequeño comedor y una cocina sorprendentemente grande. Mamá sonrió, se interesó por ella y dijo que sería estupendo cocinar y preparar las comidas en una cocina luminosa, limpia y moderna.

"¿Podemos mudarnos, papá?" preguntó Paula.

Papá miró a mamá y le preguntó qué le parecía.

"Es preciosa", dijo ella. "Mantener una casa así de limpia sería fácil, pero no podemos permitírnoslo".

Papá se llevó el dedo a la nariz y mamá, molesta, le dio un codazo. Paula le preguntó si le dolía la nariz y él se rio a carcajadas. "Vamos", dijo.

Nos guio por la escalera e inspeccionamos un luminoso cuarto de baño revestido de azulejos blancos y luego el dormitorio principal, que era luminoso, de buen tamaño y aireado. El ventanal dejaba entrar mucha luz a pesar de que era un día frío y apagado. Mamá asintió con la cabeza pero le dijo que estaría fuera de nuestro alcance y que acababa de ir a comprar un coche. Él le dijo que no fuera pesimista, que había tenido un buen aumento de sueldo y que le habían dicho que podía conseguir una hipoteca. Las casas en Highbury siempre estaban en demanda y podían conseguir un buen precio por ella. Todo era posible.

"¿Quieres decir que crees que nos lo podemos comprar?" preguntó mamá, dudosa.

Papá murmuró que todo era posible y nos hizo pasar al segundo dormitorio. Era mucho más pequeño, pero luminoso y limpio, con una buena vista al fondo del campo. Papá decía que sería un buen dormitorio para Bobby.

"¿Y yo qué?" preguntó Paula mientras su labio comenzaba a sobresalir.

"Ven conmigo", respondió él, misteriosamente.

Al final del pasillo estaba el dormitorio más pequeño, descrito normalmente como una habitación tipo caja, pero era compacto, decorado idealmente con paredes rosas y adornos blancos y la misma vista sobre los campos. Paula se quedó mirando la habitación durante un rato antes de anunciar que era pequeña pero que le iría bien. Papá sonrió y le revolvió el pelo.

"No hay espacio para columpiar a un gato aquí", anuncié de repente.

"Nunca columpio a los gatos", respondió Paula. "Sólo los acaricio".

Mi madre parecía mucho más animada y también sonreía. Se acercó a papá y le dijo que era una bonita casa y que si realmente creía que era posible, bueno, dejó su frase sin terminar. Pasamos otros quince minutos entrando en las habitaciones y saliendo al jardín, que era más bien pequeño pero bien cultivado y dispuesto. Papá nos contó que los anteriores propietarios habían sido gente adinerada y habían gastado mucho en la casa antes de irse. Ahora ocupaban un elegante ático en Hampstead. Entonces mamá le dijo a papá que le habría gustado que le consultaran, que le dieran la oportunidad de ver las casas ella misma y que le ayudaran en el proceso de elección. Papá se disculpó y dijo que ese lugar había surgido de repente, que le había avisado un compañero de trabajo cuyo hermano era agente inmobiliario y que todo se había desarrollado a partir de ahí.

"Por suerte para ti", le dijo, "me gusta mucho. Y es el tipo de casa que siempre quise".

Volvimos a Highbury en una tarde muy fría, pero todos estábamos de buen humor y disfrutamos del viaje en el nuevo coche. Paula le dijo a papá que le encantaba nuestro nuevo cacharro y mamá no dijo nada, sólo sonrió. Papá dijo que le parecía un coche tan bueno que en el futuro se referiría a él como nuestro Morris Rolls Bentley. Mamá le dijo que era un tonto. Papá continuó la conversación preguntándome qué quería hacer cuando saliera del colegio.

Le dije que me gustaría hacer algo relacionado con el cine o el teatro.

"Creo que es un poco ambicioso, Bobby", dijo en voz baja.

"Podría intentar conseguir una beca en una escuela de teatro, papá".

"Tal vez, sí".

Mamá le pidió a papá que se detuviera en la tienda de comestibles Sainsbury en Holloway Road para que ella pudiera comprar unos bollos helados para el té. Paula dijo "licioso" y se lamió los labios. Luego, dijo.

"Creo que cuando salga de la escuela me gustaría ser enfermera", dijo. "O domadora de leones".

"¿Domadora de leones?" dijo papá, mirando momentáneamente a su hija.

"Bueno, siempre le han gustado los animales", dijo mamá, sonriendo.

"Definitivamente quiero trabajar con animales", dijo Paula, con una expresión feroz y decidida. Y así lo hizo, pero eso fue mucho más tarde.

## MARZO 1946

Papá dijo que uno de nosotros tendría que tener a Charlie en su regazo, no íbamos a meter al pobre perro en el maletero. Paula se ofreció a tenerlo y prometió sostenerlo con fuerza durante todo el camino hasta la nueva casa. Entonces papá nos dijo que tenía que comprobar el aceite y el agua antes de empezar el viaje. Había abierto los paneles delanteros sobre el motor y estaba comprobando los niveles. Paula se quedó mirándolo y le preguntó si el coche bebía mucho aceite, pero papá se limitó a sonreír y le dijo que no tenía mucha sed.

"¿Cuándo podemos irnos, papá?" preguntó Paula. "Quiero ir a la nueva casa".

"Sí, tú y yo, Paula", respondió papá. "Pero primero tenemos que sacar a tu madre de la casa vieja".

Me ofrecí como voluntario para esa tarea; de todas formas estaba aburrido viendo a papá alborotarse con su nuevo juguete y Paula me irritaba contando el número de pájaros que habían volado desde que salimos de la casa y preguntándome cuántos había contado. Cuando le dije que ninguno se enfadó y volvió su atención a los engranajes del motor del coche y su consumo de aceite.

El furgón de los muebles se había llenado y se había marchado, así que no había ninguna razón real para que mamá merodeara mucho más por la casa. Así que volví a entrar en la casa vacía y miré a mi alrededor. Estaba desolada, sin muebles, y mostraba manchas oscuras y sucias en las paredes donde habían estado los cuadros o donde habían descansado los armarios y aparadores. Al ver toda la suciedad que anidaba en rincones oscuros o en lugares que apenas se ven, empecé a darme cuenta de lo difícil que le había resultado a mamá mantener limpia esta casa y también de que no había exagerado.

Miré a la solitaria y vacía cocina y luego al comedor de nuevo y finalmente localicé a mi madre en el salón delantero. Tenía una mirada nostálgica y lejana mientras miraba a su alrededor y murmuraba que todo parecía tan sombrío y frío sin ningún mueble.

"Es hora de irse, mamá", le dije suavemente, acercándome a ella.

"Sí, lo sé", respondió con tristeza, mirando hacia el rincón de la chimenea donde descansaba su sillón. Le pregunté si estaba lista ya que papá estaba esperando y Paula se estaba impacientando.

"Pueden esperar unos minutos más", dijo, casi en un susurro.

Me quedé perplejo y se lo dije. Le dije que creía que no podía esperar a llegar a la nueva y moderna casa de Barnet y que llevaba mucho tiempo esperándola.

"Y así es", dijo con tristeza. "Pero es un poco difícil dejar la vieja".

"¿De verdad?"

"Sí, de verdad. Han pasado muchas cosas en esta casa, Bobby. Fue la primera casa que compramos cuando tu padre y yo nos casamos. Tú naciste aquí y Paula también".

"Bueno, no exactamente aquí", dije, sonriendo. "¿En el hospital?"

"No, no, los dos nacieron en esta casa, en mi habitación. La partera los trajo al mundo, sin problemas en ninguno de los casos, mientras el médico tomaba té en la cocina".

Sonreí; no lo sabía. La agarré del brazo, se apartó de mí bruscamente y oí una especie de ruido de olfateo.

"Mamá", le dije, "¿no estarás llorando?"

"No, claro que no", dijo con un resoplido, quitándose apresuradamente una lágrima de la cara.

"Mamá, eres una tonta".

"¿Lo soy?" preguntó, dándose la vuelta y limpiándose los ojos abiertamente con el pañuelo.

Le dije que le encantaría la nueva casa con todas las comodidades modernas y un campo en la parte de atrás para ver, en lugar de otras casas oscuras y patéticas al final del jardín.

"Por supuesto que sí", dijo ella, sonriendo ahora a través de las lágrimas y recogiendo su bolso del suelo. "Tienes razón, joven Bobby, es hora de irse".

"Sí, vamos entonces".

Salimos y ella cerró la puerta con cuidado y guardó la llave en su bolso, lista para dejarla en la oficina de la inmobiliaria de camino.

"Sabes, Bobby, el tío Edgar se equivocó al decir que su casa era un lugar seguro", dijo mientras nos dirigíamos al coche. "No hay lugares seguros en tiempos de guerra, ni en tierra, ni en mar, ni en aire".

Querido lector,

Esperamos que hayas disfrutado leyendo *Un Lugar Seguro*. Tómese un momento para dejar una reseña, incluso si es breve. Tu opinión es importante para nosotros.

Atentamente,

Derek Ansell y el equipo de Next Charter

Un Lugar Seguro
ISBN: 978-4-86747-225-5

Publicado por
Next Chapter
1-60-20 Minami-Otsuka
170-0005 Toshima-Ku, Tokyo
+818035793528

20 Mayo 2021